大周互娱
DA ZHOU HU YU

异地第六年，我们结婚了

WORK 张弦 著

陕西新华出版传媒集团
三 秦 出 版 社

图书在版编目（CIP）数据

异地第六年，我们结婚了 / 张弦著. —西安：三秦出版社，2018.1

ISBN 978-7-5518-1734-9

Ⅰ. ①异… Ⅱ. ①张… Ⅲ. ①长篇小说—中国—当代
Ⅳ. ①I247.5

中国版本图书馆CIP数据核字(2017)第329085号

异地第六年，我们结婚了

张弦 著

出　　品 大周互娱
总 策 划 周　政
总 监 制 杨翔森　曾筱佳
责任编辑 韩　星
特约编辑 许　逸
封面设计 小　乔
版式设计 李映龙
封面绘制 Mochy

出版发行 陕西新华出版传媒集团　三秦出版社
社　　址 西安市北大街147号
电　　话 （029）87205121
邮政编码 710003
印　　刷 湖南凌宇纸品有限公司
开　　本 880mm×1230mm　1/32
印　　张 9.5
字　　数 302千字
版　　次 2018年1月第1版
2018年1月第1次印刷
标准书号 ISBN 978-7-5518-1734-9
定　　价 34.80元

网　　址 http://www.sqcbs.cn

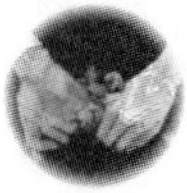

CONTENTS

目录

CONTENTS

目录

「第一章」

Chapter 1

故事的开始

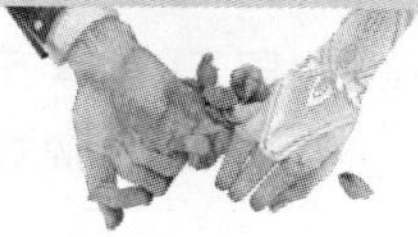

他怜悯，

他温暖，

他执着，

他干净……

他把他的世界分了一半给我，

也允许我给他半个世界。

1

2016年某个周六，我给大辰发了一条信息：我们坚持六年异地恋根本一点都不神奇！异地恋根本不难修成正果！我们都被骗了！哇哇哇哇哇！

大辰很快回复了我：你又看到什么了？

我恨恨地把截图甩了过去——

普度大学的一项研究表明，异地恋的分手率和非异地恋的分手率为27%和30%，没有显著差异，甚至异地恋的分手率还要略低一些。

而这来源于知乎文章《异地恋真的难以维持吗？》。

发完截图，我等啊等，等啊等，等了半天也没等到他的回复。

大辰这家伙做产品经理，供职于深圳某互联网公司，公司正处于创业阶段，把男人当驴子使，一周单休，一周双休，这周是单休，他周六也要上班。

但他上班也不至于连条信息都不能回啊！

我把信息和截图一起转发到闺密群寻求安慰，可惜那帮浑蛋没一个是有良心的——

狗欢：你可以立刻去找一个有八块腹肌的男人，趴在他怀里拍照，然后将照片发给大辰，告诉大辰你为了验证这项研究是错的，决定甩了他。

花花：大辰又不理你啦？哈哈哈哈，其实你们俩能谈这么多年还是挺神奇的，傲娇和公主病的终极PK？

Jane：研究的数据是异地恋和非异地恋的分手率，你讨论的是坚持六年异地恋的困难程度，两者没有直接联系，理你是弱智。

……

啊啊啊啊啊！

她们一个个不是幸灾乐祸就是反驳，简直是全世界的恶意汹涌来袭！

我恨恨地捶桌，突然收到了大辰发来的信息，是一张手写公式的图片——

六年异地恋不分手率=（1−27%）^6=15.13%

六年异地恋不分手且之后六十年非异地恋不分手率=（1–27%）^6*(1–30%)^60=0.0000000077%

结论：我们正在创造奇迹。

原来，我们正在创造奇迹……

看完，我觉得自己受到了一百万点的治愈。

我忏悔，我错怪了大辰。他不是不理我，他是在酝酿甜言蜜语，而这个甜言蜜语值得加五分奖励。

加分奖励是我提出的爱情银行存储计划，每次对方做了什么让自己感动的事，就默默地存入一笔分数。这是让我们记住彼此给自己的感动的方式，同时因为这些分数可以提取，用来兑换一次对方给自己做事，也能增加我们生活的情趣。

我喜滋滋地把加分记录在小本本上，拍照给大辰发了过去，然后收到了大辰的如下回复——

你干什么了？

[委屈.jpg]。

[Boss：很闲就和业务组对接一下吧，哄女朋友等下班再做。@大辰.jpg]

……

天啦！发生了什么？！

我赶紧查看我的微信，才发现我的微信聊天栏还有一条信息未读——

大给：多谢提醒。

……

大给，就是大辰的Boss。

他同样在我的闺密群组。

我："……"

原来，一不小心，我就坑了大辰。

2

曾经有人问我爱情是什么，我的回答是命中注定。

在认识大辰之前，我是个文艺的小少女，曾经写过一篇叫《待君来》的散文，来描绘我未来期待的那个人——

他有一双怜悯的眼，他看我时真诚，当我伤心时，他包容地看着我，为我的委屈而心疼，为我的疼痛而痛苦。因为爱我，所以他的目光属于我。

他有一双温暖的手，他了解我的懦弱，包容我的小坏，风风雨雨里，总是执着地牵着我。他不排斥在他困难的时候，我向他伸出手，也毫不介意我们在风雨中并肩作战。他相信我，所以他手心的温度属于我。

他比我高，也或许不比我高，但是他不缺乏在危险时站出来的勇气。即使畏惧，他依然坚持自己必须坚持的东西，所以他是一个英雄——即使可能只有一瞬。

他有一颗干净的心，他可能会耍阴谋诡计，但他永远不会欺骗家人。他执着，即使坚持了错误的事，也不会轻言放弃。他也不会欺骗我，不管是为什么，他都不愿意让我猜疑。他的心干净又柔软，怜惜着一些东西，坚持着一些东西，但无论如何，他的内心总有一个特别的位置属于我……

……

和大辰在一起之后，我突然发现我曾经的期许全部都实现了。他怜悯，他温暖，他执着，他干净……他把他的世界分了一半给我，也允许我给他半个世界。

只有命中注定，才会有这样的契合。

3

我和大辰的第一次见面并不美好。

我跟大辰是高中三年的同学。高中第一年，我们都在市一中的实验班，不同之处是，我是花钱买进去的，他是以第一名考进去的。

但分数的差距并没有拉开我们的距离。

我爸对我上学的事特别有心机，不仅交择校费让我上了重点班，还提前带我去班主任那里刷了脸。所以刚进学校，我就捞到了班长的头衔。而作为全校第一名的大辰，则屈居了学习委员一职。作为班委，我们少不了经常一起行动。

大辰有好看的容颜，眉目不算深邃，却像藏着无尽的隐忍，嘴角总是微翘，看起来春风十里，实际却熨不去其中潜藏的郁郁。当你看着他时，总会忍不住一边为他的温暖所感，一边为他的哀伤所侵袭。

这样一个矛盾又干净的美少年，不能和他亲近简直要遗憾终生。

所以从开学开始，我就想尽了办法要凑到他身边去。

开学两件事，发书和打扫卫生。

作为班长，我给全班同学分配任务，毫不犹豫地以权谋私，把其他同学分配去搬桌椅、打扫班级、打扫清洁区，把他和自己分在一组去搬书。

其实分配结束时，大辰是有异议的："搬书两个人不够。"

但他的异议被我正义凛然地驳回了："太多人去浪费人力，我们班干部要吃苦耐劳，为同学们减轻负担！"

那一刻，我的内心被满满的猥琐不堪的OS刷了屏——

就是要多搬几趟啊！

一起流个汗！一起累瘫啊！

最好被美少年永远记在心底！

……

然后我就坑死大辰了。

一到书本存放区，我就傻了眼。

我们的书本倒不算太多，也就是七摞，几百本的样子，两个人两三趟就可以搬完。

旁边却放着整整五堆书本那么多的练习册！上千本的数量，铺在地上就是张床，还是king size的！

这个量，我俩跑十趟也搬不完啊！

这不是要我们累瘫在地，是要把我俩累死在地啊！

我尴尬地看向大辰，大辰也正看向我，在含情脉脉的对视里，大辰大概看出了我的不靠谱，什么都没说，他转身就回去找人了，但没能搬来救兵。

这时搬桌椅的去搬桌椅了，打扫清洁区的去打扫清洁区了，教室里就几个女生在扫地，他总不能让女生们来搬书吧？

于是大辰只能孤身归来，独自动手。

我自知理亏，忙不迭地也抱起书跟着他走：“其实也不算太多，咱们一次搬多点，说不定几趟就搬完了。”

大辰没接我的话茬，拿走我怀里抱着的书，面无表情地说：“你站在这里，负责看书。”

大辰搬了十七趟。

整整十七趟。

他一开始五分钟能来回一次，到最后十五分钟都回不来，来搬书时清清爽爽、衣衫整洁，搬完时挥汗如雨、衣衫尽湿。

最后一趟搬完，他就像被抽干了全部力气一样，猛地坐在柱子前，脸色苍白如纸。

坑大辰成就一，get。

我心里愧疚到不行，恨不得自己抽自己八百个大嘴巴子：让你嘴贱！让你调戏美少年！

我想来想去，唯一能补救的，就是请美少年吃根雪糕消暑了。我跑到超市买了最贵的巧乐兹，讪讪地送到大辰面前：“消一下暑。”

大辰没有理我，只微微摆了摆手，示意不用。

我却急了，心想：怎么能不用呢？我害得你这么惨，请你吃一根雪糕怎么了？

我撕开雪糕袋子，就把雪糕往大辰嘴里塞：“吃吧吃吧，你不吃，我更不好意思了。”

大辰一直往后躲。

我一直把雪糕往前送。

躲……

送……

然后，那根价值七块、冒着森森凉气的雪糕就这样直直地以逼良为娼的姿态进入了大辰的口腔。

然后……

一声瘆人的惨叫过后，他的嘴唇被雪糕黏掉了一块皮。

鲜红的血液像激流一般，瞬间染红了整根雪糕。

我看着他的嘴唇。

他看着我的手。

我们全都惊呆了！

坑大辰成就二，get。

那一刻，我绝望地想，大辰的心情肯定更绝望吧？

但绝望这种东西，从来没有最绝望，只有更绝望！

我木然地抽出一张纸巾，按在他的嘴唇上止血。

按下去之后我才突然想起，似乎……这张纸巾曾在早上擦过我的鼻涕……

而这时，他的鼻翼翕动……也闻到了那股奇异的气息……

坑大辰成就三，get。

“我跟你有仇吧？”大辰有气无力地说。

我：“……”我无言以对。

大辰：“我一定跟你有仇。”

我：“……”我依然无言以对。

大辰：“没仇的话，你为什么这么对我？”

我：“……”我无言以对到只想找条地缝钻进去！

不管过多少年，我都记得那天大辰那张生无可恋的脸。而大辰，大概也太少见这种坑了又坑的三连坑，竟然也没将这件事忘掉。

上个月我们去他家，他还用这件事教育了他家傻妹子恋爱不能太盲目：“你看我之后吃了多少苦，一连被坑三次还不跟对方老死不相往来，以后一辈子都倒她的霉，你知不知道？”

我：“……”

答应我！咱们往事不要再提了，好吗！

4

高中的时候，大辰真的是个不被命运眷顾的小少年。

他家里很穷，三个馒头当一天的饭的那种穷。

当时我们流行买一套语文的知识点总结的资料，价格挺贵的，要三百多。那套书基本涵盖了高中语文全部的知识点，并延伸了许多可能会考的知识点，老师说可以买，但最好自己去总结。因为那套书上有许多不会考到的知识点，与其在上面标记考点，不如自己对着书去总结，不仅加强了记忆，也对考点有了个大概的印象。

但那个时候我们都挺忙的，每天从早学到晚，基本没什么空闲时间去总结。而且三百多虽然贵，但我们跟家长一说，家长知道这套书大家都在用，大多会咬牙给我们买，至少我们班就是人手一套。

除了大辰。

大辰是唯一没买书，而选择抄知识点的人。

这让很多人都在背地里议论大辰，说他家穷得叮当响，看着干净，其实落魄。

高中就是个小社会，这些议论的人当中未必没有人认为大辰虽然穷却有骨气，值得敬佩，但为了合群，都选择了盲从议论，排斥异己。

因为开学搬书见血了的事，我当时对大辰很愧疚，很想帮他一下，就想送一套这个资料给他，别总让人说他闲话。

我之前说过我上高中的时候，我爸很舍得为我上学花钱。那时候同学一个月的零花钱普遍只有一两百，但我的是一千块，买这一套书对我来说根本不算什么。当时我们附近的书店这套书都卖完了，我还特地跑到另一个区的新华书店去买。

买到之后，我在那套书上写上大辰的名字，挑了一个没人在的时候，把书放进了他的桌子里。当时我已经感觉到大辰是个自尊心很强的人，很怕他会把书还给我，所以这件事我谁都没告诉，就希望他能在找不出谁干的情况下，收下那套书。

谁料就那么巧，刚好那天有个同学弄丢了自己的资料书！

更巧的是，当天大辰收作业本，刚好是别人眼中最后一个离开教室的！

最巧的是，那个同学在嚷嚷自己的书怎么找不到了，他又刚好从自己的桌子里拿出一套他买不起的资料书！

他是班上唯一没有那套资料书的人，如果说嫌疑的话，他本身就是最大的。

那个同学立刻闹了起来。

“以为写上你的名字就是你的书了吗？谁不知道你家穷得根本买不起这套资料！”

我闻讯赶过去的时候，正好听到那个同学对他说这句话。

而之前剑拔弩张的气氛、沉重的羞辱，不用去问，只看围观的人嘲讽的眼神和大辰赤红的双眼即可知。

我再一次坑到了大辰。

而这一次，情况远远比用擦鼻涕的纸给他擦嘴严重。

我看着大辰双肩颤抖，脸色惨白，屈辱却又求告无门的模样，心脏就像被重型机车碾过一般地疼。

我心血上涌，迫切地想为他做点什么。但或许是越急切，越是不知所措，我根本不知道怎么才能安慰他，唯一能做的不过是冲到那个同学面前，夺下他手上拿着的书，翻到最后一页，露出书店的印章丢到他的脸上。

“睁大你的狗眼看清楚！我们统一购买资料的华城书店已经断货了，这本书是我在新华书店买的，这是书店的印章！前面的名字你也可以拿去对比，那是我的笔迹！你哪里来那么大的脸说他偷你的书？你信不信只要他开口，我就能用钱砸死你？！”

事实面前，那个同学无言以对。

我成功地用钱和势压倒了他。

但我并没有帮到大辰。

因为接下来，大家依然在议论他——

议论他的穷；

议论他被女生，也就是我，砸钱倒追；

议论他会不会被有钱的女生，同样是我，包养……

我让他本就尴尬的处境，变得更加尴尬了。

后来，那个男生在宿舍找到了自己的资料，向大辰道歉了。

但围绕着大辰的风言风语并没有散。

他因为贫穷而被排斥的处境也没有改善。

他依然孤独而沉默。

或许就是在这个时候，我才真正忍不住更多地关注了他。

我想帮他，又不知道该怎么帮助他，总想着还是要做点什么，但其实又什么都不敢做，生怕又弄巧成拙，害他的处境更加艰难。

因为他，我生平第一次患得患失、思前顾后了。

就这样煎熬着，煎熬着，突然有一天，我发现大辰竟然自己破局了！

他自己做出了一本知识点的总结手册，全部按照书上的重点摘抄，还将重点程度分了等级，做得清晰扼要。我们语文老师看到之后视若珍宝，找他借了手册，复印之后当复习资料分发给了整个年级！

在受了别人的恩惠之后，你又怎好再对他议论纷纷？

所以大辰的困境，就这样不攻自破了。

某一天，一直一个人吃饭的大辰身边出现了其他男生的身影。

我忍不住松开了一直提着的那口气，心里特别兴奋，觉得大辰真是太厉害了。

其实他不只是厉害，而且对自己特别的狠。

他做出来的手册囊括了高中三年语文全部的知识点，超过六百页，将近四十万字。而这一切，是在短短的两个月之内完成的，在和我们一样，早上六点起床，一直上课到晚上九点的情况下。

这样的狠劲让我心悸，也让我心疼。如果不是被逼到了绝境，谁又甘愿把自己逼得这么狠？

可能就是这样不停地被他左右着情绪，我就忍不住将他放进了心里。

特别是有一天，我记得当时我终于意识到了自己一时兴起给他惹了多大的麻烦，向他道歉。

他扯了扯嘴角，云淡风轻地说："是我家穷，不怪你。"

一句话，直直地戳进了我的心底，让我想保护他，尽我之力。

那大概，就是爱情萌芽破土之初了。

5

随着一起处理班务，我跟大辰慢慢熟悉，也慢慢地体会到他其实挺幽默的。

那时市里组织辩论比赛，我和大辰都参加了，属于高一组。

我们一路过关斩将，闯到了最后一场比赛。当时我是一辩，他是三辩，给我们出辩题的老师脑回路十分清奇，题目是"这场辩论赛是无聊的还是不无聊的"，我们是反方，辩"这场辩论赛不无聊"。

一辩破题。

正方说，这个题目没有意义，辩论过程也无法带给我们收获，就算辩出了结果也没什么用，所以这场辩论赛很无聊。

我就说，辩论本身给人带来思考，辩论过程让队员学会团队合作，在和对方辩友的辩论中能开拓我们的思维，所以这场辩论赛不无聊。

二辩开始交锋。

正方二辩攻击我夸夸其谈，说这个辩题无法给我们的学习、生活带来任何帮助，所以无聊，随后拓展正方观点，表明我们学生的主要任务是学习，不该浪费时间在这种无用的事情上。

我方攻击对方把学习凌驾在所有事情之上，奉行功利主义，急功近利，赞扬我“开拓思维”的论点，称“没有这场有意思的辩论赛，也无法见识到这样拿全部去学习的奇葩”。

战火就此熊熊燃起。

双方短兵相接，正方攻击我夸夸其谈，其实全是19世纪的空想主义，论点没有一个能在现实中站住脚；攻击我方二辩是唯心史观的空想社会主义，没有“学习”这个经济基础，就想要开阔视野这一上层建筑。说着说着，不知怎的，他就辩论变成了人身攻击。也不知道是不是从小吃苦，苦大仇深，他一个劲儿地说我们是公主少爷，没吃过苦，没见识过社会苦难，所以小时候是熊孩子，长大了就是熊霸王，只会瞎嚷嚷。

其语气之尖酸刻薄，令人发指。

我心里的怒火“轰轰”地往上腾，讽刺我的论点我能忍，但攻击我本身，这就只有佛能忍了！

我“唰唰”地写下一二三四点对方的言语漏洞，甩给大辰让他看着给我报仇。

二辩也极度气愤地给出了自己想到的攻击方式，写给了大辰。

我想大辰是冷静理智派，大概会先指出我说的漏洞，然后发散己方观点，最后再小小地攻击对方一下。

却没想到大辰会直接爆发，“唰”地站起来，先声夺人道：“对方辩友，你喜欢大便吗？”

……

满口喷粪，嘴巴那么臭，怕是吃了大便吧？

这样有味道的问句……可谓石破天惊。

全场寂静三秒，才在对方辩友们气得满脸通红的神色中响起了掀翻屋顶的哄笑。

然后大辰又说了：“哦，我说的是我方大辩（大便）。”

为了示意他指的是人，他还特意看了我一眼。

但这一眼比不看更有效果，任谁都知道他说的实际是对方喷粪，他还偏偏要假装自己没有含沙射影。

观众们笑得更欢了。

连裁判老师都忍俊不禁，捂着嘴笑得偷偷偏过了头。

然后大辰又指出对方二辩的漏洞，发表了自己的观点，再经过五分钟自由辩论，最后四辩总结陈词。不知道是不是大辰有味道的攻击太有杀伤力，后面对方辩友的表现大失水准，我们轻松地拿到了全市高中生辩论赛的冠军。

这场胜利给我们带来了许多荣誉。

拿到奖杯之后，我们学校专门给我们开了一个表彰会，还让我们每个人上台进行了五分钟演讲。

我爸看到表彰视频，觉得倍儿有面子，还给我买了苹果手机当奖励。

我们学校还因此出现了新的吵架流行语——对方辩友，你喜欢大便吗？

皆大欢喜！

直到我发现，我收获了一个新的绰号，“大辩（便）”……

我：“……”

大辰，你的幽默感我get到了，但你能不能对我友好一点？！

6

辩论赛没多久，我在大辰的书桌里翻出了两张卫生巾。

军训的时候，男生在鞋里垫卫生巾来吸汗，发现效果不错，从此就广泛应用在了之后的体育课上。

这是广大群众们都心领神会的事情，只是从未在大庭广众之下暴露出来过。

我想到大辰作为一个从未参与过球类比赛的美男子，竟然也有用卫生巾当鞋垫的需求，还被我抓了个正着，忍不住埋头猛笑。

谁料偷笑有风险，头排需谨慎，语文老师看到我笑，点名让我站了起来。

语文老师问我笑什么，我站在那里，不知道该怎么回答。

高中的时候，学生之间有很多无言的默契，许多事情只能做，不能说……比如拿卫生巾做鞋垫，非要说出来也不是不行，只是会引起哄堂大笑，而且越是用卫生巾鞋垫用得多的男生，笑话得越狠，甚至还要伙同其他人一起鄙视你一个女生张口闭口“卫生巾”不要脸。至于引发事情的起因，那是没有人会关注的。

一同经过辩论赛的折磨之后，我自认已经和大辰有了几分交情，赶紧给他使眼色，示意他救命。

大辰也很上道，接收到信号，立刻就站了起来。

我心里松了口气，觉得自己已经过关了。

大辰在靠谱这方面，还是很有信誉度的。

然后我就听大辰说：“老师，她在笑卫生巾。”

——老师，她在笑卫生巾！

全班哄堂大笑！

坐在后面，喜欢打篮球，用卫生巾鞋垫最多的几个男生不出我所料地拍桌子、吹口哨，起哄得最大声！

我的脸唰地一下就红了。

被大辰气的！

说好站起来救我的！你怎么能坑我呢？

本着“要死一起死”的友爱精神，我立刻开口解释：“卫生巾不是我的，是大辰的。”

然后我得意地瞄大辰：我看你怎么说！我得不了好，也让你惹一身骚！

不料大辰十分镇定地“嗯”了一声，说：“她的卫生巾掉地上了，我帮她捡起来，她以为是我的，所以一直笑。”说着还把那两个罪证掏了出来，示意给大家看。

这谎圆得！班上的人笑得呀……拍桌子跺脚，都快疯了！

我也目瞪口呆了啊。

颠倒黑白，厚颜无耻……我从没想过他是这样的大辰！

这时风向已定，我再解释也是枉然，不仅被语文老师痛心疾首地批评了一番，还遭受了广大男同胞们无情的嘲笑，以至于高中三年，就没有男生向我表白过！

很久以后，我想起这件事，依然愤愤不平，猛掐一顿大辰的胳膊："说，你当时为什么要陷害我？！"

大辰躲着我的指甲，十分无辜地说："没陷害你啊，你让我帮你解释，我帮你解释了啊。"

我："我是让你帮我编偷笑的原因，谁让你说那卫生巾的事了！"

大辰："但你偷笑的原因就是卫生巾啊。"

我："你懂什么叫编吗？！"

大辰："但是骗人我不会啊！"

我："……"

骗鬼！

他绝对是记着我三连坑的事，故意在报复我！

真是天道好轮回，苍天饶过谁啊！

7

有的时候，我总觉得我和大辰性格颠倒了。我像个男孩子，大大咧咧的，还大手大脚，他却比女生还要细腻。而且，他还会砍价！这个技能我活了十七年都没点亮哎！

高二圣诞节晚会，我带着班干部们去采购零食，大辰也在其中。

一起去的是四个男生和一个女生，由于我是唯一的女生，砍价时他们理所当然地让我上了。

我也是硬着头皮顶缸。

我："老板，你这个苹果多少钱一斤？"

老板："批发六毛，零售一块。"

我："那我买一百斤，你能给我八毛一斤吗？"

老板乐了："一百斤算批发了，我给你六毛一斤。"

我："……我们买一百斤。"

我："老板，你的奶糖多少钱一斤？"

老板："两块三。"

我："我买得多，可以便宜点吗？"

老板："姑娘，不能再少了，我这是批发价……"

我："……好吧，那就两块三吧。"

……

就我这样的砍价伎俩，我早已做好了最后自己买单填补漏洞的准备。

不料去买第三样东西的时候，我又要去砍价，大辰一把拉住了我……

事后我听同去的男生说，当时大辰在后面忍了好几遍，忍无可忍了才动手的。

总之，他拉住我了。

然后我们的画风就变成这样了——

大辰："瓜子怎么卖？"

老板："一块一斤。"

大辰："五毛。"

老板："五毛一斤，我本都回不来的！"

大辰："我买五十斤。"

老板："八毛。"

大辰："五毛。"

老板："六毛！六毛不能再低了。"

大辰："五毛。"

老板："……好吧好吧，五毛吧，我这可是亏本卖的，以后你们多光顾我的生意啊。"

我在一旁："……"目瞪口呆了有没有！

8

我对大辰虽然一直有好感，但真正意识到爱情，却是起源于一次人工呼吸。

高一结束的那个暑假，我跟朋友一起去游泳馆游泳时不慎溺水，大辰正好在那边当救生员，把我救了起来。

他救我的方式是人工呼吸，昏迷的时候我毫无知觉，可是等到醒过来睁开眼睛，便看到一双狭长的眼睛慢慢地、慢慢地远离了我的视线。

他睫毛很长，被水打湿，黏成一缕一缕，露出一双眼睛直直地看着我，像要看进我心里一般。

那一瞬间，我的心跳猛然加快了速度。

我突然明白，我爱上他了。

一个女生怜悯一个男生可能不是爱，想保护一个男生也可能不是爱，对一个男生动心却肯定是爱了。心脏在胸腔的每一次跳动，都是少女蠢蠢欲动的热情，迫切地渴望着向热爱的对象宣泄。

一瞬间，我就从一个母性大发的花痴少女，变成了不可理喻的沉浸于爱情中的单恋狂魔。

一知道大辰这个暑假都在这个游泳馆兼职，我立刻去办了一张游泳馆的VIP年卡。为了营造不是特意去犯花痴的假象，我还给两个闺密一人办了一张卡。

可惜少年忙着应对柴米油盐酱醋茶，没空给我好脸色。

我天天去找他搭讪，他天天都对我敷衍着。

这样的进展可太不让我满足了！

我久攻不下，无意识地就做出了特无耻的举动——尾随他回家。

可怜的是，只跟了两条巷子吧，我就被他发现了。

他堵住我，有点无奈地看我："你跟着我做什么啊？"

我挺无措的，眼珠子转了转，正好看到巷子口的臭豆腐摊，顿时像抓到了救命的稻草："我吃臭豆腐！你吃不吃？我请你！"

"不吃。"大辰盯了我一会儿，转头就走。

我知道跟着他不好，但又舍不得不跟，犹豫了好几秒，最终决定放飞自我，跟了上去："不吃臭豆腐，棉花糖吃不吃？"

"不吃。"

"章鱼小丸子呢？很好吃哦。"

"不吃。"

"那烤鱿鱼？"

"你不是去吃臭豆腐的吗？快去买吧。"大辰不耐烦了。

我死皮赖脸："既然碰到你了，当然请你吃东西比较重要。要不我们去吃双皮奶吧？"

大辰无奈了："我请你吃臭豆腐吧，吃完你赶紧回家。"

我立刻喜笑颜开："好呀好呀好呀。"

……

后来想想，我那次真够不要脸的。

回顾经典香港电影的时候，我还觉得自己的行为简直和那些电影里小混混勾搭女生的招数一样一样的。

但大概高冷的男神女神们就是吃死缠烂打这一套，我竟然误打误撞，慢慢走进了大辰的心里，甚至于最后和他牵了手。

若干年后，我跟大辰炫耀我的战斗成果："你看，我们的幸福生活都源自我坚持不懈的奋斗！这就是瞄准目标，死不松口的成果！"

大辰想了想，问我："你确定你不是在称赞王八？"

我："……"窘。

我忘了我已经把他教得机智又活泼，张口就能怼我了！

9

我们的家乡是一个三线小城市，只有四个区，东区那一块是别墅区，我就住在那里。而大辰，他住在西区的城中村，一个满是污水、住满穷人的区域。

那个位置，在中心公园的后面。

有一次，我听大辰说他有时吃完饭会去中心公园散步，顿时灵机一动。

我大伯住在中心公园旁边一个新建的复式小楼里，他家养了一条德牧，特别活泼，一动起来就管不住，便一直想找人帮他遛狗。我找大伯主动要求去遛狗，想着都在中心公园溜达，肯定能和大辰偶遇！

但我去了许多个星期，遛狗遛得把那一块的草坪都快踩秃，却始终没有见到他。

第十八个星期的时候，花花陪我一起遛狗，劝我换个方式制造机会："哪怕你去狗欢家的生活超市去收银呢，也比遛狗跟大辰遇到的概率高啊！"

我不同意："但那样也没有遛狗相遇的惊喜大。想一想一个在散步，一个在遛狗，都很惬意地走在路上，突然走着走着，发现对面来的人是自己美丽的女同学！感觉多有缘分啊！"

发完花痴，我也接受了花花的意见："不过偶遇机会不怕多！回头我跟狗欢说一声，去他家超市兼职！"

花花瞬间被我折服："真给你跪了！你追男人要不要这么刻苦啊？"

"吃得苦中苦，追到大帅哥！"

"说你胖，你就喘。你这是做无用功知不知道？这边路这么多，你又不知道他什么时候散步，你们偶遇的概率几乎为零！"

"几乎又不是绝对，不试试谁知道！"

我们俩正斗着嘴——

"小心！"一双手从花花身后拽住了她。

原来，中心公园的小路曲折，这一段路因为给池子导流被挖开了，却刚好藏在一个拐角处，很容易把人绊倒。而花花这时专心跟我说话，又倒退着走路，很倒霉地就中了招！

"抓住我。"花花没有理身后拽她的手，反而拉住了我的衣襟，试图借力站起。

但她用力过度，唰地一下，她站直了身体，我却因为狗狗的拉力和她刚刚的借力，转身看向了她的身后，撞上了一张熟悉的、俊美的脸。

"Hi，好……好巧，你来散步啊。"

被概率几乎为零的幸运砸中的我，那一刻脸红得像西边天际燃烧着的火烧云。

原来缘分，就藏在坚持不懈的拐角。

10

我有段时间对拿下大辰特别没信心，一个劲儿地想以后不能跟大辰在一起怎么办。

等到高中毕业，大辰会到一个离我千百里的城市上大学，会喜欢上一个我不认识的女生，尊重她，爱护她，给她美好的爱情。他们会结婚，生一个漂亮的小孩，一起去旅游，在朋友圈里晒各种幸福的照片。

突然有一天，他和他的妻子结婚十周年纪念日，乘马航去度蜜月，不幸遇上空难。甜蜜蜜的一家三口，就留下那个孤零零的孩子。那个时候我肯定还没结婚，便收养了那个孩子，教他念书，供他上大学，给他买房子，看着他结婚。他后来对我不孝我也不怕，我一定会把最好的都给他，就像大辰会对他那样。

最后，我孤独地死在了一个小房子里，没有人给我收殓，只有政府人员把我送到殡仪馆，将我化成了一小捧骨灰，撒进了大海里。

但是，就算是那样的结局，我也不后悔！

因为我爱大辰！我爱他的一切！

想着想着，我禁不住号啕大哭起来。

我怎么是这么好的人啊！我这么好的人，大辰怎么舍得不跟我在一起啊！要不大辰还是跟我结婚生孩子、不遇到空难吧！跟我在一起，他多幸福啊！

11

真正让我和大辰之间拉近距离，是一场意外——我离家出走。

这件事有点难以启齿。

我家是很传统的男主外、女主内的家庭，我爸赚钱，我妈照顾我。但其实呢，我爸赚钱确实赚得风生水起，我妈却是没怎么照顾我，她全部心思都用在看着我爸上了。这样就导致了我家两个大人每天都早出晚归，我无人看管的局面。

高二的某个周末，我要去考钢琴等级，说好我爸送我去的，结果事到临头，我爸却突然说公司出了点事，他要去处理，让我妈带我去考。我妈带就我妈带吧，结果刚要出门呢，我妈让我自己去，她有事要出去一下！

什么出去一下！她不就是去跟踪我爸吗！

我一个人被留在家里，整个人异常的愤怒。

然后我也没考试，就离家出走了，没走多远，就到了郊区的伽蓝山，上周郊游到过那里。我觉得那里的斋饭挺好吃的，禅乐什么的听起来就蛮伤心、蛮有格调的。

谁知道我打车到山下，竟然把背包忘在出租车里了！

那个年代，手机里还没有支付宝这种软件，iPhone 4都还没有面世，能当板砖的诺基亚在小城市还是一个奢侈品。我在景区门口转了一圈，硬是没找到一个能借我电话的。

从伽蓝山出发到市区，走路起码五个小时，周围也没有什么认识的人家可以借宿，我蹲在景区门口，彻底愁了。

就在这个时候，突然有人站在了我的面前。

就是大辰。

他外婆就住在景区外面，这天他来看他外婆，帮他外婆到山上找和尚收个菜钱，没想到正好遇到了我。

而我看到他，如同久旱逢甘霖一般，立刻抓住他请求帮助。

大辰想了想，就让我跟着他走，晚上他舅舅送他回家，顺便送我回去。

我当然立刻说好，屁颠儿屁颠儿地就跟他去了。

路上，他免不了问我为什么会独自来这里。

我向他装可怜，也有点真可怜，说了我爸天天忙得不着家，我妈到处抓我爸的小三的事。

大辰面露同情，便开始安慰我："最少他们让你衣食无忧了。"

我脱口而出："我宁愿穷，也希望他们都陪伴我。"

大辰沉默了一下，也点头了，说："经济问题迟早能解决，但再多钱也买不到家人的关心。"

后来我才知道，大辰家里之前也算富裕，初二的时候父亲出了车祸，花了大笔的钱，才陡然一贫如洗。而他跟我说这句话，确是肺腑之言，因为他爸一度想自杀让他们摆脱自己这个负担，但被他跪求劝住，因为钱可以再赚，爸爸没了，以后就再也没有父亲关心他了。

当时我并不知道这些，但这个话题我们很有共鸣。那一路上，我们越谈越走心，越谈越深入。我知道了他妈妈怎么用微薄的薪水支持生活，还努力给他们小惊喜让他们开心；他爸是怎样努力复健，偷偷糊纸盒打工给他妈买生日礼物。

他也听了许多我怎样挣扎，努力地让父母看到我的事。等回到市里的时候，我向他伸手："以后做很好的朋友吧？起码可以彼此吐槽一下。"

他没拒绝我，握住了我的手："好，以后一起努力。"

我心花怒放。

缘分的枝蔓在伸展。

12

两个人要是太熟了，就会得寸进尺了，而这时就到了考验感情的时候了。

大辰的妈妈是英语老师，他的英语成绩特别好。

好吧，其实他的什么成绩都特别好，但他的英语成绩特别好这一点对我来说特别重要！

每次我们英语小考的时候，就到了我奴颜婢膝的时候。

"大辰……辰大爷！求你帮帮小的吧！"

"不行。"

"我向你上供啊，每天给你带好吃的怎么样？"

"不行。"

"我的CD机借你玩呀，不限时的。"

"不要。"

"你不帮我，我就去造谣你向我表白，求我当你女朋友哦！"

"随你。"

"真不帮忙啊？"

"作弊的忙不能帮。"

我很郁闷："我妈说如果我英语成绩再不好，就让我周末去参加英语辅导班了，那样我就不能去游泳馆陪你了哎。"

他没作声，埋头做题，当没听见。

我挺失望的，觉得自己天天各种花样讨好他，都努力这么久了，竟然一点都没有打动他，真是太失败了。

结果考试那天，他丢了一个纸团到我桌子上，上面写着：ACDCBACA……

我顿时心花怒放。

看来某人的原则性也就这样嘛！

哈哈哈！

13

我妈热爱艺术，在她的要求下，我学了整整八年的钢琴。迎新晚会上，我表演了贝多芬名曲《致爱丽丝》。

当时听过这个曲子的完整版的人不多，大部分人都只知道被用作铃声的那一部分前奏，因为铃声做得劣质，大家都觉得这是首不怎么好听的曲子。但在我弹出整支原曲之后，许多人都说被震撼到了。

大辰也是其中一员。

不过他说出他的震撼，是在我们高三那年，我们互相敞开心扉，差点互相表白，又被他克制的那天。

因为这件事，在毕业典礼上，我又弹起了这首《致爱丽丝》。

当时，这首曲子勾起了很多人的伤感。

第一次听到这首曲子时，我们才十五岁，是青葱的高一新生；当这首曲子再次奏响，我们却已十八岁成年，即将迈出高中的校园。

后来大家在空间里写文章追忆高中生活，很多人的文章里都留下了这首曲子的痕迹，大辰也写过，我记得他说的是：我们从《致爱丽丝》开始，又以《致爱丽丝》结束，我们到来又离开，但校园的这一曲《致爱丽丝》永远回荡在我们的脑海。

结婚之前，我正好翻出了这篇日记。

我深有感触，《致爱丽丝》对我们而言不仅是青春的纪念，还带着初次相互表明感情的纪念意义。

于是，结婚典礼上，我又弹起了这首《致爱丽丝》。

歌声依旧，人也依旧。

晚上，我感性地问大辰：“听到这首曲子时，是不是觉得百感交集？”

大辰点头说是。

我说我也是，感觉自己回到了高中时代。那时我费尽心机地想讨好他，表面上却常常装得若无其事。我总以为我对他会是一段多年以后亦无法忘怀的无望单恋，却没想到不仅能得到他的积极回应，还会与他同许诺言，共度一生。

就着这个话题，我们回忆起了往事，那时我们哭过，笑过，傻过，痛过……如今想来，都是难忘的记忆。

聊了许多之后，大辰突然摇摇我的肩，对我说：“有件事情我一直想问你。”

“你问吧。”我有点诧异，他对我还有什么不了解的吗？

大辰一脸憋屎的表情，憋了许久才问出了口：“……你每次都弹《致爱丽丝》，是不是因为你只会弹这一首曲子？”

我：“……”

你就这么觉得我不学无术？！

不对，这么煽情的时候，你就一直琢磨着这么没有情调的事？！

相处越久，越不懂枕边人整天都想些啥！

14

高三我和花花回家，刚好看到一个小男生被勒索。

几个人高马大的大男生围住一个小鸡崽似的小男生，怎么看那小男生都挺可怜的，我就想搭把手。

但花花不许我过去，她给狗欢打了个电话让狗欢过来，摆出狗欢他爸，才有可能说动他们让他们放手。

但就是等狗欢过来的几分钟，大辰不知怎么出现了，还挡在了那个小男生的前面。

我一看就急了，赶紧冲上去帮忙，跟领头的男生说我是狗欢的朋友，还请给个面子。

领头的男生脸一拉，阴阳怪气地说：“我们敬狗欢是条汉子，但狗欢朋友那么多，朋友的朋友更可以站满一个操场，这么给面子下去，我们去哪儿弄钱啊？”

领头的男生说着，其他几个男生就蠢蠢欲动，打算动手。

这几个男生都是体育生，一个能打五个的那种，虽然听说大辰练过武，但双拳难敌四手，多半赢不了他们。

我忙不迭向领头的男生解释：“他是我男朋友，内人，关系近得不能再近，真不是朋友的朋友！”

领头的男生不信：“我又不是不认识你们。你叫张弦，他叫陈一辰，全校人都知道你在追他，可他根本没答应你！”

“他答应了，昨天答应的。”我信口扯淡。

男生：“少扯。就你这样的，人这么帅，凭什么看上你？”

“别看不起人好吧！我都追他这么久了，还不许我用点特殊手段把他拿下？”

男生将信将疑，看向大辰：“你真的跟她在一起了？”

我忙不迭点头，心里觉得大辰肯定看懂了局势，肯定也会配合地点头。

谁料这傻帽居然摇头了！说根本跟我没关系！

当面撒谎，这不就是挑衅吗？

两边立刻打了起来。

勒索的男生给我面子没动我，但招呼在大辰身上的拳头却一点没含糊。等狗欢赶来的时候，大辰脸上挨了好几拳，眼眶都被捣青了！

送他去医务室的路上，我心情很低落：“跟我在一起就这么让你难受？宁愿挨打也不肯撒谎说跟我在一起了？”

大辰好久都没有说话，直到快进医务室的时候，才说了一句：“等我们在一起了，我也不会撒谎。”然后就率先走进医务室里，将我落在了门后。

后来每次想起这件事，我都会偷笑好久。

在那之前，我一直没有感受到大辰有喜欢我的迹象，而这一句话，终于让我知道我的付出不是没有回报的。

苦尽甘来，情深几许。

15

大辰是个责任感特别强的人。

高中的时候，我们每个班都分有清洁区，班上的同学分成十组，两周轮一次去打扫清洁区。我们班的清洁区是操场边上的一条走廊，离教学楼很远。我们打扫卫生之后要用一个箩筐来装垃圾，那个箩筐挺重的，正好操场旁边有一片竹林，我们就把箩筐藏在了竹林里。清洁区离垃圾场挺远的，班上有些同学不自觉，打扫完卫生，把垃圾装进箩筐就不管了，留给第二天做清洁的同学倒。第二天做清洁的同学自然就不乐意，倒了上次的垃圾，再把这次的垃圾扫进箩筐之后也留着不倒。到最后，我们班几乎所有人都只倒前一天做清洁的同学留下的垃圾，自己装满垃圾的箩筐都不管。

但每次轮到大辰打扫卫生的时候，他都会把自己装满一箩筐的垃圾倒掉。

他说打扫卫生就包括倒掉垃圾这一步，不应该为了省事而偷懒。

收作业本的时候也是。

那时候，收作业本是我们所有班干部都不喜欢的工作，因为要占我们晚上的休息时间。有些同学做题慢，别人都吃完饭回教室了，我们都可能还要在那里等。所以每次轮到我们收作业的时候，都是差不多收齐了就放到任课老师办公室去了，没交的同学都让他们做完之后自己去交。

但大辰不会这么做。

大辰每次都在教室做题，等没做完的同学都交了作业本，他送到老师那里之后才会去食堂吃饭。有时候没做完的同学交得迟，等他送完作业本之后我们都开始上晚自习了，他就在晚自习的空隙里去小卖部买面包啃。

我总觉得他挺傻的，浪费自己的时间去傻等别人做什么？既然大家都让没交作业的同学自己去交作业，他跟别人一样做不好吗？

大辰却说，收作业本这项任务，包含的内容就是收齐所有同学的作业本并送到任课老师的手里，他不能在作业本数量上打折扣。

他心里有一条特别清晰的线，接到的每个任务的具体内容，他心里都规划得一清二楚。内容之外的事情他很少做，但内容之内的事情，他怎么都要做到。

所以他一般不轻易做决定。

他唯一一次做出轻率的决定，大概就是向我表白了。

虽然我们在高三就已经互有好感了，但高中不准早恋，我们没有在一起。

等到高考结束之后，我就觉得我们可以恋爱了，所以每次只要有他参与的活动，我都特别积极地参与。

他却一直没有向我表白。

我以为是自己会错了意，填志愿之前，本着弄清楚之后早死早超生的心态，我跑去找他，问他是不是不喜欢我。

我就是想逼他承认喜欢我，跟我在一起。

但他说他喜欢我，现在却不能和我在一起。

他说未来什么都还不清晰，他也还没有取得足以迎娶我的成就，他不想我们一时冲动在一起了，反倒毁了我们的感情。

我当时并不能理解他，我觉得他太理智了，都理智过头了，一点不像对我有情。

我朝他哭，跟他闹，甚至试图跟他讲道理，但最终也没能让他改变主意。

所以我赌气去了长春，屏蔽了他的QQ、微信和手机，不想跟他联系。

直到大一下学期的时候，我家里发生了巨变。

我妈发现我爸在外面包养了一个小三，跟他离婚了。不久股市崩盘，我家投入的钱都打了水漂。我爸在股市上投入的资金太多，损失影响到他的生意周转，公司也破了产。

我在那一个月里，先是知道了我一向敬爱的爸爸做出了包养小三的龌龊事，然后收到了家庭破裂，我妈出国的消息。没过多久，我爸又告诉我以后我都要自己赚学费了，因为他破产了。

我整个人都蒙了。

精神和生活的双重打击，让我一瞬间怀疑起了活着的意义。

痛苦得不行的时候，我在QQ签名上写：这个世界大概不需要我，没有人爱我，没有人要我。

就是那个时候，大辰排了大半夜的队买了火车票，又坐六个小时的动车，像盖世英雄一样突然出现在我面前。

他跟我说："张弦，跟我在一起吧。我做你的亲人、你的爱人、你的朋友……别怕，就算这个世界不要你了，也还有我要你。"

这是他唯一冲动的决定。

也是我们的故事的开始。

「第二章」

Chapter 2

奇妙的距离

回顾那四年的异地恋，

有喜，有悲，

有笑，有泪，

但最多的，

还是奇思妙想，

和笑料百出。

1

大辰跟我说了“就算这个世界不要你了，也还有我要你”之后，其实我们并没有立即在一起。

当时发生了另一件事。

我爸跟我说他破产了，以后我要自己负担自己的生活费了。当时我特别惶恐，比听到他有小三时还要惶恐。我活了十八年，从来没有自己赚过一分钱，虽然高中暑假嚷嚷过要去打工，但那只是体验生活，事实上，我是仗着我的家境有恃无恐的。突然之间，我家没钱了，我不仅要赚钱养活自己，还要自己支付学费……我完全不知道该怎么办。

就是在这种惊惶的情况下，我给我妈打了一个电话，一个让我非常后悔的电话。听到电话那端传来急刹车的声音时，我整个人都蒙了。

我高三的时候，我妈发现了我爸出轨，但为了不影响我的高考，直到我大一，他们才正式离婚。而我妈净身出户，去了美国投奔我舅舅。只是她一个多年没有工作过的家庭妇女，英语又那么差，基本没有工作能力，于是就准备申请一个大学，先念出一个学位再说。

我给她打电话的时候，正是她去大学面试的前夜，那一场交通事故撞裂了她的右腿腿骨，也撞掉了她的大学梦。

当舅舅在我妈情况稳定之后告诉我这些时，我整个人几乎被愧疚淹没。

其实我爸在说不能再给我打钱的时候，也跟我提过别找我妈，他说我妈赌气净身出户，又去了美国，现在正是她艰难的时候，我给她打电话，不过是给她徒添负担。

但我还是给我妈打了电话。

因为我害怕。

我们班上有个山区的女同学，家里不能给她经济支援，她为了攒学费，每天都忙得像个陀螺，早上五点起床去早餐店打工，白天上一整天课，放学再到烧烤店打工到十二点。

看到她，你就只能想到“疲惫”这两个字。

我完全无法想象我该怎么适应那种生活。

她为了攒钱，甚至用的洗发精都是五毛钱袋装的。我要是沦落到她那种处境，该怎么应对劣质香精带来的皮肤过敏？

这个时候，我终于意识到了自己只是生长在温室里的花朵，我承受不了迎面扑来的寒霜风雨，我对未来害怕得瑟瑟发抖。

所以明知我妈过得艰难，我还是把我的惶恐转嫁给了她。

然后我便得到了那个我无法面对的结果。

这件事逼得我不得开始反思我的生活，让我在不断的痛苦和煎熬中，终于理解了大辰当年不盲目和我发展感情的心情。

那就是，有些痛苦必须自己承担，不能推给别人分担，越爱的人，越不该将他拖进深渊。

当时我痛定思痛，决定从此以后开始成长，像大辰一样，勇敢地独自承担起一切。

所以虽然当时大辰说的那番话感动了我，但感动之余，我并没有答应跟他在一起。

我拒绝大辰之后，大辰并没有说什么，只是当晚他并没有回去。

当时花花的父亲去世，我陪她回去处理后事，大辰也跟着回去了。

我让他走，他不答应，说他也是花花的同学，此时也该施以援手。我心里五味杂陈，高兴又不舍，最终也没再驱赶他。

而他跟我们一起回去之后，也确实帮忙做了许多事情。

挡债主、联系殡仪馆、找送葬车……这些事都是在他的帮助下，我们才应付过去。那几天，我一直想，让我跟人赔一次笑脸，道一次歉，求一次帮忙，就像被凌迟了一样。而这段时间，大臣一直在赔笑脸、道歉和求助，却依然能温柔对我，究竟是他之前承受过更多，还是他愿意为我至此？

然而不管是哪一样，我的心都很疼。我在心里对自己说，够了，已经向他索取得够多了，真的不能再拖累他下去了。

大辰送我回学校，火车到长春北站，然后换乘轻轨。

那天长春下了特别大的雪，铺天盖地，白茫茫一片。

从轻轨上下来到学校还有一段距离，大辰说：“我背你吧。”

我心想，这或许就是我们最后一次见面了。

只犹豫了一下，我就爬上了他的背。

他的背散发着冰凉的、冷冽的气息，是我不熟悉的宽厚。

我把脸贴在他的肩上，心里揪成了一团，不停地想，我爱的男孩，他已经成长成了一个肩膀宽厚的男人，为什么我却只能把他推到我的生活之外？

我多么多么希望能和他在一起啊……

那一段路，我们都没有说话。他沉默地向前走，我无声地恸哭。我不知道他在想什么，但我心里，就像生离死别一样难过。

那是我一生中最悲伤的一段路。

路程结束，我也将和我最爱的男生成为陌路。

成长是什么？

在我看来，成长就是那样一段悲伤的路。

在那天之后，我终于学会了脚踏实地地生活。发传单，送外卖，当家教……这些以前我从不沾染的辛苦活，我都开始来者不拒地学着做。每天从早到晚地忙碌、学习、工作，我原本以为我会坚持不下去，但慢慢地，我竟然也适应了。

唯一的意外，就是大辰竟然还在我的生活里，并没有离开。

我们并没有恋爱，只是大辰打工的经验比较丰富，我挑选兼职的时候，他能给我最合理的建议。我因为兼职影响到成绩的时候，也是他教我如何安排兼职和学习，以保证二者兼顾。

他没有离开我的生活，反而比以前更贴近我的生活。

一条短信，一个电话，一个突然出现在我面前的惊喜……我很困惑，但就像做了美梦不愿醒一样，也不愿主动提醒他别理我。

直到有一天我们出门时遇到熟人，他向人介绍自己是我男朋友，我不得不和他摊牌了。

“我跟你说过我不会和你在一起的。就像从前你不想拖累我一样，我现在也不想拖累你。”

大辰笑了笑，跟我讲了一个道理：“你知道吗？我是一棵橡树。”

“什么？”

“你以前是一只鸟儿。你在天上，我在地上。你在唱歌，我在挣扎。我的爱情会把你拖下天空，所以我和你在一起是拖累你。但现在你的根须埋进了泥土里，你变成了一株木棉，和我有了一样的悲喜。我们都在地上，我们在一起是并肩奋斗，哪里存在拖累？”

“可是……”

我想反驳一下，却被他拦住了：“这段时间我们的相处和男女朋友的相处别无二致，你觉得有谁拖累谁了吗？”

没有，不仅没有拖累，还给了我很大的帮助。

大辰下了结论：“所以我们在一起没有任何问题。”

我被大辰说服了，于是，就这样莫名其妙地得到了他的爱情。

这才是我们恋爱的开始。

2

兵荒马乱的青春里，我们都坚持着可笑的坚持，所以相爱之后，便不得不收拾一时赌气而留下的大烂摊子——我和我的恋人分隔两地，他在北京，我在长春，两地之间隔着十三个小时的车程。

有人说异地恋很苦，但我倒不怎么觉得。

回顾那四年的异地恋，有喜，有悲，有笑，有泪，但最多的，还是奇思妙想，和笑料百出。

3

犹记得2010年，大辰第一次进我们宿舍，可谓石破天惊。

这里有个前情提要，大辰是个有洁癖的美男子。而我则恰恰相反，特别喜欢把东西扔得到处都是。

大辰进我们宿舍那天，我一点准备都没有，衣服、袜子、鞋、书……丢得那个乱啊，简直都成了垃圾堆的雏形！

大辰一看，立刻紧紧地皱起了眉头。

我站在旁边，十分不好意思，就说“咱们出去坐坐吧”。正好学校外面有个餐馆新开业，我一直想去大吃一顿却一直没空。

大辰却不同意。

他挽起袖子就开始干活了，把我的衣服全都清了出来，鞋子、袜子、内衣和其他杂物各分一堆，地扫干净，几分钟就让宿舍恢复了整洁；又清理了水槽和晾衣架，把耷拉下来的撑杆用铁丝固定了。

整个过程大概也就十分钟不到吧，我看得眼花缭乱，整个人都惊呆了！

等他放下撑杆，我松了口气，以为终于结束了，没想到他竟然又抱着我的一堆脏衣服去了洗衣房……

羞耻得欲仙欲死的我：“……”

我总觉得未来的生活会变得水深火热！

结果之后的事情完全不按照我的预料发展！我的生活一点都不水深火热，真正水深火热的是事事都较真的大辰！

大辰每隔一个月就来给我收拾一次宿舍，整整收拾了三年半，有一个月他跟着导师去参加会议，没来长春看我。那几天舍友都特别焦灼，每天都问我：“这个月大辰真的不来了呀？那咱们宿舍谁来扫？”

4

我们学校有两个校区，当时我每次去另一个校区上课，都要等好久的校车，就想干脆买辆自行车吧，反正学骑自行车也不难。

“嗯，一点都不难。”

大辰充分肯定了我的想法，并在某个周末前来教我练车。

都是大人了，自然是直接上车学掌握平衡了。但我挺怕摔的，就跟大辰商量：“你先扶着我车后面，等我骑会了，你再松手让我自己来，成吧？”

大辰说成。

我就上车了。

没到五秒，我摔了一跤。

我控诉地看大辰：“说好帮我扶着车的！”

大辰一脸抱歉：“你上车太快了。”

好吧，这个解释勉强接受。

我又上车了，这次谨慎多了，确定大辰扶着车了才开始踩。

坚持了一分钟，我再次摔倒。

我黑脸了：“你放手那么快做什么？！”

大辰不认为自己错：“你骑稳了。”

骑稳了不代表一直稳啊！要能一直稳，我还练个什么平衡！

我跟大辰强调："要多扶我一会儿，确定我不会摔了才能放手！"还给了扶车标准，"起码要扶满十分钟！不准放太早了！"

大辰点头，做"OK"的手势。

于是我再次上车。这次我更加谨慎，骑一会儿就往后看一眼，骑一会儿就往后看一眼……

"哐——"

我又摔倒了。

我再上车，再摔倒，再上车，再摔倒……

也不知道怎么回事，不是大辰放手早了，就是我自己出问题了，我一骑上车就摔倒。

但是摔着摔着，我居然就学会了！

大辰借机教育我："你看，学车就是要摔跤，摔几次就学会了。"

我点头："看来还是要自食其力啊。"

大辰赞同地点头。

我："以后学东西，我再也不喊你帮忙了。"

大辰给我一个"有前途"的赞赏眼神。

我："掐架掐不赢也不叫你给我查IP了。"

大辰点头，表示这个可以有。

我："专业课我也好好学，期末再也不叫你给我画重点了。"

大辰点头，表示对对对。

我："英语也自己练吧，这次一定要把四级过了。"

大辰点头，表示好啊好啊。

我一连说了十几个"再也不叫你"，都是大辰心里深恶痛绝的我的恶习。看着大辰十二万分满意的眼神，我转头跟他商量："那你准备好下岗了吧？"

大辰："……"

我（理直气壮）："都不用你来做坏事了，还要你做什么？！"

5

买完自行车不久，我们学校闹起了自行车车贼，闹得特别凶，被盗了好几十辆。我是个马大哈，经常忘记锁车锁，自然也中招了，而且是屡次中招。

丢了第三辆自行车之后，我向大辰抱怨："不就是忘了锁吗？还有那么多别的忘记锁的车子呢，凭什么就盯着我一个人的偷？！"

大辰说："没事，我帮你解决吧。"

我忙拍他马屁："好啊好啊，我最爱你了！"

五分钟之后，花花递给我一张纸招牌，说是大辰让她给我做的。我喜滋滋地接了过来，然后翻过来一看——

关爱智障，从放过她的车开始。

气得我鼻子都要歪了！

6

人穷钻研多。

我们学校离长影世纪城挺近的，经常收到长影那边群众演员的招募信息，我就想，要不我也去做群演吧，说不定会被某个慧眼识珠的导演看中，出演电视剧，当上女主角，登上人生巅峰呢？

只是，首先还是要解决一下薪酬问题，才八十块一天，连吃饭都不够，我怕还没等登上人生巅峰，我就先饿死了。

于是某次外联部又收到群演招募信息之后，我就跟招聘的工作人员打电话："您那边所有群演都是八十块一天吗？"

对方："是的。"

我："演尸体也不加价吗？"

对方："不加。你让编剧写死个人就加。"

我："那趴到雪地上也不加价？"

对方："不加。你把长春扒拉得不下雪就加。"

我："好吧，那万一混到了说台词也不加价？"

对方乐了："净想什么美事呢！要有台词，我不要工资，自己就上了！"

我："好吧……"

看来卧薪尝胆的演艺之路也不是这么好踏上的呀……

我还是老老实实多做两份兼职，先填饱肚子吧。

7

大一下半年我找了个活计，在外面发传单，就去了几个星期，我的皮肤就被晒了个暴黑。偏偏我自己还没有发现，直到被人指出，才发现自己的肤色竟然可以COS非裔。

我忙自拍一张，发给大辰求安慰。

大辰那会儿正好在用PS做海报，说了句稍等，过了五分钟才理我——发了我一张截图。

他把我的肤色取色，用作了正在做的海报的底色，还给这个颜色起了名叫“张弦色”！

我：“……”

感觉自己交了个假男朋友怎么破？

8

我们学校在净月潭开发区，最有名的景点就是净月潭公园。有次大辰过来看我，我就说去净月潭公园玩吧，大辰欣然同意。

净月潭公园特别大、特别干净，没有花、没有草，绕湖走一圈，除了人，什么都没有。

但是我们有情饮水饱，一路走来依然有说有笑，气氛极好。

下一个坡的时候，大辰突然不说话了。

我跟他说话，他也只“嗯嗯啊啊”。

我想着他怎么了，难道是觉得走到这里已经够给我面子了，可以打道回府了？

结果我就听见他问我：“我们带瓶子了吗？”

我说：“带了。”

大辰：“能用吗？”

这个问题……

我：“……农夫山泉的，不知道你能不能用。”

大辰：“能用，给我吧。”

在这一瞬间，我脑子里蹦出了无数疑惑，比如尺寸真的OK吗？塞进去后会不会拿不出来？他打算去哪里用？……

但我是个贴心的girl！我不会说出来让他尴尬的！

只是递给他农夫山泉瓶子时，我还是忍不住再次向他确认："真的够用吗？"

"够用了。"大辰说，"我口香糖没有地方吐，含了半天了。"

我："哦……"

你说我满脑子都在想什么呢？！

9

长春下雪特别早，十月就开始下雪，十一月之后雪就不怎么化了，直到次年清明才有解冻的迹象。其间的那几个月里，天地之间一片素白，银装素裹，美不胜收，特别适合拍照！

我一口气拍了一百多张美照，全都发给了大辰，得意地问他："白雪公主！好看吗？"

大辰特一本正经地回我："白雪好看，公主没看到。"

我被气到了："那么大的人你看不到？那不是公主是什么？"

大辰："那是我的女王。"

满分！我夸他有眼力见儿，关机睡觉。

半夜我突然惊醒，不对啊，公主没看到，那家伙想看到的公主是谁啊？！

10

大一流行织围巾的时候，我还没有和大辰在一起，只是看着有男朋友的女生齐刷刷地拎着一团毛线织呀织，收到围巾的男生在朋友圈里晒呀晒，真是讨厌死了！

等我跟大辰在一起之后，我就特别想给大辰织一条围巾去虐别人。

只是大家都在织围巾，我又有点嫌弃织围巾不够特别了。我觉得以我对大辰的心意，怎么也得织件毛衣才足够。

于是我辛辛苦苦一个月，天天忙到十二点，终于加班加点织好了生平头一件毛衣，迫不及待地给大辰打电话过去："大辰，我……"

"给你织了件毛衣"这几个字还未出口，我突然听到了他身后伴着吉他的歌声："啊——你还给傻帽织毛衣……"

……

这时候提“给你织了件毛衣”，是不是太傻了？

11

大一结束的那个暑假，大辰没有回家，我便去大辰那边玩耍兼打工。

他的舍友侯爷是个交友广阔的老土著，在侯爷的帮助下，我成功得到了一份兼职，在游乐场的饮料店卖爆米花。

饮料店里有一小面好评墙，是专门用来贴给店员的好评的。每多一个点名的表扬评价，店长就给发十块钱的奖金。因此店里每个人服务的时候都会特意提醒：“我们旁边有好评墙，欢迎您给我好评哟。”

我觉得这么说挺不好意思的，我想要奖金，但直接要人给自己好评也太羞耻了。所以我就修改了说法，我说：“我们旁边有评价墙，欢迎您给您满意的服务好评。”

这么说了一天，晚上我去检查好评墙，想看看有多少人表扬我。

嗯，有点小期待呀！

结果我看到了如下评价——

爆米花桶好大，装了好多爆米花，给桶好评！

爆米花竟然是烫的！我要给爆米花机好评！

卖爆米花的妹子卖爆米花时附赠微笑，好感动……我决定把好评给微笑。

“服务”都得到好评了！

但是被好评完美避开的卖爆米花的我：“……”

12

游乐场每天都有人扮演成卡通人物跟人合影，有一天大辰做家教的学生请假，大辰就到游乐场来兼职，扮演大白。

这个人物其实很多人都不愿意扮演，因为它肚子太大，卡到了膝盖，如果摔倒，就很难爬起来。我让大辰换个人物，他不肯，很有信心地说：“我学武术的时候经常蹲马步，下盘很稳的。”

结果就是去买个甜筒的工夫，我回去时，就看到大辰躺在地上，挣扎着想起来，却被壳子困着坐不起身，一群小孩在他旁边又蹦又跳，乐不可支。

我也乐得捧腹大笑，驱走孩子之后就嘲笑大辰：“你下盘那么稳，怎么成翻壳乌龟了？”

大辰憋着气：“被绊了一下。”

我：“怎么绊的？”

大辰不肯说，但旁边围观的大妈已经捧腹大笑，迫不及待地给我解惑了：“前面的小朋友叫这个小伙子合影，后面的小朋友趁机伸脚绊他，他就被绊倒了。”

我更乐了：“所以你就这么中了一群小朋友的奸计？”

大辰：“……”恼羞成怒道，“拉我起来！”

“行行行，拉你起来。”我抓着他的手把他拉起来。

不料大白的手太滑，我的手上又沾着冰淇淋，拉到一半手滑了，大辰“啪”的一声又摔到了地上。

大辰被摔得一脸茫然，表情活生生地写着：我是谁？我在哪儿？发生了什么？

我忍了又忍，还是笑得眼泪都出来了：“不好意思，我没拉住……噗，都怪你选大白啦，这么胖怎么拉……”

大辰：“……”

那么无语的表情，他一定是想说：怪我咯！

13

那个暑假，正好男闺密狗欢跟他爸到北京旅游，我不得不陪两天，请大辰给我代班。

我向店长请求代班的时候，店长的态度是这样的——拉长着脸，很不高兴地说：“小张呀，我们这种服务行业，要保证服务质量的。代班就此一次，下不为例啊。”

大辰代班结束，我回去继续兼职的时候，店长的态度是这样的——露出八颗牙齿微笑着，带着点小谄媚地说：“小张，咱们这种服务行业，最缺乏你男朋友那样有服务质量的帅哥，下次你要让他来代班，尽管跟我说啊。”

这样的前倨后恭，我竟然一点都不意外，还觉得有点眼熟……

14

大辰喜欢鸡蛋仔，刚出炉的那种，香喷喷，软乎乎，甜而不腻。我经常去帮他排队买，等他上完课回到学校，刚好能吃到新鲜的鸡蛋仔。

有一次他回来的路上堵车，我排到了队，他却离学校还有二里地。我问他要不要买，他说买，我就买了。结果买完等得鸡蛋仔都要凉了，他还没到校门口。这东西凉了就不好吃了呀，正好Jane路过，我就把它送给了Jane。更巧的是，Jane刚拿到手上，大辰就下车了！

鸡蛋仔店的生意好，再排一次队不知要多久。这下算捅了大辰的马蜂窝了，他眼巴巴地目送手拿鸡蛋仔的Jane离开，然后整整一个晚上都以一种极具怨念的目光看着我。

这怨气太重了，吓得我第二天出门第一件事就是去鸡蛋仔店给大辰买鸡蛋仔，然后就在鸡蛋仔店门口遇到了大辰。

他刚刚买好鸡蛋仔，左手拎一袋，右手拎一袋……

“你就这么喜欢吃鸡蛋仔？”这下换我有怨念了。

大辰一口一个鸡蛋仔，特别没诚意地说：“不喜欢。我来买鸡蛋仔，只是为了和你偶遇！”

屁！

你不吃那么欢快再来让我信你！

15

那个暑假，我们不做兼职的时候，还是出去玩过几次。

北京的外国游客挺多的，我们出去玩的时候，经常会遇到老外问路。有的老外热情又直接，问完路还问人：“你单身吗？可以给我做导游吗？”让大辰每回都黑脸。

有一次去地坛又有外国游客来问路，没等他开口，大辰就先给了前情提要：“She is my girlfriend,do not ask her to be your guide.（她是我女朋友，别叫她做你导游。）”

有次遇到一个特别黏糊的问路老外，我都跟他说大辰是我男朋友了，他还一直说没关系没关系，和我就是交个朋友嘛。大辰特别酷，也不跟他多扯，只撸起袖子，比出架势：“Do you know Chinese Kung Fu?（你知道中国功夫吗？）”

大概是他的架子搭得挺像样的，老外吓得立刻就say sorry滚蛋了。

那天运气不好，我们没走几步又遇到一个老外问路。大辰大概被黏糊老外弄得有点闹心，等老外问完话，他甩出一段结结巴巴的英语：“Gay? I am a gay! I’d like to travel with you!（同性恋？我是同性恋！我乐意和你一起旅游！）”

不等他说完，老外就吓得逃跑了。

我回忆这一段的时候，向大辰表示：“你旅行的时候很活泼呀！”

大辰斜睨了我一眼，言简意赅地说：“谁让女朋友坑呢。”

16

那个暑假我做了五份工作，平均每天都是三个兼职轮番做。

有一份兼职的老板想要赖我的工资。那是个炸鸡店，三班倒，谈好我一天上两班，一天一百五十块。我辛辛苦苦干了一个半月，结账的时候老板却要扣掉我六百块，说我收银时有三个跑单。

这种“跑单”其实只是客人点单时想变更点单，所以取消了之前的订单，根本不会给店里带来损失，也不涉及服务态度问题。我跟老板理论，却被他轰出了店里，气得我回去时浑身发抖。

大辰得知这件事之后，第二天就带着侯爷和另一个同学去了炸鸡店。三个人一个人占一个窗口，各自排队点单，把菜单上的东西点了个遍，等结账的时候，再做恍然大悟状，说自己要再考虑一下，先不点了。

第一个人这么干可以说是意外，三个人连着这么干，傻子都知道是找碴了。店里气氛顿时僵住了，后面排队的人看这儿要出事，怕殃及池鱼，许多都去了隔壁的店里。

老板赶紧出来协调，双方争论了一会儿，大辰出来跟老板协商了两句，老板便把扣我的工资交了出来，好声好气地将三人请了出去。

我在窗外目睹了一切，收到大辰递来的钱时一边点一边疑惑：“我怎么觉得老板是看在侯爷的面子上才肯破财消灾的啊？”

大辰点了点头：“是这样的。”

“那你们演刚才那一出有什么用？”这不就成了无谓的作秀了吗？

大辰顿了一下，说：“他诬陷你有三个跑单，就该承受三个跑单的损失。”

作为学生，我们无权无势，很多时候的委屈，是明明全世界都知道我没有那三个跑单，却无一援手，拿不回那被扣的六百块。但这份委屈当中，最委屈的部分并不是拿不到那六百块，而是明明没有跑单，却要承受跑单的罪名。

那一天，我在想，我是多么幸运，有能帮我讨回六百块的朋友。而更幸运的是，我还有帮我讨回“三个跑单”的公道的男朋友。

17

我在东北待了四年，说话一股子东北味儿，一开口就是“嘎哈啊”。大辰看着不明显，开口也不自觉带上了“丫”，多少有点北京腔了。

有一天我看了赵本山的小品，跟大辰聊天的时候，又说到了他说话会带上“丫”的事儿，晚上我就做噩梦了，梦到了我跟大辰吵架。

我说：“你嘎哈？”

大辰：“说你事儿。”

我：“哈事儿不事儿，你净瞎整事！”

大辰：“你丫闭嘴吧。”

我：“嘎哈嘎哈？削你啊！”

……

吓得我一下就醒了，第二天就去图书馆借了一本书——《普通话训练教程》。

18

我们大二开始上专业课，我最不喜欢的就是上经济法的课。

经济法的课是晚上七点到九点，完全反人类。我那天下午的打工一直持续到六点半，半个小时从校门口跑到教学楼，时间根本不够。最变态的是，那节课是小班课，老师很容易看出人员增减，而且那个教室还锁死了后门。

有一天我迟到了大概半个小时，一路边跑边向群里求助：急！迟到半小时，该怎么溜进去？

闺密花花回复：对教授哭，哭到他心软放你进去。

闺密狗欢：找你舍友打掩护。

大辰：直接进去，诚恳向教授承认错误。

我思考片刻，采取了大辰的建议。

主要是我觉得那个教授平时挺认真的，应该吃诚恳认错这一套。

敲门，进入，我低头向教授道歉："对不起，老师……"

"来这么晚，还来干什么？"教授直接打断了我的话，随后开始了一场超长的痛心疾首的演说，"你们这些学生，一点对知识的尊重都没有，知不知道有多少人想进入这个教室而不得……"

听了二十多分钟，我都打瞌睡了，教授才心满意足，说："行了，你进去吧。你的平时分扣十分，你叫什么名字？"

我："……"

求放过！刚刚不是已经训过了吗？！

教授一脸正气地看着我，以严肃的眼神表示挨训和扣分并不是单选题！

我苦着脸，在一片幸灾乐祸的目光中，报出了自己的名字。

随后更糟糕的来了，教授说："本来不想点名的，看来不点还是不行啊！班长，把花名册给我。"

我："……"

救命啊！这是要让我承受众怨啊！

果不其然，随后，每赶来一个同学，就有一道杀人的目光投向我……

我缩在角落里，老实得像只鹌鹑，只敢在群里发了一条信息——大辰误我！

啊啊啊啊啊！

19

经济学的第一章提到了一个很著名的经济理论，马斯洛需求层次理论，说人类需求像阶梯一样从低到高按层次分为五种，分别是：生理需求、安全需求、社交需求、尊重需求和自我实现需求。

看到这一节的时候，我默默地分析：我的生理需求是大辰，给予我安全保护的是大辰，每天最频繁的交际对象是大辰，最尊重的意见来自于大辰，自我实现的方法是拿下了大辰……这么一看，我所有的需求都是大辰哎！

20

我和大辰每天晚上都要视频。可惜因为太忙，大多数视频的时候，我们都是在写作业……

花花经常嘲讽我："你们也太潮了，人家视频都裸聊，你们视频作业聊。"

结果她被我卖了个情绪激烈的安利："你没用过，不知道这个方式有多棒！想想看，有个公式不记得了，对着麦说一下，对面立刻给了回复；做作业做累了，向对面撒个娇，立刻有人给你讲小段子；最棒的是，感觉眼睛疲劳了，看一下屏幕上的盛世美颜，顿时觉得人生都有希望了呢！"

21

有一次我跟大辰找不到话题，强行尬聊，聊得我这么厚脸皮的人都撑不住了，于是打开微博找个段子跟大辰讲。

我："夫妻A和B因生活窘迫，准备跳楼自杀，数123，A跳楼，B未跳。8秒后，B看到A打开了降落伞，你说这是谁背叛了谁？"

我翻出段子下面的评论，看到了第一个回答：民用降落伞最便宜的6000元，普通的数万元，贵的十几万元，B以为两人生活窘迫要跳楼，没想到A却买得起降落伞，说明A背叛了B。

这时大辰给出了回答："降落伞并不便宜，B以为两人生活窘迫要跳楼，没想到A却买得起降落伞，说明A背叛了B。"

……

这就是高智商人士跟我们普通人士的区别吗？

我以为答案应该是：A没准备跳楼，B也没想跳楼，A和B是互相背叛啊！

怎么还有降落伞这个切入点？！

我正准备给大辰的敏锐点赞，突然刷到了另一个回答：这个8秒后激发了我的兴趣啊！8秒的自由落体距离为313.6米，查了一下降落伞的最低打开高度要150米，总共463.6米，世界上排在前十的高楼中只有6座超过460米：1.迪拜哈利法塔828米；2.上海中心大厦632米；3.麦加皇家钟塔饭店601米；4.台北101大厦509米；5.上海环球金融中心492米；6.香港环球贸易广场490米。我顿时觉得他们的生活并不窘迫。

这个切入点更妙了！不仅涉及物理知识，还涉及一点冷门知识，我觉得大辰肯定想不到，于是向他卖关子说："其实这个题目是有漏洞的，你有没有注意到？"

没想到大辰还真知道："你是说他们跳楼的地点吗？嗯，463.6米的高度，他们住得不差。"

我："……"大神啊！给你跪下了！

"你怎么做到的？"我艰难地问道。学识这么渊博，太不可思议了吧！

大辰说："很简单，我发微信给你看吧。"

我："好啊。"

我以为会看到个思维导图之类的东西，结果打开微信，里面跳出了一张图片——

一张和我刷的微博一模一样的截图。

我："……"

请把我的感动还给我！

22

我考试的唯一方法就是死记硬背，考前必须画重点。

大二期末考税法，考前我自己给自己画重点，正抓耳挠腮的时候，大辰打了电话过来。

大辰："你在做什么？"

我："画重点。快烦死了，才画到'国际税收'，啊啊啊啊！要疯了！后面还有四章没画！"

大辰："'国际税收'……你在画税法的重点吧？这一章没有大题的考点，你主要需要复习一下收益所有人，免于将外国企业不做分配或减少分配的利润视同股息分配额的规定……"

我："嗯嗯嗯。"奋笔疾书。

大辰："下一章的考点是……"

我画画画，画画画……

跟着大辰的叙述，十分钟不到，这本书竟然见尾了！

我一脸茫然，他这跨界有点厉害啊！

"你怎么知道我们考什么？你不是学的计算机吗？"我问。

大辰（轻描淡写的语气）："上次在你那里看到你的教材，觉得有意思，顺手翻了翻。"

我："……"

我突然了解了人与人之间的智商有的原来不是差距，而是鸿沟……

23

我特别不擅长考试，每次考试都特别紧张。

期末考的前一天，我特别紧张地在宿舍碎碎念："怎么办怎么办怎么办？明天考不好，我就完蛋了。"

舍友曾经见识过大辰帮我画重点，特别诚恳地建议我："你把大辰的名字刻到笔上当护身符吧，这样或许能有学神附体buff。"

24

大辰他们每年都要交学年论文，考完之后，我终于有空关心大辰，就问他的学年论文写得怎么样啦。

大辰有点忙，说写完了，就把论文传给了我。

我打开一看，里面全部都是干巴巴的数据，怎么看怎么没有说服力，便立刻给出建议："你应该把论文修饰一下，多一些解说，这样别人才看得懂。"

大辰："没做过，不知道该怎么写。"

我第一次见到大辰在学术上露出无助的模样，立刻母性大起，豪情万丈地说："没关系，我帮你写！"

一个月之后——

我："你那篇论文过了吗？"

大辰："……过了。"

我："你怎么想了这么久才回答？你们教授喜欢我的修饰吗？"

这问题太朴素了，其实它隐含的含义是：你老婆厉害吧？给你改的论文，别人一看就知道不是外面那些妖艳贱货吧！你们教授都觉得牛吹大发了吧，哈哈哈！

大辰（沉默了更久）："嗯，挺喜欢的。"

又一个半月之后——

我听说大辰的论文登上了某个国家级杂志，立刻一口气订了十本。

这是我和他两人思想的结晶呀！

我激动地翻到了登载他论文的那一页……

"大辰你跟我说清楚，说好的很喜欢我的修饰呢？怎么又秃得只剩下数据了？！"

「第三章」

Chapter 3

彼此的天使

异地恋最痛苦的部分，

就是你的恋人大部分时候都不能陪伴着你。

1

没跟大辰在一起之前，我真不知道他性格里有那么细腻的一面。

我们恋爱的时候，两个人都挺穷的，最奢侈的消费就是每个月固定一趟北京到长春的火车票，约会都尽量找便宜的地方。

我记得那个时候，我们学校每周六晚上都免费用投影仪给学生放电影，我跟大辰经常会跑去看。

有一次我们看周星驰的《喜剧之王》，第一幕是周星驰对大海喊“努力！奋斗！”，我们所有人都因为周星驰滑稽的动作而哄堂大笑，只有大辰，他竟然红了眼眶。

我看到了，觉得奇怪，问他怎么了。

他说没怎么，但后来看到周星驰去跑龙套，一次次当炮灰的时候，大家都在哈哈大笑，我又发现他眼中有泪摇摇欲坠。

这……就有点事大了。

我开始严刑逼供，问大辰究竟是怎么回事。大辰抵抗了许久，才老实交代：“他很可怜。”

所以，他就是被情绪感染了咯？

我好奇了：“你看别的电影也会哭吗？”

大辰挣扎了一会儿，老实承认了：“会。”

“看什么电影都会哭？”

“逻辑通顺的，有泪点的……都会。”

我想了想：“不对呀，我们高中看《妈妈再爱我一次》，你就没哭。”

这事我记得可清楚了！

当时男主的母亲清醒过来和男主相认的时候，我们全班都哭了，连没心没肺如我都抽了张纸巾，只有大辰，他一点反应都没有，所以后来好多女生都说他高冷，一点都不像其他男生一样，看个电影还和女生一样哭得稀里哗啦的。

“我没看。”大辰说。

我："你看了，我记得你就坐在我后面，坐得笔直的。"

不要质疑我的记忆力好吗！

大辰："……我睡着了，坐着睡的。"

据我后来得来的八卦，大辰从小学二年级开始就练就了坐着睡觉的神功。因为那时候学校喜欢组织放电影，第一次放的电影叫《一个都不能少》，他从头到尾都哭不停……

还据说，最开始他对神功掌握得不好，经常被老师抓住站墙角。他站归站，下次看电影依然照睡不误……

于是，这就是宁愿被罚也不愿意被人知道自己泪点低呀！

我窘了。

这人是有多要面子啊！

2

大辰对外一向是个安静的美男子。我们刚谈恋爱的时候，他为了人设不崩，对我也保持着冷淡形象。

每次QQ联系，我们都维持着这样的画风——

我：我刚刚跟妹子去打雪仗了！雪能埋到我的膝盖！我被雪球砸中，跌到雪窝窝里啦！好冷好冷，不开心！求安慰！

大辰：安慰你。

我：啦啦啦啦啦啦！新买的裙裙上身啦！你看，露锁骨！露背！是不是有点小性感？我今晚穿出去参加舞会，肯定能艳压群芳！

大辰：不准去。

我：我给你织了一条围脖[围脖图片]，你有没有很感动？有没有更爱我了？收到了一定要戴哦！

大辰：[摸你狗头]

但是，有一天我感冒发烧到全身都没力气之后，我们对话的画风就变成了这样——

大辰：你吃药了吗？头疼不疼？喝水没有？有没有热水？让你舍友帮你打一点。

我：哦。

我：我难受。

大辰：那我给你讲个笑话？

我：讲。

大辰：一天，牛给驴出了一个难题，问“蠢”字下面两只虫子哪只是公的，哪只是母的。驴绞尽脑汁，还是答不上来。牛骂道：真是头蠢驴，男左女右嘛！

我：……冷。

大辰：那我再给你讲一个。有一天，龟爸、龟妈和龟儿子一家去郊游，他们带了一块山东大饼和两罐海底鸡，出发去阳明山。苦爬十年，终于到了，他们席地而坐，卸下装备准备吃饭，结果发现没带开罐器！龟儿子说：“那我回去拿好了。”龟爸说：“乖儿子！快！爸妈等你回来一起开饭，快去快回！”龟儿子说：“一定要等我回来！不可以食言喔！”然后龟儿子踏上归途……光阴似箭，岁月如梭，转眼就过了二十年，龟儿子却没有出现。龟妈说：“老伴，要不我们先开饭吧？我好饿呀。”龟爸说：“不行！我们答应儿子的！嗯……再等他五年，不来就不管他了！”转眼就是五年，龟儿子仍未见踪迹。龟爸龟妈不管了，决定开动，拿出大饼正准备开吃，突然，龟儿子从树后探出头来：“我就知道你们会偷吃！骗我回去拿开罐器！我等了二十五年，终于被我等到了吧！我最恨人家骗我了！”

我：……更冷。

大辰：那我再给你讲一个。花果山上有一个猴子听说了孙悟空的事迹……（此处省略一千字）

……

后来我感冒好之后，他再想装高冷就绷不住了，只要他一用两个字来回答我，我就“病”了，头痛，脚痛，杵着胳膊了，被树枝刮到了……

他就特别紧张地问我：怎么了怎么了？哪里不舒服？附近有没有医院？……

花花见到之后，便对我感慨：“真是再高冷的男神，也挡不住一个逗比的侵袭啊！”

3

对接吻这件事，大辰特别羞涩。我亲他一下，他就像小松鼠一样，猛地抬起头，耳朵下面迅速变红，还不敢直视我。

这种冷漠男神秒变小媳妇的感觉太好玩了，我老忍不住逗他，轻轨上亲他一下，走路亲他一下，吃饭亲他一下，散步再亲他一下……他的反应也从一开始十分震惊的“太伤风败俗了”变成了自暴自弃的“亲就亲吧，反正我逃不出你的魔爪”。

我偷笑得肚子都疼了，终于忍住不再逗他了。

结果我们回去的路上，只要我一停下来，他就奉上了脸颊——完全具象化的“来吧来吧，快来亲我吧”！

我：“……”哈哈哈哈哈。

笑死宝宝啦！

4

我们第一次接吻是我主动的。我亲完大辰之后，大辰一脸茫然，过了好几秒才反应过来，说：“我觉得这件事应该我主动。”那个小表情，怎么看怎么像强装镇定。

我肚子都笑疼了，脸上却没有表现出来，十分坦然地把脸凑了上去：“好吧，你来吧。”

一秒，两秒，三秒……

我都等累了，也没等到大辰的吻，于是睁开了眼，然后看到他脸通红，闭着眼，把唇凑过来，缩回去，再凑过来一点，再缩回去……

噗，谁来告诉我，是不是天下的男神都这么纯情？

5

有一次我跟大辰抱怨我们不能像别的情侣一样，晚上他把我送到女生宿舍门口，道晚安，深情吻别。

大辰想了想，说：“也不是不能解决。”

过了两天，我收到了他的快递——一个他的唇印的胶模。

6

大辰送我的“隔空么么哒”除了唇印胶模外，还有一个他亲口吹的爱心气球。

这个梗，来源于《故事会》上的一个故事：我在邮局做柜员，有一个小伙子过来寄东西，他寄东西时的神情特别郑重，不由得让我怀疑是什么贵重物品。我问他，他却告诉我那只是一个爱心气球。我疑惑他为什么要这样做，他不好意思地告诉我："我女朋友在很远的地方工作，我已经有大半年没有见过她了。我寄给她这个气球，她闻到它，就能呼吸到我呼吸过的空气。"

我跟大辰说："你给我寄一个气球吧。"

他答应得十分干脆："好啊。"

我不由得疑心他到底有没有明白我的意思，提醒他说："你吹好的气球哦。"

大辰回复我："嗯，爱心形状的。"

那一刻，我的心里甜蜜蜜的。

啊，原来我们看过同样的故事。

7

言情小说总爱出现一个桥段，男主的妈妈把一张大额支票甩在女主面前，让女主离开男主，女主高傲地拒绝了支票，说："我可以离开××，但我不会出卖我的爱情。"

每次看到这里时，我总觉得女主是傻帽。干吗啊？不要支票就算了，还要离开男主……要我就收下这张支票，而且坚决不离开男主！

我跟大辰、花花和狗欢都讨论了这个问题。

大辰说："这样我会很难过。"

我："这有什么好难过的？那张支票我又不会私吞，肯定会跟你分享的！"

大辰："我难过不是因为支票，而是因为你收下支票，表示你跟我妈相处得不好。"

我立刻转变了立场："那我不收了，我跟你妈相处得可好了。"

面对美色，我就是这么奴颜婢膝。

跟花花和狗欢讨论这个问题的时候，我们三个在一起。

我一说完桥段，花花立刻就疯了："有这么豪爽的妈妈的男朋友在哪里？马上找一打给我！"

狗欢戳了一下她的额头，说：“出息！要我，就找一打这样的妈！”

花花跟他极有默契：“然后我们联手，骗完一个换一个？”

狗欢搂住花花：“宾果！合作愉快，二一添作五，不用客气。”

我：“……”

8

我刚跟大辰谈恋爱的时候奇穷无比。

我小时候家境很好，家里有个小公司，有几个小铺子，住的也是别墅。就是在跟大辰谈恋爱之前，我家里出了事，一夜之间，我家的财产全部灰飞烟灭，爸妈也离了婚，我爸跟我说，以后他赚的钱都要用来还债，我已经长大成人了，以后的生活费和学费都自己赚吧。

而我的闺密花花，她爸和我爸是极好的朋友，同样在那一场股灾之中失去了全部财产。更惨的是，她爸受不了打击，因此去世了。

花花要回家处理丧事，手上没钱，我便把手里所有的现金都借给了她。

所以大辰过来找我的时候，我请他吃饭，却连结账的钱都不够，只能叫狗欢来帮我买单。

等大辰离开之后，我手里就只有两百块，还是狗欢刚塞给我的。

这种感觉特别糟糕，因为大辰知道我的情况，一直跟我说没钱了就告诉他，他打给我。但他家的情况其实也很不好，我不想要他的钱。

所以我只好在他面前打肿脸充胖子，说我有钱啊，一直都有钱啊，让他别担心我。但其实吃饭的时候我都只敢点两个馒头，却还要蹭到饭菜丰盛的同学面前拍照，给大辰发照片说自己吃得特别好。每天为了省两块钱的校车钱，我早起一个小时，走半个小时去食堂吃饭，再花半小时到对面校区上课，走得两条腿都在打战。走到半路，我总是跑去蹭人家男生宿舍楼的背景，说自己刚刚睡醒，马上就去坐校车上课了。为了筹钱，我把以前的衣服、包包、鞋子全都卖了，买了五十块一身的衣服穿出门。但他过来看我的时候，我就找买了我衣服的同学借衣服，穿完洗好再还回去。

我觉得我掩饰得特别好，但等到大一下学期开学的时候，我的支付宝却收到大辰转来的八千块钱。

那是他刚刚到手的国家奖学金，也是他接下来半年的生活费。

我给他打电话，问他干吗打这么多钱给我。

他说我开销多，让我先用着。

我拿着钱，并不太确定究竟是我暴露了，还是他自己想象到了我生活窘迫。

直到半年之后的暑假，我去北京打工时见到了他宿舍的兄弟。他宿舍的老大跟我说，有一次他看完我回去就哭了，喝了半瓶酒，喝多了只有一句话说："她一直在捋衣服，怕衣服压出褶……她肯定连衣服都卖了……"

原来恋爱中的人，只需要一个细节，就对恋人的一切都心里有数。

9

我和大辰最窘迫的时候，两个人身上加起来也只有十块钱。

但那一周，大辰还是到了长春看我。

大辰离开之前，我把那十块钱递给他。

"万一公交卡掉了，总要有钱买地铁票。"我这样说。

他接过钱，扯了扯嘴角，没说话。

但走在路上时，我明显地感觉到他牵着我的手塞在我兜里的时候，把那十块钱又放在了我兜里。

我没有说出来或者质问他，因为我觉得对于爱人的好意，我只要接受就够了。

但在他进站前，我还是把钱塞进了他的书包里。

我觉得人在路上，总要有钱防身才好，虽然只有十块，但再少也比没有好。

谁知道等我回宿舍之后，又从裤兜里找到了那十块钱。

也不知道大辰是怎么塞进去的……

也不知道他身无分文地回去会不会出事……

10

大四的时候，我们已经学会了一切都对对方坦诚，包括窘迫的经济。我们过节同样要送对方礼物，但跟别人不同的是，我们送的是欠条——我欠大辰（张弦）一个××，会在他（她）×××之前送给他（她）。

上面还会附上东西的图片，写明这个东西在哪个店，以及为什么想让对方拥有。

当时我有给大辰写过这样一张欠条：我欠大辰一次长白山旅游，会在他毕业之前送给他。

大四上半年，我终于攒够了这笔钱，跟大辰打电话，让他过来跟我一起去旅行。大辰很高兴，为了省钱，他过来找我都是坐的Z字开头的车，最快也要十个小时，而且经常无座。那天他又是一路站过来，却神采奕奕，还跟我说他背了一背包东西，全都是给我去玩的时候吃的。

我却沉默了。

我没钱了。

花花得到了一个很好的面试机会，是她去世的爸爸的好友给她推荐的。但是面试地点却在广州，而且截止时间只到第二天。

花花没钱，她爸去世之后给她留下了庞大的债务，每天她都入不敷出。但她必须买机票去广州，因为那个面试的单位是国内最优秀的律师事务所，如果错过它，她不会再有更好的机会。

所以我把旅行的钱都拿了出来，给花花付了来回双程的机票。

我不知道该怎么跟大辰说这件事。

因为我知道，如果我说出来，他一定会体谅我。

但我自己无法原谅自己。

这是我节省了两年才攒下来的钱，就算从头再攒，也赶不及在我们毕业之前去长白山旅游了。也就是说，我给大辰的欠条要食言了。

那是我人生中少数痛恨自己的时刻，我不后悔把钱给了花花，只恨自己没能力赚钱。

但我终究是要开口的。

大辰不知什么时候已经停止了诉说，轻轨车厢里一片宁静。我深吸一口气，张开嘴，准备向大辰道歉。

突然，我的手机振动了起来。

我想先跟大辰说完话，大辰却说："你先看信息。"

我打开一看，才发现信息是大辰发来的——

欠条

我欠张弦一个研究生学位，会在她老得不能动之前送给她。

理由：下一次我毕业之前，你再带我去长白山旅行吧。

看着那条理由，我捂住了嘴，泪水猝然滑落。

11

异地恋最痛苦的部分，就是你的恋人大部分时候都不能陪伴着你。

很幸运的是，在大学异地恋的这段时间里，我和大辰都是穷狗，都忙着打工，没空对不能陪伴这个问题纠缠不休。

但想念还是存在的，尤其是在看到别的恋人甜蜜的时候。

这个时候我们很想跟对方分享，但又很怕打扰到对方。

于是我向大辰建议，不如我们新注册个QQ号吧，有什么想说的话，就用自己的QQ号发送到新注册的QQ号上。等到对方有空了，就上去看另一个人有什么想和自己分享的。

大辰没说好，也没说不好。当时他就是这个德行，沉默寡言，心事重重。

我只当他同意了，兴致勃勃地新注册了一个QQ号，开始遇到什么想分享的东西就往这个QQ号上发送信息。

有时一天一条，有时一天好几条，就这样过了一个月，我每天都发送信息，新注册的QQ号上满是我的留言。再看大辰的QQ号，却没有一条信息。

我很失望，觉得大辰大概不喜欢这种模式吧，便失落地停止了继续给新注册QQ号发送信息。

没想到没过两天，大辰突然问我："这几天很无聊吗？"

我说没有，他竟然又问我："你怎么没继续给新建的QQ号发信息？"

更没想到的是，有一天我心血来潮，打开了那个新注册QQ号的邮箱，看到了满满当当的草稿箱！整整125封，全都是空白草稿！

后来我才知道，原来那时大辰不知道该怎么给我分享生活，发信息的时候总觉得太羞耻，就想干脆用写信的形式来回复我。但他新建了E-mail，却依然不知道该怎么将心声吐露出来，于是只能将E-mail关闭，留下一封空白的草稿。

一次又一次，一封又一封。他的行为每天循环，他的心情每天循环，木讷依然，草稿增多……就这样留下了125封的空白草稿。

而这个数量，一点也不逊于我发到新注册QQ的信息。

12

在想到新注册QQ号之前，我其实是想到什么就立刻发送信息给大辰的。

大辰不怎么发表看法，总是用“嗯”“知道了”回复我，很简略，很敷衍。

不过他每一封都会回，从来不会不理我。

一开始我总是气愤他回复我回复得少，直到有一次，我们上课的时候，我舍友的手机一直响，她差点摔掉手机，气急败坏地跟我说：“我男朋友简直跟有病一样，老是给我发信息，还要我一定回，谁那么有空理他啊！老娘还要上课啊！”

我才想到，大辰的课程只会比我们紧，我是不是也打扰到他了？

所以我才想到了新注册QQ号的办法。

但我向大辰建议的时候，他却说：“你继续发我QQ吧，没事。”

但我没听他的话，还是新注册了QQ号，按我想的办法做了。

这个时候，我其实一直觉得我之前总发QQ消息骚扰他的事没给他带去什么困扰。毕竟他乐意我发QQ消息骚扰他，我骚扰他时，他也会用简短的词语回复我。

直到我第一次见到了他的舍友，听到他的舍友叫我“让大辰在编程课上回信息挨骂五次的妹子”，我才知道完全不是这么回事。

不是没有困扰，只是他从来不让我知道。

很久以后，我刷微信文章的时候刷到了一句话——哪有什么岁月静好，不过是有人为你负重前行。

我不知道别人读到这句话时会想到什么，我只知道那一瞬间，我想起的就是这件事。

这个人，这件事。

13

很神奇的一件事，我和大辰明明一年都见不了几次，彼此身边都有一些追求者，但我们竟然从来没有怀疑过彼此。

让我印象最深的是大辰的一个学姐，大概是宫廷剧看多了，特别喜欢弄阴谋诡计，什么晚上拿大辰的手机回我信息啊；我们约会的时候故意给大辰打电话，说有急事让他去实验室呀；请我们俩吃饭却叫一堆他们的朋友，装作女主人让我难堪啊……各种你想得到、想不到的奇葩事，她都干了。

我那两年脾气已经好多了，都学会顾全大局了，每次跟大辰说清发生什么事，让他处理之后，事情也就算了。

但后来这个女人干了一件我特别不能忍的事，让我觉得忍无可忍了。

她竟然发了一张她和大辰的裸照给我！

说实话，若说我看到那张照片的时候不堵心，那肯定是假的。但不知为什么，我就是觉得那张照片不是真的床照。（后来花花跟我分析，这是因为我觉得大辰连我都还没睡，怎么可能睡个那么丑的。我：……）

我竟然想都没想，就把照片转发给了大辰。

大概有五分钟吧，在我心乱如麻，都开始怀疑是不是大辰被灌醉了酒后乱性的时候，我收到了大辰的解释：假的。她买了我的半裸照，P的。

得到这个结论的工作量其实挺大的，首先是要鉴定确实是P图，然后要找到大辰的半裸照怎么到她手里的，大辰能在五分钟之内把结果拿出来，真的是神一般的破案速度了。

但我真的想不到那么多，唯一能想到的就是，啊，真好，大辰没被人强暴。

这件事的后续挺大快人心的。

我找人把那张照片又P了一遍，把大辰的半裸照换成了一个戴金链子的猥琐男，转头就发到了那学姐的班级群里，算是以其人之道还治其人之身了。

大辰也拿到了学姐贪污学生会公款的证据，这样喜欢阴谋的人，总是容易被阴谋溺毙。大辰把这些证据交给了学生会主席，从此这个学姐再也没在我们面前出现过。

学姐离开之后，我就再也没想过这件事了，反倒是大辰一直记在了心里。去年我们去长隆玩水，在玩一个项目时，我听他的话，抱着滑水板就往下滑了，之后，他突然对我说："学姐那事之后，我一直想对你说，谢谢你这么相信我。"

傻瓜，谢我做什么呢？我相信你，是因为你从来没做过让我怀疑的事啊！

14

大学那段时间，其实我脾气挺不好的，跟个炮仗一样，一点就着。有一次我们宿舍突然跳闸了，我去找宿管员给我们拉闸，宿管员非说我们在使用违禁电器，不给拉。

使用违禁电器，是学校明令禁止的会扣减平时分的事项。

当时我已经是大四了，这一学期考试考砸是没有补考的，直接决定了我们能不能拿到毕业证。而我们的平时分，占了总成绩的40%。

我跟宿管员好说歹说，她就是咬定我们用了违禁电器，但我们真没有！我着急了，当场就跟她吵了起来。

我们吵得挺严重的，引了一堆人来围观，舍友也都被吸引了下来，帮我跟宿管员打圆场。

但这件事，我和宿管员各自都觉得自己有道理，谁都不答应退一步，争执不下，最后我被舍友拉回了宿舍，宿管员那边叫来了我们辅导员。

这样，事情就闹大了。

我待在宿舍里，觉得十分闹心。闹这么一出，也不知道会不会把我的平时分扣光。我辛辛苦苦熬四年，就因为这种破事拿不到毕业证？

谁知道辅导员上来，带着宿管员在我们宿舍逛了一圈，又出去看了一下我们那一楼的电箱，就让宿管员来向我道歉了！

宿管员向我道歉了！

我顿时觉得有点蒙。这宿管员是某个校领导的亲戚，平时一直牛气哄哄的，今天她居然向我道了歉？我们的辅导员竟然这么给力，还这么爱护我们？

晕晕乎乎地走完过场，我才从舍友口中得知了真相——原来，她给大辰打了电话。

大辰找她要了宿管员和辅导员的联系方式，分别给他们打了电话，请宿管员消气，请辅导员帮忙查明真相。他说他相信我，既然我说没有用违禁电器，那就肯定没用。宿舍跳闸不一定是用了某个大功率电器，也有可能是电脑开太多了，或者纯粹是线路问题，大辰请辅导员先去查看一下我们的实际情况。

所以才有了辅导员带宿管员来我们宿舍查看的事。

我：“……”

怎么说呢？得知真相的我，眼泪落下来……

很多人说异地恋不靠谱，男朋友不在身边，什么都帮不了自己。但对我来说，大辰不在我身边，都已经帮了我太多。

「第四章」

Chapter 4

不要不爱我

我们的爱情已经沉淀得足够深厚，

宛如捧着定海神针，

将我们的初心牢牢定格。

1

2014年毕业，我的第一份工作是在深圳，和大辰在一起。这算是我们这么多年的异地恋里，为数不多的同在一个城市的时间。

当时大辰经常加班，我每次下班后都去他的公司楼下等他，但他从来不让我上去。

我听大辰说过，他们公司90％都是单身糙汉，于是沾沾自喜，问他：“你是不是特别怕我去你们公司之后，你被人挖了墙脚？”

大辰瞟了我一眼，淡淡地说：“也或许是怕你犯花痴太丢脸。”

气得我直翻白眼。

没过几个星期，因为那一晚大辰要加班很久，他就让我上去等他。

我二话不说就向上冲了。

上去之后，我顿时感觉就像哥伦布发现了新大陆！

我的双眼直冒星星，大辰说得没错啊，他们公司的小哥确实帅得会让人犯花痴到丢脸啊！

这墙脚不用挖了！我已经决定自动跑了！

擦了擦口水，我毫不犹豫地跑过去和帅哥们求认识、求攀谈了。

结果我还没问到名字呢，大辰那厮就跑过来拎我了！

帅哥跟在我们后面，嬉皮笑脸道：“辰哥，这是你妹妹吧？长得真可爱，性格也可爱，晚上一起去吃饭呀！”

大辰猛地刹车，冲他咆哮：“滚！我的墙脚是你能挖的？！”

2

我和大辰大学四年没在一起过过生日，也不知道为什么这么巧，每次过生日都不是周末。所以工作第一年的生日，我向大辰许愿：“今年不要给我打欠条，不用买贵重的礼物，我只要你，你一定要来跟我过生日。”

大辰答应了。

但到了当天，他却又加班了。

我记得那天是星期四，天气很好。我下班很早，去洗了头发，吹了个发型，回家取出刚买的裙子换上，想象着等会儿大辰会给我什么惊喜。

但是裙子的拉链还没拉上，我就接到了大辰的电话，他说平台出现bug，首页打开全是黄色图片，他需要加班处理一下。他还说他已经改签了火车票，八点出发，九点半一定会赶到我身边。

我当时心里就“咯噔”一下，觉得今天的约会可能会泡汤。

果不其然，时间到了八点，九点，十点……我在餐厅喝了一杯苏打水、一壶菊花茶、一瓶纯生啤酒……却一直没有等到大辰。

其实我很少无理取闹，我也有忙得飞起的时候，我也曾忽视过大辰，所以每次他说忙的时候，我都会尽量体谅他。但是在这种时候，在我曾明确表态过希望他出现的时刻，一年也就一次的生日，他依然因为忙碌而忽视了我。我不知怎的，就突然特别特别的难过。

我倒不是觉得大辰不爱我，只是忍不住会想，大辰这么忙碌下去，未来还有我存在的空间吗？他究竟还记不记得忙碌的初衷是为了娶我？

那一刻，我特别的脆弱，心情凄惶得就像窗外的黑暗，瑟缩成了一团。

但是那一天，大辰并没有缺席。

我无法形容看到大辰的那一刻，我的心情。

那是一种很奇特的感受，不是听到大辰说“就算这个世界不要你，也还有我要你”时的感动，也不是在学校里，在某个以为大辰不会来的日子，却突然看到了他的身影时的欣喜。那种感受，更加类似于一种尘埃落定，是一种不管心里遭受怎样的刺激，都很确定自己总能走向一个既知结局的安定。

那一瞬间，我心里突然顿悟，我和大辰都不会迷失，不管红尘滚滚，还是物欲横流，我们都不会忘记自己要走向哪里。因为我们的爱情已经沉淀得足够深厚，宛如捧着定海神针，将我们的初心牢牢定格。

我对他说：“你来了。”就像多年的老夫老妻，一点都没有我平时的火暴脾气。

他抱歉地说：“对不起，我来晚了。让你等我这么久是我的错，礼物也没来得及取……”姿态柔和，也一点不像平时那般死要面子。

这真是一个昭示着蜕变的美好的时刻！

我露出微笑，将菜单递了过去："没事，来点菜吧。"

"对不起，先生和女士，已经到了深夜，我们餐厅打烊了。"这时，服务生的声音响起。

远处也传来某个店里的午夜钟声。

我和大辰被扫地出门。

站在空无一人的街道上，我的手上是空的，肚子里是空的，脑子也空了……

到处都空了！

我在继续美好的气氛和爆发一下爽一把之间犹豫不决，最终决定还是爽一把再说。

让我先把人揍一顿再说！

"大辰你个浑球！你跟我说的一定会来给我过生日呢？你还不给礼物！你个浑球！大浑球！你一点都不在乎我！呜，呜呜呜呜呜……"

大辰狼狈地躲着我的高跟鞋："停！别闹！我已经跟你道歉了……嗷！"

那是三年前的四月五日。

天气晴好，人亦好。

当时我并不知道，三年后的这一天，会成为以后我们的结婚纪念日。

3

刚到深圳时，在人才市场找工作的人里面，非名校的应届毕业生是绝对的弱势群体。稍微像样一点的工作，就要求几年工作经验，要不就要985或211大学毕业。我学校不好，又一心想当会计，面试了十多个公司，听那些月薪不到起征点的公司对我挑三拣四，最后还拒绝了我，心里屈辱又狼狈。

回家后我跟大辰撒娇，说："你在一把高薪offer里挑工作，我却为一份低薪工作抢破头，我看着你就自惭形秽。"

我本想他安慰我，他却是打击人不含糊，说："这是行业差异，你以我的薪资标准来找工作就无法就业了。"

他太不会聊天了！

我趴到一边玩电脑去了，对着他的那一端是屁股。

晚上睡觉的时候，我回忆着这件事，想着大辰是不是挺看不起我的职业能力的，否则怎么随口就是那么伤人的话？

结果第二天，我就收到了他发给我的各行业薪资差异图……

这梁子结大了，这绝对是看不起我啊！

我决定三天不跟他说话。

第四天，吃完饭我们看电视，大辰摸我狗头未果，叹气："还生气啊？气性怎么这么大？"

我发出抗议："是你先在工资上鄙视我的！"

"明明是你在工资上鄙视我好吗？"大辰强制给我顺毛，"你可是有两份工作的人，收入比我多多了。你才是我们家的富婆！"

第二份工作，是大辰的未来老婆，收入是他的整张工资卡。

这个马屁……说真的，谄媚又敷衍，凡是智商合格的都不带享用的。

但我大概是跟大辰混久了，智商不太高……

"你说得很有道理。我给你加表现分吧，一分太少了，十分怎么样？"

大辰这马屁精立刻点头了："给十分。我有二十分了，兑换一次头部按摩！"

我："……"

要好处时能不能别这么直接？

真是感动不过三秒啊！

4

大辰不喜欢我买单，他觉得买单是男人的事，女人赚的钱是给自己零花的。

在深圳的时候，每周末我们都会出去改善伙食。有次出去吃饭，他在讲电话，我就去把单买了。他特别不开心，非要把钱给我，我不要，他居然给我发了微信红包！

这行为顿时踩到了我的雷，这不是沙文主义吗！

我问他："既然你这么男人，晚上干吗要躺我的腿上？"

我说的是我们晚上看电视时的事。我在沙发前面铺了一张长毛毯，平时很喜欢坐在那里看电视。大辰不看电视，但他喜欢把脑袋搁我腿上玩手机。

大辰表示不服："躺你腿跟男人与否没关系。"

我堵他："怎么没关系？你看看电视剧，哪个里面不是女主趴在男主腿上的？你躺我腿上就是逆CP！"

大辰不说话了。

他在吵架吵不赢我的时候喜欢来一招，表示他一个大男人不与我一般见识。

我也不理他，管他咋的！

然后，到了晚上，我如往常一样靠着沙发，坐在长毛毯上看电视，笑得东倒西歪的。

大辰躺在一边玩手游，玩着玩着，脑袋就跑到了我腿上。

我的笑声停止，看向大辰。

大辰立刻反应过来，兔子惊魂了一般迅速把脑袋撤走。

我哼哼两声，继续看电视，笑得东倒西歪。

大辰继续打手游，然后脑袋又跑到了我的腿上……

我笑声停止。

大辰的脑袋火速撤走。

我又哼哼两声，再看电视，笑得东倒西歪……

5

大辰非常细致，而且细致的程度一般人都承受不来。

那时候，我们一起去超市购物，他每次都事先列好采购清单，然后根据超市的分区排列好每一个采购项，最后整理出来一个正好绕超市一圈的购物清单，去购物的时候一项项地把东西从货架上拿下来，再一项项地把采购项画掉。

我觉得他这是强迫症，活得太累了，故意跟他对着干。

第一次去超市，我故意不从正门进去，这样我们逛超市的区域就和他的购物清单不一致了，就不会再按照顺序画掉采购项了。

结果大辰硬是把采购清单撕成两半，用标签纸连上，还是按顺序一项项把采购项画掉了。

第二次去超市，我特意绕着圈圈走，大辰说去什么区域，我就偏偏去另一个区域。最后采购完毕，我得意地想，他肯定没法再按顺序画掉采购项了吧？

结果我拿过他的采购清单，发现他把清单裁得跟狗啃的一样，却依然是按顺序画的采购项。

我气疯了，直接问大辰："怎么你才能不把采购项按顺序列出来，再一一画掉？"

大辰想了想，说："那我把采购项写出来，再按顺序记在手机备忘录里吧。"

我："……"对拯救这人的强迫症感到了绝望。

6

在深圳那会儿，我还参加过一次同学聚会。有个同学跟我爆料，说大辰在高中的时候和××打过架。

××跟我表白过，我挺自信的："为我打架啊？真没听他说过。"

同学笑话我："哪有啊，是因为热水的事！"

原来当时大辰和××住一个宿舍，我们高中挺穷的，没有热水器，只能自己打热水洗澡。××有次把大辰的热水用光了，还把票子甩他脸上说用他水是看得起他，两人就发生了冲突。

我自作多情了一把，觉得挺丢脸的，晚上回家了就问大辰："你高中还跟××打过架啊？"

大辰想了一会儿："××？给你送玫瑰花的那个？"

"玫瑰花？他什么时候送过？"我很疑惑。

大辰："……就某个时候。"

这事我实在想不起来，就先忽略了："好吧，就那个××。你怎么跟他打架的啊？"

我觉得大辰跟人打架这事挺难想象的，便找他问一下细节。

"把他拦在小树林就打了。"大辰轻描淡写。

好吧，拦在小树林就打了……等下，小树林？！

"不是因为热水的事吗？怎么还拖到小树林去解决了？"

大辰一脸莫名其妙："什么热水？"

"你们不是因为热水打的架吗？"

"为热水打架……谁这么幼稚？"

好吧，大辰不是这么幼稚的人。

那么问题来了，若不是为了热水，他们打架的原因又是什么呢？

哼，哼哼……

这事我专门找那同学嘚瑟了八遍！

7

自从毕业后，大辰就越来越向自恋狂方向发展了。

某天我跟他去欢乐海岸吃饭，吃完之后在深圳湾散步。当时夕阳正好，海风柔媚，很多妹子都在海滩上摆拍。我心血来潮，叫大辰也去拍照。大辰不太乐意，但我坚持了一下，他还是勉强去了。

结果我们就一发不可收拾，拍完正面拍侧面，拍完侧面拍背影。不过我拍一张，他嫌弃一张，说我把他拍得不够帅气。

我生气了，让他自己去拍。他想了想，竟然真的去自拍了，还找旁边的妹子借用了自拍杆！

我酸溜溜地爬到走道上面，拿出手机刷朋友圈玩，刷完一遍刷第二遍，然后刷出了大辰刚发的朋友圈——

一连九张图片，他做的各种姿势组合成了一个心形，将我圈在了心里。

我："……"不，不带这么突然袭击的！

8

某个月圆人团圆的晚上，我跟大辰在深圳湾赏月。大辰突然问我为什么会喜欢上他，他觉得自己在高中的时候除了成绩好之外一无所成，我会喜欢他挺不可思议的。

大辰竟然会自卑？我也觉得挺不可思议的。

作为一个有同情心的人，我当然要第一时间给他挽尊啦。

"你挺好的啊。你细心、沉稳，特别有责任感，脸也长得好看……"

大辰不信："我有这些优点吗，我怎么不知道？"

我便给他举例："你还记得咱们高二上阅读课那回不？当时我跟那个图书管理员吵过架，不好意思去她面前拿《读者》，连花花都没看出来，你却帮我把书拿了过来。"

"那只是件小事。"

"小事才更反映品质啊。我记得还有一次，我们去春游。大Q不是把人家的草垛给推倒了吗，大家都躲事，看一眼就跑了。只有你，还跑过去给人把草垛重新垒好，傻里傻气的……不过傻得太男人了！"

"你看到了啊？"

"那当然了。还有一回元旦晚会，我们发巧克力那次。那群傻狍子，一个个的全拥上去抢，抢屁啊，最后还不是回位置上等我们来。但是你没抢，你一直都在座位上看书，我当时看到你就觉得你特别稳重。"

"你那时候就喜欢上我了？"

"哪有。是后来开运动会的时候，我去找你跑三千米，看你一个人坐在草坪上，特别孤独的感觉，当时觉得特别心疼，然后我就明白了，我喜欢你。"

"那是同情心发作吧？"

"我是那种随便生出同情心的人吗？如果不是之前一直觉得你很厉害，特别佩服你，怎么可能看到你一个人坐着都心疼？"

"真的？"

"真的真的。你看你成绩好，跑步也好，还经常参加竞赛获奖，长得还那么帅，当时我们女生当中人气最高的就是你，好多人都暗恋你呢。"

"有吗？"

"有啊。你有一次不是在运动会上给我递了一瓶水吗？那天我回去差点被人给撕了。就是五班的那个许……嗯，反正你也不知道的那谁吧，都跑路上堵我了，你知道不？"

"还有这事？"

"嗯，可多了。我因为你跟人掐过不少架呢……"

……

那天晚上，我充分发挥了同情心，为给大辰挽尊，举出了无数他吸引我的实例，讲了大半个晚上。

我讲得开心，听的人也挺开心的。

第二天头脑清醒过来，我才回过味来：“你昨晚是在诱导我夸你吧？”

什么自卑！什么我喜欢他不可思议！这家伙内心强大得像座山一样，怎么可能需要我安慰！

大辰对我眨眼，摆出特别无辜的表情：“什么诱导？我不知道耶！”

他还学起了小女生卖萌！

以为这样，我就会原谅你了吗？哼！臭不要脸！

9

到了深圳，必去看海。到了海边，必要吟诗。诗云：“大海呀！全是水！乌龟呀！四条腿！”

我大声吟唱，直抒胸怀……被大辰反手拖走，面部朝上，头搁在膝上，呈乌龟翻壳状。

“闭嘴，再嚷就找个乌龟壳给你穿上！”

10

刚毕业的时候，有段时间我总埋怨大辰：“为什么你没有一个前任？”

大辰莫名其妙：“为什么要有前任？”

我理直气壮地说：“你有前任，我就有动力了呀！”

大辰继续莫名其妙：“这两者之间的联系是什么？”

我：“联系就是，如果你有个前任的话，我每天晚上就去看你前任的微博了。你前任超会化妆，拍照超级好看，我就每天苦练化妆技术，要比她更好看。你前任每天晒自己健身的照片，我就也去办张健身卡，两个月瘦二十斤，练出腹肌、马甲线。等我找工作的时候，我就天天看你前任的日常生活，表示自己一定不能过得比你前任差，于是就进入BAT，升职加薪拿分红，从此走上人生巅峰！哇，你看，我离白富美就只差一个你的前任！”

大辰：“……我记住了，我会告诉我的下一任的。”

11

大辰到广东之后，最艰难的就是面对广东人花样百出的食谱。

有一天他聚餐之后回去，我通过摄像头都能看出他已经奄奄一息，一看就知道被狠狠地蹂躏过。

我关切地问他：“怎么了？被灌酒了吗？”

大辰有气无力地说：“没，吃到奇葩东西了。”

我立刻发散了想象：“龙虎斗？”

大辰摇头：“不是。”

我：“田鼠干？”

大辰：“不。”

我：“红烧猪脑？”

大辰：“不。”

……

我猜了十多样，大辰都说不是，我投降了，好奇地问他：“你到底吃到什么了？”

大辰一副不堪回首的表情：“炖泥鳅。”

我：“……”

请问炖泥鳅天南海北到处都有，哪里奇葩了？

12

大辰刚去深圳时正好撞上项目吃紧加班，第一天租房子，当晚就睡在了公司里，一个星期后才有空回家。

他的公司在科技园，住的地方在白石洲，坐地铁也就一站路，方便省心又快捷。但他下地铁之后却傻了眼——忘了自己住哪儿了！

这种情况下，他也只能打电话找舍友求助了。坑爹的是，人舍友正下着副本呢！

临阵撤退太不厚道了，舍友就说：“我现在没空去接你，给你发个位置共享吧，你跟着地图走回来。”

大辰也没有异议，他的方向感还是很好的。

舍友发完定位就继续打副本，二十分钟后副本打完，见大辰还没回来，就给他打电话了：“你在哪儿？怎么走了这么久？”

大辰也郁闷呢：“看定位是已经到了，但一直找不到入口。”

舍友让他拍张照看看，一看就乐了：“这就是咱们楼的大门口，你拿卡在旁边刷才能进来！”

嗯，这个故事就叫“忙得连自家大门都不认得”。

13

有次在深圳湾那边，我和大辰吃完泰国菜出来，街上人很多，我看到前面广场有人在表演，兴奋地拉着大辰就跑，没想到竟然拉错了人，拉了另一个男生。

那男生的女朋友很不满：“干吗，当众占人便宜啊？”

我挺烦她的语气的，就想恶心她一下，拿出泰国餐厅送的泰国国旗吊牌一晃，操着一口外国人说中文的腔调，狂摆手：“不占便宜！我拉你占便宜，拉他不占便宜！我的变性不完全！”然后就色眯眯地看着那女生的胸，朝她伸手，表现得跟酒吧里的猥琐大叔一样。

这对小鸳鸯被吓得拔腿就跑。

我和大辰都乐得大笑起来。

然后我去拽大辰的手，他却把我的手甩开了。

我愕然看他。

他一脸正经地说：“先生，跨国搞基不好。”

我：“……”苍天饶过谁！

14

我和大辰都喜欢啃鸭脖，但我们总吃不到一个锅里去。他不太能吃辣，又嗜甜，一般吃周黑鸭，辣中带甜，且不太刺激味觉。我不爱甜，且特别能吃辣，一般买绝味鸭脖，又麻又辣，特别够味。

有一次我买了一袋绝味鸭脖，袋子上全是辣油，不方便拿，就找了一个周黑鸭的袋子装上。大辰看到，以为我买了周黑鸭，就接过去吃了，一入口就辣喷了，喷完到处找水喝，模样别提多狼狈了，乐得我哈哈大笑。

第二天大辰拎着一袋绝味鸭脖回家，我看着绝味的袋子不禁犹疑，这里面装的不会是周黑鸭吧？想了想又觉得我以小人之心度君子之腹，大辰不是这么小肚鸡肠的人，于是接过来就吃了，一吃就吐了……

大辰还落井下石：“里面装的是周黑鸭，你怎么就吃了？”

呸，真没想到你是这样的大辰！

15

大辰第一次送给我的礼物是钢笔。

我：“……”

感觉这是八十年代的人才会做的事，于是我提醒了大辰，之后收到了第二份礼物——一套内衣。

我：“……”

“你送这个，会让我误会你过来是想睡我。”我提醒他说。

他倒是面不改色：“会睡的。等我们结婚以后。”

我：“……”

比脸皮，女人果然是胜不了男人啊！

毕业时，我又收到了大辰的礼物。经过这么多年的荼毒，我早已对大辰的送礼水平绝望了，决定打开礼盒之后表演“哇，我好惊喜！”，然后继续将礼物束之高阁。

没想到这次的礼物格外合我的心意！

我：“大辰，我第一次发现你的眼光这么好哎！”

大辰：“你喜欢就好。”

我：“喜欢喜欢！你看这颜色，这大小，这款式……哇，一看就知道不是没有品位的人挑选的！”

大辰：“多亏有你的熏陶。”

……

“你们俩够了啊！”花花终于受不了了，吐槽道，“不过是一套黑色的职业装，拜托别肉麻得像送了颗钻石好不好？”

16

我从长春跑到深圳去投奔大辰的那天，晚上两人一起去欢乐海岸的香港餐厅吃饭，人均一百七。

后来我去了广州，大辰到广州找我，我俩吃麻辣烫，一人十五。

回去的路上，我不禁感叹："果然！同居次数多了就是不值钱啊！"

17

因为家庭的关系，大学的时候，我对两性关系特别没有信心。有一段时间我经常跟大辰说："以后你不爱我了没有关系，买卖不成仁义在，不要背着我偷偷转移家庭财产，不要到处讲我的坏话，不要心里一点都不念我的好处。"

当时大辰没有吱声，但是他工作之后，第一件事就是把工资卡快递给了我。

打开快递信封时，我受宠若惊。一受宠若惊，我就没办法好好说话，只能吊儿郎当地调侃他："你把卡给我做什么啊？是不是觉得有个懂财务的媳妇儿一定要好好利用，帮你建设好经济基础啊？"

没想到他跟我表白了，特别严肃地说："以后我们家的所有财产都归你，你可以背着我偷偷转移家庭财产，可以到处讲我的坏话，可以一点都不念我的好处，但是你不要不爱我。"

「第五章」

Chapter 5

遥远的相爱

他们收获了比礼物更重要的东西，

那就是对彼此无价的深爱。

1

我在深圳做了三个多月的出纳，听我爸说有个在广州的叔叔要招会计，便毫不犹豫地辞职打算过去。

但大辰不是很赞同。他觉得如果我工作得不开心，可以换家公司，我们好不容易才在一起，为什么非要再分居两地呢？

我不得不向他解释："只有做了会计才有机会升财务经理。我不是会计专业毕业，肯让我做会计的企业少，好不容易找到一个，放过太可惜了。"

大辰提出了另一个观点："你留在深圳，迟早能换一份会计工作，但如果去了广州，再找回深圳的工作就困难了。"

这是一个我无法辩驳的问题。

因为财务是个地域性很强的工作，特别是基层财务，主要跟税局和银行打交道，换一个地方就要重新适应一次。如果我真的去了广州，下次换工作，多半就也是在广州找了。

这样下去，我跟大辰什么时候才能团聚？

但我也有我的考虑——我讲了我现在的工作做得有多艰难。

我入职没多久就遭遇了职场危机，一笔还款出了差错。

那是入职的第二个月，老板要我在月底那天还一笔贷款。当天是贷款的截止日，如果当天不归还的话，第二天就要再计算一天利息。那笔款的金额特别大，公司单笔转账金额有限制，需要转一百多笔才能转出去，我很怕转账次数过多出错，就问银行有没有解决的方法。银行建议我批量制单，用Excel导入，就不怕输入错误了。

我听从了这个建议，然后出了大问题。原来批量制单是需要银行审核的，而那天是银行季末结账的时间，处理批量制单的转账都在晚上六点之后。那个时间银行转账系统已经不工作了，也就是说这笔钱第二天才能到达对方公司的账户。

这个时候，我们公司的财务总监正在对方公司等对方的收据，收到我的反馈说贷款当天还不能到对方公司账户，当场就把我骂了个狗血淋头，还让我赔偿贷款延迟一天还款的利息，五千多块，那是我一个多月的工资。

从那以后，我工作时就特别难受，不是因为赔了钱，而是我发现这份工作不适合我，压力太大了。

每天都经手可能我这辈子都还不起的金额的存款，我战战兢兢。有时候晚上做梦，我都梦到我汇钱汇错了账户，钱没追回来，我背了几千万的债，追债公司在我家门口泼红油漆。

我红着眼睛跟大辰说："再不换工作，我真的撑不下去了。"

小时候我总觉得自己长大之后就能无所不能，可真的长大了，才知道生活有一万种办法让你无力抵抗，于是打掉了傲骨，学会了妥协，只想安安稳稳地过下去。

这是一张感情牌，一种从前的我绝想不到自己会使用的说服手段，说的人眼中含泪，听的人也满是心疼。

然后大辰妥协了，他帮我收拾行李，把我送出了深圳。

这是我们商量得最平和的一次，坐在去广州的列车上，我回忆着这整个经过，有种恍若如梦的感觉。

曾经为了一颗糖大哭大闹的小女孩，成长为了会考虑利弊，会打感情牌的大姑娘，遗忘了曾经的想哭就哭，想闹就闹，学会了向生活妥协，学会了隐忍自己的感情。

或许成长就是这样，一点一点把自己变成了另外一种模样。

这样的变化，是什么时候发生的呢？

或许是在理解大辰为什么在高考后拒绝我的时候，或许是在听从大辰的建议找适合我的兼职的时候，或许是在我和大辰相处的每一个时刻……

我越来越理解大辰为什么更看重工作；越来越明白他为什么明明不再贫困，却依然拼命地努力着；越来越懂得，生活从来都不是那么容易的事情。

我想，恋爱的过程大概就是这样，牵住他的手，踩着他的脚印，走上一条和他相同的路，越走越远，再不肯回头。

2

自从我敲定这份在广州的工作，我的体重迅速从88斤飙到了98斤，深刻地诠释了什么叫“心宽体胖”。

有一天我跟大辰说我想买条牛仔裙，但又不敢下单。

大辰发给我一个支付宝的截图，截图上“亲密付”的按钮被红色方框圈住，提示我可以使用这个功能，用他的支付宝买单。

我说：“哎呀！不是没钱买！是不敢买！昨天中午午睡时做了噩梦，梦到我买了那条牛仔裙，上班的时候忽然把扣子撑开了，扣子还弹在了我同事的脸上！把我吓死了！”

大辰：“……交给我吧，我帮你解决。”

嗯，大辰出马，一个顶俩！

我安心地将问题甩锅了，只是偶尔会想一想，大辰会怎么帮我解决呢？是给我买减肥药，还是办张健身卡？

如果寄给我一件塑身衣的话，我就抽死他吧。

然后，我就收到了一个包裹……

同事Amy围观着，发出了惊呼：“你男朋友怎么给你买了两条一样的牛仔裙？还有一条是L码……这是我的码哎！”

我：“……”

看着大辰发来的微信，我差点气到吐血。

这真是个彻底的解决办法！

我的扣子弹到同事脸上，他就让同事也把扣子弹到我脸上……

这家伙确实是一个顶俩！

脑回路一个顶俩的清奇啊！

3

入职之后，我发现公司领导总喜欢让我们在朋友圈发公司的宣传链接。

我觉得这个挺尴尬的，明明是正儿八经当会计的，非搞得像传销一样，掉价！

于是我机智地把公司的同事分成了一组，这种链接都只对同事可见。

有次公司搞一个服务质量评比，放朋友圈里集赞，点赞数计入评比分数。我转发这条信息之后，顺手就又选择了只对同事可见。

过了一会儿，我刷了一遍朋友圈，发现点赞的数量有点少，便去敲各个亲朋好友——朋友圈第一条麻烦点赞，谢谢。

然后我就收到了一水儿的回复——点不了，你把我屏蔽了。

……

这就尴尬了。

尤其是大辰回复完我之后，还一个劲儿地追问我：你发的什么？为什么屏蔽我？你之前屏蔽了我多少信息？你藏着什么秘密……

4

我们的财务经理是个大女人，四十多岁，一直单身，但活得优雅又精致，举止得体，生活充实。

在她的影响之下，我突然女权意识爆发，决定要做一个大女人。

做大女人的第一步，就是把所有人的昵称都从“小”改成“大”开始。比如女神花花，我以前备注她为“小花花”，现在就改成“大花花”；比如女学霸Jane，我以前备注她“小简儿”，现在改成了“大简子”；比如我家大辰，我以前备注他“小星辰”，现在就成了“大辰”。

大辰对我隔三岔五给他换昵称的恶习已经习以为常，眉毛都没挑就接受了这个新称呼。

然后我得寸进尺，要求他也要叫我“大×”，比如“大弦子”“大宝贝”“大乖乖”之类的。

他也毫无异议地同意了。

然后几天之后，我收到了一个快递。

我问他是不是他买的，他说是，我就问他买的什么，他说是大米。

我心想买大米干什么，我这边又不能做饭。

然后拆开包装盒，我看到了一台小米Air 13.3笔记本电脑……

5

我们这边离澳门很近，2015年国庆的时候，我就说去澳门玩。

到了澳门，当然要去澳门塔。到了澳门塔，当然要蹦极！

这项活动是我主动要求的，但在真正要跳的时候，更积极的却是大辰。

不到真正腾空的时候，永远不知道自己是恐高的！

我跳下去的时候哇哇大哭，像个傻帽，撕心裂肺地喊道："我爱死你了才陪你玩蹦极啊！大辰你一定要娶我，不然我杀了你！"

大辰十分冷静，在大风里冲我大吼："娶你！你给我睁眼，别闭眼栽下去！"

6

异地的情侣最离不开的聊天工具就是微信，2016年有一天，我突然不想玩微信了，就跟大辰说我们来玩QQ吧，一玩就发现了新大陆！QQ出变声器功能啦！

我立刻跟大辰玩起这个功能来，点开萝莉音，叫："大辰！"就发出了嫩嫩的，像能掐出水来一样的萝莉音。

我跟大辰哈哈地笑起来。

我又点开大叔音，叫："大辰！"就发出了浑厚的，如土地一样深沉的大叔音。

我跟大辰又哈哈地笑了起来。

我又点开小孩音，叫："大辰！"就发出了细细的、尖尖的小孩音。

我跟大辰哈哈地笑成一团。

然后我就开始试各个嗓音，"大辰！""大辰！""大辰！""大辰！"……

各种嗓音的"大辰"此起彼伏，刚开始我还哈哈地笑得满床打滚，笑着笑着，一种异样的情绪不知怎的就袭上了心头。

大辰，大辰，大辰，大辰，大辰……

我想，大辰的名字一定带有魔力，不然怎么我念着念着，心里就甜滋滋的了呢？

7

每次视频，大辰皱眉的模样总让我觉得有种迷之熟悉，直到某一天看到哈士奇在凛冽寒风中的照片，我终于找到了这种熟悉的来源。

有一次通话时，我哈哈大笑，跟他讲了这件事，冲他叫："二哈！"

他十分配合，发出一声“汪”叫，乐得我直捶地。

他立刻指出了我这种行为的动物性来源：“像猪拱地。”

“哼……”我试图像他一样，模仿出猪叫声。

他摇摇头，一脸叹息：“看来新中国成立后的妖精化形都不太成功。”

8

2016年年初，《疯狂动物城》上映。我拉着大辰去看了，看完表示都很萌那个树懒，名叫闪电，说话奇慢，却已经是族中翘楚。

有次视频，大辰跟我讲同事的糗事。网络不太好，视频有延迟，等我听完他说的话发出笑声的时候，他已经说完故事一分钟了。他鄙视我说：“你的反射弧比闪电还长。”

我一梗脖子，拉长声音，模仿闪电说道：“你不知道我还有个名字叫闪电他妈吗？”

9

大辰不喜欢淘宝，觉得淘宝上买到的东西容易有质量隐患，贪小便宜吃大亏。但我特别痴迷于网购，有段时间简直都走火入魔了，衣服要淘宝，锅碗瓢盆要淘宝，连卫生巾都要刷淘宝。连2016年七夕大辰问我想要什么七夕礼物，我都毫不犹豫地回答：“清空我的购物车。”

没想到大辰竟然答应了我，让我十分兴奋。

谁知到了七夕那一天，我等了一整天也没等到任何包裹。

我给大辰打电话：“我的七夕礼物呢？”

大辰说：“给你了。”

我以为他是刚刚付款，快递还没送到，就挂了电话。但是我回去一刷淘宝，却发现我的待收货那里根本没有东西！

我赶紧又给大辰打电话，他让我打开购物车看，我就听话地打开了购物车……然后发现里面空空如也！

要知道之前我购物车里可是多到经常要删除一些给新的宝贝腾位置的！

我有点儿没反应过来，等到大辰说“这个礼物我可以天天都送给你”之后，我终于意识到发生了什么——

天杀的，他竟然真的只是给我清空了购物车！

10

2016年的7月，大辰休年假，我们去古镇旅行，住的是一个特色客栈，民族风那种。上楼的时候，我发现我们那一楼的一根柱子上挂着一条绣花带子，蓝色的，绣着白色和浅蓝色的花朵，看起来十分素雅。

我突然就想到了一个鬼故事。

我跟大辰讲了这个故事：从前有一对恩爱夫妇，夫人天生善良，救了一个被人追杀的妖精。谁知这个妖精心怀歹意，假装可怜让她收留，转头便勾引了她的丈夫。这个丈夫意志十分不坚定，很快就被妖精蛊惑，不仅听从妖精的话设计谋夺了夫人娘家的家产，还陷害夫人与人通奸逼迫她自杀。夫人死时满心悲愤，用自己的来生来诅咒这对贱人，引发天劫，让妖精和丈夫灰飞烟灭。但她自己也被诅咒反噬，附身在一根绣花带子上，再也无法托生。更可怕的是，诅咒破坏了她的神志，让她变成了一个厉鬼。因为太恨丈夫和妖精，杀遍天下通奸狗便成了她的执念。只要一看到通奸的人从她面前通过，她便会跟上去索命，不死不休。

我说完期待地看向大辰，等待他的表扬。他却毫不留情地嘲讽了我：“三流国产脑残剧的剧情。”

气得我够呛。

结果过了一会儿，我们出去逛街，我都快忘了这个故事了，大辰又突然跟我说：“故事情节这么发展怎样：一个道士撞到夫人害人，他本要收了夫人，却发现夫人和他是青梅竹马。同时一个锦衣卫也在追究这条带子的下落，因为它里面缝着她的丈夫勾结高官里通外国的罪证。还有一个妖精也蹚了这一摊浑水，她曾受夫人恩惠，想让夫人解脱。道士饱受情感和良知的折磨，妖精不断与他争斗，对他产生了爱慕。锦衣卫想浑水摸鱼，却发现高官就是他的上司，且对方正在追杀他以不让他拿到罪证……”

我：“……”

大辰先生，请问你这是几流国产脑残剧？

11

有段时间，我沉迷于在朋友圈发有生之年系列，比如有生之年必吃的甜点，有生之年必败的口红，有生之年必去的旅游景点……

当我发腻了这个系列的时候，我用了这条朋友圈作为结尾——

有生之年必爱的一个人——[大辰照片]。

12

大辰在深圳，我在广州，我们经常往返在深圳到广州的高铁线上。

高铁坐多了，总会遇到一些奇葩。最讨厌的是遇到熊孩子，在车上跑来跑去，大声尖叫，让我本来很喜欢孩子的一个人活生生憋得有了孩子恐惧症。

有次我跟大辰一起坐高铁，又遇到了一群熊孩子，从上车开始就一直尖叫，刺激得我脑仁儿都疼了。

谁知道过了一会儿，那几个孩子就开始叫："'谁家孩子这么吵'的密码是多少？""快说密码是多少！"

周围的人一听就笑了。大家都深受其害，见几个孩子被人骂还自己说了出来，都觉得相当解气。

他们的妈妈却脸红了，连忙拉住自己的孩子让他们不要再吵了，说人家都在说他们了什么的。

这当然没什么用。

孩子继续大叫，这次叫的是"爸爸"。

我以为他们爸爸也在车上呢，没想到周围的人笑得更欢了！

我瞟到旁座妹子的手机，才看到原来那个热点的Wi-Fi名改成了"叫爸爸就告诉你们密码"……

这时好像有个孩子的老爸真的在场，嫌孩子丢人，"啪啪"在孩子屁股上拍了两下。

世界立刻安静了。

我觉得这场整治熊孩子的大戏有点搞笑，拉了下大辰想跟他讨论，结果看到了他正在热点页面操作修改名字——删掉名字"叫爸爸就告诉你们密码"，改成"傻儿子真乖"。

我立刻肃然起敬了！

真没想到他竟然就是这场戏的幕后大Boss！

13

坐高铁也会遇到只想默默坐着笑的事。

有次去深圳，我旁边坐着一对母子。

那孩子上车就想闹，每次他妈都无情地镇压。后来前面座位的大爷不讲究，一口痰直接吐到地上，这孩子就想跟着学。

结果孩子都已经把痰含在嘴里了，就听他妈在一旁冷冷地威胁他：“你吐地上试试！你敢吐，我让你把它舔回去！”

你们一定很想看那孩子艰难地将那口痰又给咽回去的喜剧情景。

而厚道如我，只想再默默回忆着笑一遍就行了。

14

有次我在高铁上遇到从东北过来旅游的一家人，那小孩大概三四岁，很乖，很帅，说一口流利的东北普通话，特别萌。

我仗着自己在长春上了四年学，强行和他尬聊，聊颜值的问题。

我：“你觉着你好看吗？”

小孩：“好看啊。”

我：“那你觉不觉着长大以后长成我这样还凑合？”

小孩看我一眼，一脸嫌弃：“不觉着。”

我郁闷了：“那你希望你像谁啊？”

小孩：“像我爸。”

我：“……你觉得你像你爸啊？”

这差距真挺大的，一个满脸络腮胡子，五大三粗，一个细皮嫩肉，潮得不行，不说真看不出是亲父子啊。

小孩也没违背客观事实，更嫌弃地说：“我爸，我爸那脸蛋子！我的妈啊！我都受不了他那脸蛋子，那个胖啊，可胖了！”

我更郁闷了：“那你还希望跟你爸像？”

小孩露出一个微笑，一脸甜蜜：“因为我最爱我爸爸了啊！”

话音一落，他爸爸，那个虎背熊腰的汉子笑得一脸褶子，搂住他一顿猛亲：“好家伙！你老子我没白疼你！”拎出旁边的大袋子，豪爽地打开，“吃果冻不？爸给你撕开？吃几个？……”

看着小孩被他爸宠着一直吃零食到终点站，坐在旁边目瞪口呆的我总觉得隐约看到了套路的痕迹……

15

2016年有段时间我勤加锻炼我的厨艺，发誓要成为贤妻良母，结果学了N道菜无果，反倒是卤菜卤出了心得。

有天我在家卤牛肉，卤出来的牛肉香气扑鼻，好吃得要命！我就想也给大辰尝尝吧，便发了顺丰快递，当天寄到他公司里。

晚上我问大辰的用户体验，没想到他一脸茫然：“没收到啊！”

啊！莫非是快递公司给私吞了？

最近不挺多这种报道的吗，快递公司分拣包裹的时候看到内容是食品，有的会偷吃，有的就直接给私吞了！

真是翻天了，要投诉！一定要投诉死他！

结果很快我收到了快递公司的回复，快递已签收，显示本人签收。

这就尴尬了……难不成是内鬼？

我便通知了大给，让他查一下前台MM，看是不是她贪污了包裹。

结果真相出人意料，贪污的不是前台，而是大辰大学四年的舍友加最好的朋友侯爷，以及他手下的一帮实习生……

这就尴尬了……

“侯爷，你拿了应该跟我说一声嘛。”

吃货侯爷依然笑嘻嘻的，拍着大肚子说：“那不行。你不是让大辰觉得好吃就下次去找你打包吗，我们没空过去，还是让你补寄过来一份比较方便！”

我：“……”

你们这么贪婪，不暴富真对不住你们啊！

16

2016年的夏天，有次我去税务局，正好遇到附近商场做活动，经过的时候被人群推搡着摔了一跤，腿正好磕在花坛边沿上，疼得眼冒金星。

税务局工作时间有限制，贴了两张创可贴，我赶紧跑去税务局把申请书递交了，回去才发现半截裤子上都是血，腿上破了好大一块。

同事扶我去医院，医生说要缝针，先清洗，再缝。清洗用的医用酒精，一小杯，直接往伤口上淋。

那感觉，就跟被硫酸泼差不多。

我哆嗦得身体跟扭麻花一样，但硬是一声没吭——觉得在同事面前哭太丢人了。

同事倒是红了眼眶，说："你也太能忍了。"

我挺好意思的，跟她吹牛皮："这算什么，我前世可是刘胡兰来着。"

结果我刚吹完，医生就给我缝针了，干缝，一根针上穿着线，从这边肉进，那边肉出。

我感觉就跟看恐怖片似的，还要硬顶着，免得把自己的形象毁了。

后来大辰过来请我同事吃饭，感谢同事们照顾我。同事就跟他把这件事讲了，问他："她跟你也这么要强？"

大辰立刻否认，说："没有。她在我面前很爱撒娇，经常看电影都哭得一把鼻涕一把泪让我哄，跟个小孩儿一样。"

同事问他："她对外对内的差别怎么这么大？"

大辰说："可能是因为只有在我面前，她不坚强也可以吧。"

同事向我转述这件事的时候，还感动得唏嘘，跟我说："这就是了解啊，难怪你们俩感情这么好呢。"

我附和着她笑，说："是呀是呀。"

回头我给大辰打电话的时候却一脸扭曲："看电影的时候哭得一把鼻涕一把泪的好像是你吧？承认我就是那么汉子，你才对外对内差别特别大你能死是吧？！"

哼！骗子！伪君子！死要面子！

17

欢乐海岸那边有家餐厅的蟹黄豆腐煲做得特别好吃，每次去深圳，我都必定跑去光顾。

2016年的5月，我忙着年度审计，天天加班，每个周末都是大辰过来广州找我，我就特别怀念蟹黄豆腐煲，跟他嚷嚷了好多次。大辰说那东西带过去给我了也不好吃，干脆给我买一罐蟹黄，让我自己做吧。

我说好啊好啊。我对自己的厨艺还是相当有自信的，豆腐煲这种东西太好做了，调料下锅煮好，滑入豆腐，过个十几分钟起锅就搞定了。

但那天拿到蟹黄之后，我做出来的东西却完全不是那么回事！

其实下调料的时候我就觉得不对了，因为餐厅的那个蟹黄豆腐的蟹黄是看起来很细的那种，煮好之后和豆腐融成羹汤，入口沙沙的，却一点也不觉得颗粒感重。

这回我做出来的蟹黄豆腐，却有很多很多的大颗粒！全都是大颗蟹黄，一点都没有化成粉粒！

我不由怀疑大辰："你不会买了假的蟹黄吧？"

大辰也挠头了："京东买的，应该没有假货吧？"

我："现在京东上假货也是大把的好吗？！你都不看新闻的吗？"

所以，我们大概，或者……是真的买了假货？

"那这个菜还能吃吗？"我有点怀疑。

大辰也不确定："倒了吧……"

于是，我心心念念，自己又大展身手做出的蟹黄豆腐煲，就这么给倒掉了……还浪费了买那瓶假蟹黄的好几百块钱……

回头我不爽地跟闺密花花说起了这件事，她指着我哈哈大笑。

"你笑屁啊！"我很不爽。

花花捂着笑疼的肚子，依然忍不住地笑："你是不是傻？哈哈哈，蟹黄豆腐是用咸蛋黄做的好吗！"

我："……"蒙了。

可恶的是花花还在继续科普："人家蟹黄是螃蟹的卵巢和消化腺，当然是煮不成粉的啊。你用蟹黄做的豆腐煲也能吃，不知道你干吗把它倒掉。"

我："……"

这话给了我致命一击，正中红心！

知道真相的我眼泪掉下来……

18

广州真的超挤，特别是地铁，特别特别挤。有次我去体育西，鞋子都被挤掉了！

幸好地铁的工作人员借给我一只拖鞋，我才能走出去，又坐回上一站，捡回自己的鞋，再拎着那只拖鞋坐到下一站，找工作人员还鞋……

我跟大辰写出整个过程求安慰，很快收到了他的回复：……下次不用借拖鞋，直接回去捡鞋比较快。

我："……"

为什么你的思路总是歪的？

感觉自己交了个假男朋友怎么破？！

19

我从广州到深圳去找大辰，要坐一个小时的地铁到广州南站，然后坐四十分钟的高铁从广州南站到深圳北站，再坐四十分钟地铁到他的住所。

说来也奇怪，我不晕汽车，不晕火车，只晕高铁。刚到广州的时候，还没经过足够的锻炼，我每次坐高铁都吐一路，所以大辰就说，以后都他来找我吧，我在广州等他就好了。

但人安逸久了就爱作死。

有次周末，我心血来潮，想着每次都是大辰来看我，这次我也去看他一次吧！也给他一次惊喜！

于是，我抱着呕吐袋就出发了。

吐啊吐啊，吐啊吐……吐着吐着，我就到了他家楼下。

我走路都打飘了！觉得自己对大辰真是真爱啊！简直就是感动中国好女友！

我成就满满地打电话叫大辰下来接驾！

大辰："啊？""哦。""你别动！我马上回来！""我现在正在你家楼下……"

我："……"

感觉都要生无可恋了有没有？

这惊喜惊得！总共就两天假期，就有一整天都给浪费在坐车的路上了！

那次之后，我跟大辰约法三章，从此以后都让他主动来广州找我！

我不再主动去深圳找他！如果要去，先确定他还在家！

但是规律的日子过久了，就容易冲动，更何况凭什么我不能主动去深圳找他啊？不去查岗，怎么知道他乖不乖啊？凭什么去之前要给他打电话啊？打了电话，他糊弄我怎么办啊？

于是在2015年年初大辰生日那天，我决定再次去给他一次惊喜！

那天是周六，那一周大辰单休，周六要上班，他肯定不能离开深圳。我跑去给他惊喜，顺便也算查岗了！

于是我又捧好呕吐袋，背着挎包，拎着蛋糕，一路呕吐到他公司楼下。

“喂，大辰先生，你介不介意到楼下取个包裹？你的女朋友张弦小姐单枪匹马，亲自为你送来了生日的祝福，敬请查收！”

紧跟在我欢快的话语之后的，是大辰长久的沉默。沉默啊沉默，大辰沉默了好久才说：“你等我……我刚到你家楼下……”

熟悉的套路，熟悉的你我，熟悉的相顾无言，和生无可恋……

我觉得我快要虚脱了：“你要上班啊……你跑广州做什么……”

大辰：“我放年假，七天，准备今天跟你说的……”

我：“……”感觉自己已被掏空，“算了算了，你快回来吧。”

于是那一天，我们又浪费了一整天在车上……

我坐在他家楼下的饮料店里等他，面前摆着那个大蛋糕。蛋糕沉默，我也沉默，心想，这倒霉劲，也真是没谁了。

为什么倒霉的总是我？

这异地恋谈得也太艰辛一点了吧？

这时，美丽的老板娘给我端来粉红的草莓苏打：“等人吗？”

我点点头。

老板娘看出我心情不好，坐下来跟我聊天。

我挺郁闷的，跟她说了我的倒霉事。

老板娘笑了笑，问我：“你知道我这家店的店名叫什么吗？”

叫什么？

我只是随便找个地方进来歇歇脚而已，根本没有心情注意这家店叫什么店名。

“Maggie's gift。”老板娘冲我眨眨眼，“是不是很熟悉？高中的课文，《麦琪的礼物》。”

美丽的妻子德拉有一头漂亮的头发，她一直很想要一套配得上她的长发的昂贵发梳。德拉的丈夫吉姆有一块昂贵的祖传怀表，一直很希望能买一条能搭配它的怀表链子。圣诞节那天，吉姆决定给德拉买那套发梳，所以他卖掉了祖传的怀表。但等他拿着发梳回家，准备将它送给妻子德拉的时候，却发现德拉为了给他买表链，卖掉了自己最珍爱的头发。到最后，彼此的礼物对对方而言都失去了使用价值。但他们收获了比礼物更重要的东西，那就是对彼此无价的深爱。

谈一段异地恋，总是免不了许多阴差阳错。你可以自怨自艾，自我怜惜，也可以换个角度来回味这些阴差阳错的初衷。

说到底，他也只是因为太爱你，太想见到你而已。

我和大辰确实浪费了一整天的时间在往返于广州和深圳的路上，但说到底，这只是因为我们都太爱彼此，太想见到对方了而已。

想通这一点之后，我对满头大汗跑回来的大辰露出了甜蜜的微笑。

“下次不要再这样了。”我轻声说。

他点头：“以后你想见我，就打电话给我，我立刻就过去。”

我摇头说：“不，以后我要经常过来见你，让你养成习惯，每次去广州之前都忍不住想打电话问我‘你有没有过来’！”

「第六章」

Chapter 6

异地不说分手

异地恋十大分手原因：

1.表达障碍：发短信听不到语气，打电话看不到表情。

2.缺乏共同语言。

3.没有安全感。

4.远水救不了近火。

5.距离产生幻觉，其实我们都没有对方想象的那样好。

6.距离产生误会。

7.善意的谎言。

8.寂寞。

9.信念坍塌。

10.恋人的真心。

1

我和大辰分过一次手，是唯一的一次，也是必然的一次。

那是大四的上半年，大辰获得了学校的保研资格，有个很有名的教授要他当自己的弟子。我不想考研，就准备到北京去找份工作。

当时我是这么想的，我学的金融专业，但银行不容易进，不如转行做会计，先考个会计从业资格证，之后再慢慢考CPA。这个行业更重视实践，我也不用考虑升学历，工作后多考点证书就行了。

我工作，大辰读研，我们再艰苦几年，等他毕业了，就可以攒钱准备买房结婚了。

我想得挺好，谁知就在我去北京的前一天晚上，大辰给我打电话，说他不准备读研了。他接了一份深圳的工作，让我别去北京了。

我当时就发脾气了，觉得他拿自己的前途开玩笑。

计算机一向是热门专业，他们学校的计算机系更是热门中的热门，要他当弟子的教授更是圈里的大牛，他现在放弃得容易，以后再想回来，那就难如登天了。

我问他有没有想过这个问题。

大辰说他想过，他说他考虑了很久，还是觉得自己应该尽快工作。他爸每个月的医疗费都不菲，他妈妈的工资只够生活开销，作为独子，他应该为家里扛起经济重担。

我说他根本就是大男子主义，他家里需要用钱，我可以给啊。我马上就工作了，完全可以支撑他爸的医疗开销啊。

大辰没有回应我，只是简单粗暴地说他下周去深圳，让我考虑下跟不跟过去，就挂了电话。

我心里又气又怒，忙不迭给侯爷打电话，让侯爷劝大辰。不想侯爷却劝我听大辰的，他跟我说："我只看到大辰哭过两次，第一次是为你，第二次是为他爸。你大概不知道，半年前大辰他爸住过一次院，当时大辰手里的钱不凑手，到处去借，但还是凑不够，他整宿整宿不合眼，大把大把地掉头发……大辰身上的担子太重了，早点工作也好。"

当时我不知道自己是怎么挂掉电话的，感觉整个人都是蒙的，不知道事情怎么就变成了这样。

那晚我想了一夜，终于想明白了我和大辰之间最大的问题是什么。

我们在这个世上，不是孤零零的一个人。我们的爸爸妈妈正在老去，我们身上压着沉沉的负担，需要创造条件让他们颐养天年。

我和大辰，都需要承担作为子女的责任。

大辰爸爸的医药费是一个无底洞，而我呢，我爸爸还在还债，他看着年轻，其实早就没有了以前的闯劲，不知道哪一天身体就会罢工。我妈在美国虽然有我舅舅的照拂，却没有正经的工作，一旦出现问题，根本无力独自解决。

那一晚，我终于发现了，我和大辰都是负着千斤重担的破烂马车，根本没有资格任性。

当时又发生了另外一些事，我和花花因为狗欢翻脸。花花一直喜欢狗欢，她觉得我和狗欢太暧昧，有勾引他的嫌疑。这件事被大辰知道，他让我离狗欢远一点，但出了一点意外，正好又让他撞到了我抱住半身赤裸的狗欢，因此和我吵了一架。

同时，大辰收到了一个国外大学的offer，是爱慕他的一个富二代同学给他运作的，那个女生要求我离开他，以便她劝他跟她出国。

我去北京找大辰，又正好遇到他和那个女生同进同出……

所有事堆在了一起，我们俩都筋疲力尽，所以我向大辰提出，分手吧，给彼此留一点美好的回忆。

但其实我心里很清楚，后面的那些事情都不过是小花絮，我真正要跟大辰分手的原因只有一个，我和大辰的负担都太重了，我怕我们继续同行会坠入深渊。

那个时候大辰也麻烦缠身。

他爸再次住院，毕业论文又被打回重写，实习时间已经跟大给确定了，学校却不放行……他就像一根被绷到极限的弦，再多一点力就能让他崩溃。现实的麻烦耗尽了他的精力，让他无力来劝慰我回心转意。他有自信他能成长为一根顶天立地的翠竹，但在那时，他只是一根顶不开土块的山笋。

如果没有花花和狗欢，我和大辰可能当时就真的分手了。

花花和狗欢分别给我讲了两个道理，一个是“看山时觉得它无法征服，但只要愿意攀登，总能爬上山顶”，另一个是“从来没有最好的路，只有最适合的路”。

当时花花刚刚经历了裸照风波，申请了山区支教躲避风头，听说我跟大辰分手了，连夜坐火车赶了回来，没有坐票，她站了十七个小时。

为了劝我，她跟我讲了自己的整个心路历程。她在知道自己的裸照满天飞的时候，觉得这个世界真是一条活路都不给她留。但等她去支教之后，感受到孩子们对她的尊重，看到了山区人家完全没有办法的贫苦，她才发现没有路走完全是她自己的想象，这个世界这么大，一条路不通就换下一条，下一条不通再换下一条，总能找到一条能走通的路。看开了，就会发现，她以为过不去的那个坎，其实也就那么回事。

而狗欢，他只有一句话：“不要觉得你离开大辰是为他好，好不好只有他自己说了才算。”

那晚，我们讲了整整一夜，最后他们成功地用这两个道理劝服了我继续和大辰走下去。

这两个道理能劝服我，是因为它们解决了我两个忧虑，第一，我的未来没有我想象的那么可怕；第二，或许大辰有其他更好的选择，但如果他想要的就是我这个选项，其他的选择再好，对他来说也无法让他快乐。

后来我看过很多爱情故事，听过很多感情纠葛，发现大多的遗憾都只是因为这两个忧虑，“怕未来”和“为他好”而已。

其实想通了，就知道如果深爱的话，这两个忧虑都是不足为惧的。

这其实是很简单的道理，而我却还要在花花和狗欢整晚的劝说之后，才能从这个迷障里走出去。那时我才恍然发现，曾经三个当中最勇敢、最懂事的我，不知何时已经成了三人当中最天真、最幼稚的那一个。

很多人都以为好的爱情让人成长，但其实不是的，好的爱情是让人停止成长的。就像我，只有在与大辰分手时，才在疼痛里懂得正确的承担起责任的姿势。

而友谊，总在我低迷的时候，给我最坚定的支持。

我跟大辰打电话，说：“我想通了，我还是想跟你在一起。”

那么清晰地，我听到了电话那端的一声哽咽。

那是我印象里第一次听到大辰的哭声。

那一刻，我心里的自责和庆幸一瞬间到达了顶峰。

感谢友谊，感谢我亲爱的两位闺密，让我没有自以为是地错到底。

2

我和大辰刚定下关系的时候，有很长一段时间，我觉得大辰太忙了，不好意思给他打电话，他觉得没什么要跟我说的，也没给我打电话，于是我们之间的联系竟然少到趋近于无。

那段时间我特别痛苦，既因为现实的问题很痛苦，又因为感情的问题很痛苦。我特别累，特别绝望，大辰向我表白的时机特殊，就像从绝境中将我拽出来一样。但他不理我，我便绝望得如同看到了一丝希望又被打落入尘埃。

我记得有一个多月吧，我不想说话，不想吃饭，每天除了上课就是打工，整个人就像机器人一样，瘦了十多斤，情绪低落到了极点。

当时我觉得我完了，我这辈子都不配得到一份两情相悦的爱情。

然后月底的那个星期，大辰来找我，看到我时大吃一惊："你出什么事了？"

我不想说话，有种一说话就会说到分手的感觉，而我不想分手。

大辰当时没有逼我，但问过花花和狗欢，确定我没遇到什么事之后，就开启了逼供模式。他带着我坐在一个甜品店里，面对着面坐，也不说话，就只是一直盯着我。

他的目光特别有侵略性，我被他盯着，如芒刺在背一般，心里特别委屈，觉得我已经退到这个地步了，他为什么还要逼我？又害怕，怕我一开口，他就真的跟我分手了。

我觉得我就像被逼到了悬崖边上一般，找不到一条生路，突然就哭了出来。

真的特别突兀，我自己都没想到我会哭，但是真的哭出来了，情绪找到了一个发泄口，止都止不住。我一直抹眼泪，脸上的泪水却越来越多，最后满脸都是。

那真是我有生以来哭得最惨的一次，也是大辰唯一没有安慰我的一次。

大辰就那么看着我哭，一声都不吭，冷静到可怕。

等我把情绪都发泄出来了，终于意识到气氛的异常，慢慢停止了哭泣，就听大辰跟我说："说吧，到底什么事？"

我依然没有说话，这个时候倒不是不想说，完全是一种逆反心理——你越是这么逼供，我越是不肯说。

大辰大概察觉到了什么，就跟我说："这样吧。你不用说话，从现在开始，我问你问题，你点头或者摇头，可以吧？"

我心里觉得可以，于是抬起了头，就见大辰盯着我的眼睛："可以吧？"声音加大了几分。

我意识到他已经开始提问了，于是点了点头。

然后大辰开始提问："你这段时间没吃饭？"

我摇头。

大辰："心情不好？"

我点头。

大辰："因为我？"

我点头。

大辰："是我做错了事？"

我摇头。

大辰："有人因为我找你了？"

我摇头。

大辰："因为见不到我心情不好？"

我摇头。

大辰："……喜欢上了别人，想跟我分手？"

我迅速拼命地摇头。

大辰："……因为别的事，想跟我分手？"

我迅速拼命地摇头。

大辰："不想跟我分手？"

我迅速拼命地点头。

大辰："……不想跟我分手，却出于某些原因，不得不跟我分手？"

我摇头，摇头，拼命地摇头。

大辰："……不会是觉得我要跟你分手吧？"

我：“……”缓缓点了下头，心里觉得挺羞耻的。这个时候，其实我已经隐隐感觉到大辰挺在乎我的，之前觉得他不理我就是不那么爱我的念头也就不那么坚定了。

但我心里还是很期待他跟我确认他的爱意，确定他不会抛弃我。

大辰却没切到表白模式，反而开启了研究模式。

“你为什么会觉得我想跟你分手？因为我们离得太远？”

我摇头。

“因为我隔了一个月才来看你？”

我再摇头。

“……因为我没给你的朋友圈点赞？”

我继续摇头。这是什么奇葩理由……

“……你觉得我不爱你吗？”

我：“……”点了点头。

“为什么会觉得我不爱你？”

大辰突兀地转入了暴走模式：“张弦，你给我个理由。为什么会觉得我不爱你？！我不爱你，我会让你做我女朋友？不爱你，我跑这么远来看你？你给我个解释，为什么会觉得我不爱你？！”

他这种暴跳如雷的模样太少见了，可以说是从未见过，我被吓到了，立刻就慌了神，张嘴解释：“你回去之后就没给我打过电话，我给你打电话，你也只说几句就挂了，我当然心里没谱了。”

“我说话少是因为你打电话的时候我正在写程序，不给你打电话是因为天天上课，没什么可说的。你有话可说，完全可以打给我，心里没谱也完全可以问我，你却选择了怀疑我，自我折磨……你是不是忘了我跟你说过的话？异地恋很容易分手，所以有问题一定要跟我说，我不想我们以分手为结局！”

我到现在还记得大辰当时的样子，他死死地盯着我，黝黑的瞳孔里透着愤怒与痛苦，脸上没有什么表情，却清晰地让我感觉到他的情绪激动到了极点。

我心里既慌且乱，一边觉得这件事确实是我做错了，我确实应该跟他说我的想法；一边又觉得我很无辜，因为我当时没说完全是因为我以为说了，我们的关系就会破裂，变得无可挽回。我本能地知道后者说出口只会让大辰更加愤怒，而现在我需要做的，是安抚他。

“但是我没察觉到我们有问题啊！”于是我脱口而出。

但奇异的是，说出口之后，我却突然觉得这就是问题所在。

我真的没觉得我们之间有什么问题，我更不觉得他有问题。我只觉得自己不够好，可能是配不上他的。

网上总结了异地恋分手的十大原因：表达障碍、没有共同语言、没有安全感、远水救不了近火、距离产生幻觉、距离产生误会、善意的谎言、寂寞、信念坍塌和恋人的真心。

但我觉得，异地恋最大的困难其实是发现不了感情出现了什么问题，因为把对方想象得太美好了，无论发生什么事，都会自发自动地为他找理由，所以错误的只能是自己。但莫须有的错误，又怎么解得开呢?

一叶障目，不见泰山。

这件事，最后以大辰问出我因为他不给我打电话而胡思乱想结束。

而后续则是，他开始每天都给我打电话了。每晚九点，他给我打过来，我说话。

后来我去北京的时候，侯爷一见我就指着我说：“晚九点姑娘！”

据侯爷说，大辰的手机设置了一个晚上九点的闹钟，每天闹钟一响，不管他在做什么，都会跑出去找个安静的地方给我打电话。因为这件事，许多女生都知道了他有女朋友，但这不仅没有使倒追他的人减少，反倒多了几个。

侯爷这么说当然是想看大辰的葡萄架倒，我自然不会让他得逞，十分大气地一挥手，说：“追我男人的就没少过，谁有本事，尽管来和我过招！”

私底下，我却快把大辰的腰掐青了：“还说没话对我说，这些怎么不跟我汇报？！”

3

说起异地恋分手的十大原因，我觉得还挺靠谱的，至少那些问题我和大辰都遇到过。

大辰说话有个坏习惯，就是特别简略。我跟他说一堆话，他就一个

“嗯”“哦”就对付过去了。

这破习惯，我迷恋他的时候觉得他特别酷，相处时间长了就觉得特别烦。刚谈起恋爱的大学阶段，还属于我觉得他萌萌哒的阶段。

好吧，我撒谎了，大学那会儿我不是觉得他萌萌哒，我是觉得他让我胆战心惊。

我跟他说：“今天遇到件事情特别好玩，我们上课的时候有个男生突然跑到讲台上向我们班班花表白，说班花不答应他，他就跳楼。班花让他跳，他就真跳了……跳到楼外面的天台上。哈哈哈哈哈！”

他：“嗯。”

我说：“我今天突然特别想你。跟花花去散步的时候，我想着如果是你牵着我的手就好了；做作业的时候，我在想你要是也在这个自习室就棒呆了；去吃饭的时候也在想你，我们食堂的秋刀鱼做得特别好吃，还便宜，三块钱就给一条，下次你过来，我一定要带你去吃。”

他：“好。”

他回答得这么简练，我不由觉得忐忑：“你是不是不喜欢我跟你唠叨？不喜欢的话，我就不说了，免得你还要出声应付我。”

一般来说，这种时候他怎么也该解释一句“我回答简单并不是在应付你”之类的吧，结果这厮说的话依然简练到吝啬：“没，你说。”

这种态度，让我不得不觉得他其实挺不喜欢我的话题的，只是鉴于我在说，他暂且可以忍耐我。

如果这么对我的是别人，我早就跟他翻脸了。但因为是大辰，所以我委屈了一个晚上，还是选择了努力探索他对什么话题感兴趣。

我试过很多话题，最后发现他只在我说我的学习困扰和生活困扰时，话才会多一点，他会安慰我，并帮我想解决困扰的方法。

我跟他聊天的话题于是就固定了下来，围绕着各种困惑来说。

我心里还觉得自己大彻大悟了，心想，啊，原来大辰这么大男人啊！他喜欢的相处模式是他给他的女人提供保护！

没想到几个星期之后，某天我跟大辰聊完了困惑，他突然问我：“最近没什么趣事？”

我愣了一下，迅速反应过来：“有啊，就是我们宿舍的那个李欣啊……”

说完趣事，大辰依然跟以前一样，只“嗯”了一声，很冷淡的样子。

但这会儿我当然不觉得他对我说的话不感兴趣了，他都主动问我了，肯定是对这种问题感兴趣啊！

没想到过了一会儿，他还问我：“最近你没想我？”

我：“……”脸红了一下，就一下，然后立刻大声地说，“想，特别想！我跟你说，我今天不是去跑步吗，我就一直在想你……”

就是那时，我突然知道了我之前对他的态度的解读有多大的偏差。而我当时恨不得分手的委屈，又是多么的可笑。

距离，太容易让彼此产生误会了。

其实，我说的话题他都是喜欢的。我觉得他不喜欢，不过是因为手机通话只能脑补他的表情而产生了偏差。

当我发现他对我的一切都感兴趣时，我才终于理解了，手机里传来的他的简练的声音里，蕴含的意味不是冷漠的“知道了，说完可以挂了”，而是愉悦的“我收到啦，你还想说些什么”。

而之后面对面交谈时，我目睹了他说“哦”的时候嘴角舒缓的线条，便更确定了这一点。

后来我想，距离会给我们带来很多的不便，让我们产生很多的误解，所以才让异地恋显得那么的艰难，但认真去想，又觉得其实没有那么痛苦，因为只要肯坚持，总能等到误会解开的一天。而解开了误会之后，曾经有多痛苦，如今就会有多美妙。

后来，某一天我们说到这个话题，话赶话，我说：“其实你对我说的东西还是蛮感兴趣的嘛。”

他“嗯”了一声。

声音还是那么高冷，像是冷漠的敷衍。但我知道，这一声里蕴含的意思其实是“是啊，你说的我都感兴趣呢”。

那一刻，我心里无比甜蜜。

4

我们宿舍的一个女生也是谈异地恋，有一次她问我跟大辰没话可说了我都怎么办的，我觉得这不应该是个问题，没话说了就不说了嘛，等有话说了再说呗。女生却急了，说：“那怎么能行？你一天不说，两天不说，慢慢地，两个人就更没话说了，那不就要散了吗？！”

这明显是她深有体会的感触。

真诚的问题值得真诚的回答，我开始努力回忆我跟大辰的相处，试图找到我跟他一段时间没话可说的后果。但我想来想去，好像真的没什么影响。自从我发现大辰简短回复不是对我说的话不感兴趣之后，我们的聊天就逐渐变和谐了。虽然我们经常因为彼此太忙而迅速地结束通话，但那只是因为忙而已，只要等到有空闲的时候，或者大辰来看过我之后，我们依然可以一聊大半个小时。

但女生听完我的话，却觉得自己找到了答案：“也对，你们情况不一样，大辰他经常过来找你。”

我摇头，认真地向她解释：“跟他过不过来没关系。就算我们一年不见面，也不会妨碍我们聊天找话题。”

或许是因为太熟了吧。

彼此了解对方最本质的一些东西，也相信彼此的感情，所以聊起天来，不管讲什么事情，都是对对方脾性的重温，都是在听“哦，现在的我过得很好”。这样的聊天，又怎么会有冷场的存在呢？

我怀着这样深刻的感悟给大辰打电话探讨此事，十分感慨地说：“看来我们以后不会没有共同语言了，毕竟我们是会相爱一辈子的。”

大辰在那头沉默了片刻，问：“你是在说‘近朱者赤’？”

“啊？”

我没弄明白我说我们了解彼此跟“近朱者赤”有什么关系，难道他是想说我们了解彼此的原因是我们被彼此同化了？

然后我就听到了大辰的解释：“‘我跟你学会经济法，你跟我学会C语言’这种。”

我：“……”

这完全是两回事吧？！

我在说我们的灵魂牵扯，他却在说我们的学习成果，完全是鸡同鸭讲有没有？

我忍不住发散思维，难道，我们以前的对话也是这样的？

我以为我们都知道彼此在说什么，但其实完全不是一回事？

其实很有可能呢，他每次说话都那么简短，丰富的含义全都靠我自己脑补！

万一我们的心意相通都是我脑补出来的……

我突然觉得前途好灰暗有没有？

5

追大辰的女生真挺多的，奇怪的是，我竟然从来没有过危机感。

……才怪！

6

——小姐姐，世界上有那么多比我老师更好的人，你为什么就不能把老师让给我呢？

大二的暑假，我依然在北京，和大辰一起兼职打工。

这条信息，是我某天做兼职的时候，大辰做家教辅导的学生发给我的。

——小妹妹，世界上有那么多比你老师更好的人，你为什么就不能放过你老师别骚扰我呢？

我这样回复了她。

回完，我心里啧啧地感慨，现在的小朋友们啊，太早熟了！

我做的这份兼职依然是侯爷帮我找的，下午五点到十点，时薪三十块。工作内容是点单、送菜、送饮料，不累，且钱多，我很满足。

唯一的缺憾是，光顾的洋妞太多了——

“Miya，what is your boyfriend's phone number?（Miya，你男朋友电话号码多少？）”

“Maybe you'd like to take part in our party，er，with your boyfriend.（或许你会想参加我们的聚会，和你的男朋友一起。）”

……

对这些光明正大挖我墙脚的外国人，我唯一能说的只有：“No comment！”

抱歉，无可奉告！

我心里愤愤不平，你们这些洋妞，都到中国了，还不能矜持一点吗？

我工作结束的时候，大辰已经等在了门外。

有个美艳的外国女人在跟他搭话，他假装听不懂，眼睛一直望着餐厅这边。

我立刻三步并作两步赶到他旁边，毫不客气地把他拉到了我的身后："What can I do for you，madam?（我能为你做什么，女士？）"

女人可惜的目光在我俩身上扫过，耸耸肩，走了。

"Have a good night!（祝你们有个美好的夜晚！）"离开前，她很有风度地说。

谢谢！好走不送！

大辰一捏我嘟起的嘴，笑了。

"满天飞醋。"他取笑我。

我拍开他的手，瞪他说："谁让你漫天桃花的！"

"但是，十里桃花不如你啊。"

这真是一句美好的情话。它洗去了我这一天不断被人挖墙脚的郁郁，也拂掉了我对他桃花满身的丝丝怨气，让我心平气和，心生甜意。

甜着甜着，我心里就释怀了。

那些在我的人生里只待了几分几秒的人，并不能影响我们的生活。他们就像一阵春风、一片桃花、一丝春雨，惊扰了我，却打搅不了我。

它们都是不重要的东西。

我和大辰牵着手，慢慢地往学校的方向走。

虽然是盛夏，但晚上的北京依然带着凉意。

我身上披着大辰的外套，手上感受着他传递给我的温度，感觉自己的心也暖融融的。

7

万事总有例外。

一般面对有女生追求大辰这种事，我都是采取在战略上重视敌人，但在战术上，一定不能把敌人当回事的策略。

但有一个女生，却逼得我不得不重视她。

她是大辰的学妹，但不是一个系的，家里跟大辰的Boss大给很熟，她就去他们工作室当助理。

我第一次听大辰提起这个妹子时是他夸她细心，说自从她过去之后，办公用品的管理立刻跟上了，找东西再也不会跟以前一样需要翻遍整个工作室。

这件事跟大辰关系不大，我也就没往心里去。

谁知道不久后我就听侯爷说那个妹子去了他们宿舍，去之后谁的床铺都不肯坐，就只肯坐大辰的。

我当时心里就咯噔了一下。

但是因为大辰立刻反驳了他，说他们的床铺都跟狗窝一样，是人都不坐，我也就将心里的异样按捺了下去。

哪知道等我暑假过去大辰那边之后，才发现那个妹子已经全面入侵了他的生活！

我们去吃饭的某个餐馆，是那个妹子带他吃过的。

我们在图书馆看书，某个白痴问题也是那个妹子问过他的。

就连大辰用的沐浴液的牌子，都是那个妹子介绍的！

最有心机的是，那个妹子从来没有对任何人透露过对大辰的好感！

更可怕的是，大辰也把她当成妹妹看！

天地良心！她跟大给都没有血缘关系，跟大辰算哪门子兄妹？

我觉得这个妹子问题太大了！

其实这个时候，我最简单的解决方法就是直接跟大辰说，让他以后跟这个妹子保持距离。

但我不想。

我考虑到了另外一个问题，大辰这样出色，以后追求他的人中像这个妹子一样工于心计的肯定少不了。如果大辰一直像现在这样对这种妹子完全没有警觉性，以后遇到level更高的，被直接拿下了怎么办？

只有男人自己时刻防备着，才能杜绝被勾引！

我琢磨着，应该趁着这个机会给大辰上一课了。

毕竟张无忌他妈都说过的，越是漂亮的女人越会骗人呢。

嗯，虽然不知道在接下来的事情中这句话该形容那个妹子，还是用来形容我……

其实我并没有做太多事，就是很诚恳地去找妹子谈了谈，告诉她其实我早就打算跟大辰分手了。我家的情况不好，我想傍个有钱的，帮我渡过难关。

然后我就开始狂发朋友圈，今天跟这个富二代偶遇，明天对那个包包一见钟情，还狂晒一番以前我家多有钱的照片……

没钱的人想有钱，有钱的人想更有钱，但对金钱最疯狂的，肯定是那些曾经有钱过，现在却突然没钱的。

那妹子肯定读过心理学，很快就相信了我，也信了我不好意思直接甩了大辰，希望有人帮我接手他好和平分手的鬼话。然后，她就将对大辰的好感表现得很露骨了，时不时在大辰面前蹲下露个胸……说话的时候不好好说，偏凑到他耳边……做什么事都腻腻歪歪的，目光一直在大辰身上纠缠着……

不到两天，我们再一起吃饭，大辰就非常防备地拉开热情地跟妹子谈话的我："她有点奇怪。"

听到这话，我心里乐歪歪！心说你终于发现啦！我都在心里憋着这件事快憋死了！

但我还是装作没听懂的样子，无辜地看他："她怎么了？"

大辰想了想，很含蓄地说："可能想找男朋友了。"

我继续装无辜："你怎么知道她想找男朋友？啊，她该不会是想找你当男朋友吧？"

大辰点头，我立刻戏精附体，掐他胳膊，对他吹胡子瞪眼："谁让你在外面招蜂引蝶的？你看，就是你自己不检点！平时不注意！引得人家小妹子对你春心萌动！害人害己了吧！"

这话挺符合情况的。

大辰谦逊地接受了意见，说："你放心，我以后一定注意。"

那之后，他果然对所有鲜嫩的小妹子都退避三舍……

这件事情的后续是，妹子败退后的某一天，侯爷跟我们吃饭。趁大辰去洗手间的时候，他对我竖起了大拇指，说："大妹子够拼啊！为了防小三，把自己的朋友圈刷成了那副形象！"

他说的是我为了骗那个妹子，在朋友圈里发出的各种拜金主义的图。

我给了他一个鄙视的眼神，慢悠悠地说："谁能看到啊，除了那小妹子跟你！就知道她会跟你确认，所以那些朋友圈我特意设置了只对你们俩可见。”

在侯爷更加敬佩的目光中，我扬扬自得，得意扬扬。

哎，我真是足智多谋！算无遗策！聪明得要死啊！

8

据说异地久了，两个人逐渐走在自己的生活轨道里，会越来越没有交集，慢慢地，就没有了共同语言。这个时候，虽然心里还爱着他，却也不知道该怎么相处了，最后只能以草草分手作为结局。

就像上面某个段子里，跟我舍友抱怨的一样。

但我一直对这种说法嗤之以鼻。

好像生活在一起就不会各有各的事情一样！

事实上，这种没有共同语言的问题在生活在一起的情侣当中更容易出现吧？

天天面对面，就懒得再去了解对方，于是对对方越来越不了解，两人再想聊聊，却发现已经没有共同语言了。

反倒是异地恋，因为相聚不易，总惦记着对方，见面的时候总是心里藏着千言万语，虽然可能说不出口，但彼此都了解对方的情意。

但我承认，异地恋想维持共同语言确实比在一起的情侣难一点。

翻译成更直白的话，就是异地恋没有在一起的恋情更容易让彼此保持对对方的关注。

其实对这种事，我也没有更好的办法，只能让自己傻一点，多想着大辰一点，多为他做一点事，想到了什么和他相关的事情，都不找借口，立刻去做。

我记得大二的平安夜是周一，那天我们一整天都有课，第二天还要上课，但我还是义无反顾地订了去北京的车票。六个小时的车程，我在第二天的凌晨站到大辰的面前，跟他说了Merry Christmas。

花花他们都骂我是疯子，我却觉得很值得。

我可以不去，我们在电话里说圣诞快乐，我给他寄一份很有诚意的礼物，甚至可以给他唱个歌，这样也可以让他很开心。

但我去了，他摸到了我冻僵的手，亲吻了我冻僵的唇，他亲眼看到了我，这样让他惊喜。

什么样的礼物，都比不上一个活生生的恋人站到自己面前。

几十年后，他可能不记得那年圣诞我送了他什么礼物，给他唱了什么歌，但他一定记得我是怎么冒着风雪坐六个小时的火车去到他面前，对他说Merry Christmas。

这个时候，一定有被我感动的人在心里骂我傻，觉得我为大辰付出得太多。

但我必须说的是，有我这个傻子，是因为先有大辰这个比我付出更多的傻子。

我们一直都肯为了对方变傻，所以才能走到结婚的那一日。

爱情，本身就是傻子才能玩的游戏。

很多人都问我，怎样才能像我和大辰一样，即使异地六年也能不分手。

其实这有什么难的呢，心里憋着一口“我要为你傻一辈子”的气就是了。

「第七章」
Chapter 7

我们同居啦!

因为有你,

我才一直心怀希望,

一直相信爱情。

1

大辰是个有强迫症的人，这样的症状不仅体现在处事上，也表现在他的人生规划上。他的文件夹里有着完整的十年规划、具体的五年规划、详细的两年目标、烦琐的阶段任务。

工作后的第二年，有一段时间他特别沉默，就像回到了高中时代一样，每次跟我打电话都只“嗯”“嗯”地回答我。我以为他出了什么事，好几次旁敲侧击，终于问出发生了什么——在他的计划里，工作一年半的时候，他手上的项目应该已经完结了，但实际上项目的进度只到85%。

我觉得不可思议：“你就为了这事儿？”

他：“嗯。”

我：“现在完成是你们老板定的目标？”

他：“不是。”

我：“他预期你什么时候能做完？”

他：“明年。”

我：“所以还有整整一年的时间，你却已经完成了项目的85%，你还有什么好不满的？！”

他沉默。

我使出全部的耐心来劝慰他：“我觉得，我们定目标是为了更好地生活。但是现在你为了完成这个目标，每天都愁眉不展，你的同事感觉肯定不好，而且影响到了我的情绪，我很担心你。这样的目标，就算完成了又有什么意义？……你觉得呢？”

他一直不吭声。直到我说到口干舌燥，无话可说，他才很小声地、含糊地说：“可是，项目不完成，我就不能申请常驻广州啊。”

一瞬间，我说不出话来了。

我想，只要有一丝可能，没有哪一对异地恋恋人会不想结束异地恋。

我吸了吸鼻子，恶狠狠地骂他：“别以为感动我了，我就不追究你吹毛求疵的事！你逼自己，我就是不允许！”

我心里想的是，傻瓜，结束异地恋不光是你一个人的事，我也会努力的呀！

2

2016年3月，大辰出差广州，我们终于同居了。

我们在广州的高中同学挺多的，他过来之后，我们一起聚过一回。有个男生喝多了，跟我八卦，说某某以前喜欢我，大辰还跟他打过架。

我听得心花怒放，那个男生喜欢我，我自己都不知道呢！

但我回去问大辰的时候，他却说没打过架。我不相信，人家都说打了，他凭什么说没打呢？为了让我信服，大辰便重演了事情经过。

当时那个男生在往我桌子里丢信封，大辰拍了拍他的肩膀，说："咱们聊聊。"

男生："聊什么？"

大辰："你喜欢张弦？"

男生："喜……喜欢啊。"

大辰："真巧，我们喜好一样。"

男生："我……我知道了。"

然后男生拿出信封就走了。

"就这样？！"我不相信，"你们要是只聊了聊的话，别人为什么会误会你们打架了？"

大辰想了想，说："因为他拿信封的时候被板凳绊倒了吧。"

我十分失望地嘟囔："这样啊……你高中的时候果然没那么喜欢我，连个架都没为我打过。"

这天晚上，我闷闷不乐，连最爱吃的芝士薯条都懒得吃了，最爱看的《三生三世十里桃花》也不追了，最爱听的《Somebody That I Used to Know》也不听了……

大辰点了点我的肩，犹犹豫豫地说："其实，他若是敢挥拳，我就会为你把他揍一顿。"

阴谋得逞，我开心地蹦到了他身上："耶！就知道你从高中开始就觊觎我啦！"然后把明天和后天的薯条全吃完了。

3

我很爱热闹，不仅经常和以前的同学聚，也会参加一些同乡聚会。

2016年有次同乡聚会，我跟大辰一起去，有个妹子对大辰一见钟情，知道我是他女朋友之后，说话就老怼我。但是因为男生和女生分开坐，大辰并没有看到她挤对我，只看到了她吃饭的时候抢着帮我们洗碗筷。我觉得大辰对她的印象可能挺好的。

后来那个女生的朋友起哄，问大辰对那女生是什么看法的时候，大辰却毫不留情地说："太丑，没看法。"把那个女生气得捂着脸直往外跑。

我心里特满意，心里想，小样儿，这是时刻关注了宝宝的动态啊！

于是我给予了他口头表扬："有眼色！"

没想到这傻缺竟然跟我装无辜："她跑什么？不是问我对你的看法吗？"

原来那女生的朋友坐在我们的斜对面，那女生为了刷好感坐在我旁边，那朋友指向女生的旁边，又没说名字，大辰跟那女生不熟，当然就以为是说我了。

误会解除了，我却更生气了："你几个意思？我哪里丑了？还丑到你没看法！"

大辰更无辜了："你确定你想让别人知道我对你的看法？比如你磨叽、臭美，每月总有几天要发狂，过几分钟就发神经……"

他话没说完，我蹦上去掐住了他的脖子："啊！啊啊啊啊啊！我要跟你同归于尽！"

大辰忙不迭躲开："你看你看！又发神经了吧？！"

我："……"

真是每个月都有那么三十天被他气得要抓狂啊！

4

说起来，我对情感纠葛这种事其实挺不敏感的。

我们住的小区里住着好几个我的同事，有一对男女，男的是我们公司销售部的副总监，海归精英，长得特别帅，特别喜欢勾搭女孩子，桃花债特别多，我们都叫他大仲马；女的是我们财务部的审计经理，打扮特别保守，性格也特别保守，每天除了工作还是工作，对所有男性都不假辞色，我们都叫她修女。

就这么八竿子打不着的两人，有次我和大辰去游泳，正好遇到了他们，大辰就告诉我他们俩是一对。

我根本就不相信，因为我是在更衣室遇到了修女，然后出去又看到了大仲马，在我的热情招呼下，他们俩才凑在了一起，怎么看怎么是两个偶尔碰到的同事，怎么可能是一对？

但没过几天我就被打脸了，我下班回家的时候，看到修女从大仲马的车上下来了！

我觉得大辰的眼力太神奇了，忙向他请教："你是怎么看出他们俩有奸情的？"

大辰："那天他们一直在交换眼色，配合特别默契，一看就是情侣。"

"这个一看有点难啊，交换眼色怎么看得出来？"

大辰给我示范："就是这样。"大辰挑挑眉，同时眼珠子往左转了一下。

我："……这不是眼抽筋吗？"

大辰："……所以你看不出他们俩的奸情。"

但等到看电视的时候，我和大辰对情感纠葛的敏感度就掉了个个儿。

女主和男主针锋相对的时候，我："这一对看起来不太配啊，××（女主）连脸都不能看，×××（男主）倒是哪哪都好。"

大辰："×××（男主）和××（女配）是一对，他们之间火花很多。"

然后再看两集，大辰就被打脸了，男主和女主吵出感情了！

大辰："……×××（男主）有判断力吗？"

我："哈哈哈哈哈！所以你不懂什么叫电视剧里的脑残言情线！"

5

跟大辰住一起之后，我才发现他说话真是直接到让人讨厌。

有次我跟他说公司一个很讨厌的同事，遇到工作就推三阻四，有好处就拼命往上挤，吃相难看得要命，偏偏会拍马屁，还很得领导的欢心，真是讨厌得要命。

他听完我的吐槽，默默地总结："每个团体里一定有个特别让人讨厌的人。"

我想也不想，立刻反驳他："没有呀，我做上一份工作的时候就没有觉得谁讨厌。"

"……"

"虽然我老大总让我战战兢兢的，但他很有能力，其实我挺佩服他的；微微姐她经常教我东西，人非常nice；还有桃子姐，每次我做错事情，都是她帮我解决……"

耐心地听我一项一项地数出每个人的可爱之处，大辰慢悠悠地问："所以你看出问题了吗？"

我："嗯？"

大辰："如果你的团体里没有特别讨厌的人，那你就是那个人。"

我沉默了。

在深圳的那段时间，我确实很对不起我的上司和同事，因为刚开始工作，又不喜欢工作的内容，总是频频出错，要他们帮我收拾残局。说起来，可能我确实是那个团队里特别讨厌的那一个。

但是，作为男朋友，你这样直接地说你女朋友很讨厌真的好吗？！

"不跟你玩了！"我愤愤地推开大辰，自己刷剧去了。

6

住一起的时候，我和大辰经常一起去公园骑自行车。有次我们骑车拐弯的时候碰到一个小孩在不远处摔倒了，摔得很重的样子，半天没爬起来。很多人都停了下来，我也犹豫着要不要上去帮忙，大辰却一蹬脚踏，把车子骑远了。

我赶了上去，忍不住捶他："你怎么一点同情心都没有？"

他却头都没回："他不缺你帮忙。"

当时我很气愤，觉得大辰这是人品问题。

这是缺不缺人帮忙的问题吗？看到有人受伤了，特别是小孩，上去询问需不需要帮助不应该是一件理所当然的事吗？为什么一定要没人帮他，自己才出手呢？

但没多久，就又发生了一件事。

我们在回家的路上遇到了我们的邻居，一个很讨人厌的老头子。

我们搬家过来那天请了几个朋友帮忙，把一堆东西搬上搬下，都是年轻人，说话的声音不免就大了一些，结果那个老头子竟然跑过来问候我们祖宗。大辰去向他道歉，他却依然骂骂咧咧的，说我们没教养。

拜托，这是谁没教养？我们制造了噪音是不对，他用污言秽语污染环境就对了吗？

因为这件事，我们便与这老头划清了界限，老死不相往来。

而那天我们相遇时，就发生了一件大快人心的事——一只鸟在老头头上拉了一泡屎，正好掉在了他的衬衫上！

我偷笑着想，活该！果然是恶人自有恶鸟磨呀！

这老头在小区的人缘不好，看到这一幕的人，没有一个不跟我一样偷笑的。那老头的脸都涨红了，也没有人肯帮他解围，可见他有多么讨人厌。

我正乐不可支呢，谁知这时，大辰突然走了过去，脱了自己的衣服，递给了那个老头，气得我直跳脚。

更让我气愤的是，那个老头不要大辰的衣服，大辰却硬是塞给了他！

真是多管闲事！

回去的路上，我质问大辰："你干吗要帮他？"

大辰说："他需要帮助。"

我说："那个骑车的小孩也需要帮助，你不也没帮他吗？"

大辰说："不一样。"

"有什么不一样的？都是需要帮助的人，难道因为那老头可恶，就更应该帮他一点吗？"我愤愤不平。

大辰却说："不是这样的。小孩多的是人帮忙，老头却无人伸出援手，你不觉得帮助应该给予需要的人吗？"

帮助应该给予需要的人？

这个问题，让我考虑了许久。

我在想，为什么我想帮不需要我帮助的小孩，却不肯给迫切需要帮助的老头援助呢？

这或许是因为，我给出帮助是为了满足自己想做好人的欲望吧，不是因为对方需要帮助而施以援手，而是为了满足自己善良的愿望而挑选帮助的对象。但其实，这与伪善有什么区别呢？

那天晚上，我反思了。

我顿悟了。

我的灵魂升华了！

我十分郑重地向大辰表态："以后我要向你学习，帮助真正需要帮助的人，做真正善良的人，拒绝伪善！"

大辰深深地看了我一眼，欣慰地点头说："很好。"

这一刻，我俩你看着我，我看着你，彼此晶亮的眸子折射的都是"真善美"的光芒！

在这一刻，我们之间迸发出了情侣之间互相促进、共同进步的积极力量！

在这个美好的时刻，我们终于可以自豪地宣布，我们都是社会主义积极进取的接班人！

然后……我听到了大辰的声音……

"那你先帮助我一下吧。"

"啊？"我看向大辰。

大辰说："那件借给老头的衬衫，你去帮我取回来吧。"

"为什么你不自己去……"

大辰："还有碗，你顺便也洗一下吧。"

"洗碗该你……"

大辰："还有衣服，要熨一下了。"

"你自己可以……"

大辰："还有出差的行李……"

"停停停！这些你都可以做，为什么你不自己做？！"我终于爆发了。

"因为我今天踩单车太累，明天又要早起去出差，今晚需要养精蓄锐！”大辰理直气壮地说，“我就是那个真正需要帮助的人！”

我：“……”似乎无言以对……

大辰总是真正地需要帮助，在数次做了属于他的家务之后，我深深地觉得自己被套路了，于是瘫在床上，决意耍赖：“我以后不向你学习了，我觉得还是当个伪善的人比较好。”

大辰对于我耍赖已经习惯了，很平淡地“嗯”了一声，表示知道了就完了。

没想到第二天五点不到，我就被大辰叫醒了！

我很暴躁：“干吗？！”

大辰说：“我需要你帮出差的我做早餐。”

我：“自己去楼下早餐店吃！”

大辰：“不，我需要你的帮助。”

我：“帮助你个头啊！到楼下就有吃的了，干吗非要我动手？！”

大辰：“正因为这不是必需的帮助，我才叫你帮忙啊。”

他无辜地眨眼道：“你不是想要伪善吗？”

我：“……滚！”

从此以后，我再也不想听到关于善良和伪善的问题。

7

减肥是我心中永远的痛。

几乎每天，我的心理活动都要经历如下的转变——

早上起床，精神抖擞——我要开始减肥了！

然后在上班的路上看到了各种美食……一顿猛吃，真好吃！

吃完心里罪恶感猛升，内心有小手在摇摆——你们谁都不要约我吃饭！不约不约！

美食当前，随即变成了：要不，我就吃一口？

要不，我就去看看？

嗯，吃完了。多谢款待！

呀，又胖了！

我真没多吃！

明天开始，我一定要减肥！

8

住一起那会儿，我们住的地方离我公司挺远的。大辰就让我去考驾照，然后买车代步。

我想想也行，就去报了驾校。

谁知道我报完名就听说，带我的教练对学员特别不友好！

他的口头禅是："方向盘上挂块肉。""狗都比你们会开！"

据说他为人还特别刻薄，他的学员练习开车上路，他望着路边一只蜗牛，很平静地问学员："你看到那只蜗牛了吗？"学员说："看到了啊。"他就看了看学员，说："它刚超车了。"

这话尖酸得，简直令人发指！

于是，我跟他上车的时候就特别紧张。

他说开车时眼睛要看着前方，不要低头看挂挡。

我立刻就低下了头，看向挂挡的方向。

他火了，大声冲我吼："不准低头！"

我更紧张了，但是又不敢低头，都不知道自己在干什么了。

然后我就听他更大声地吼："你摸我腿干什么？！"

我："……"窘迫了。这事我比较吃亏好吗！

但是这样一窘迫，我的紧张反倒好了，因为我感觉这个教练也没传说中那么刻薄，连以为被性骚扰也只是训斥了一下。

于是，我终于可以安心练车了，并在晒成了一块黑炭之后，终于拿到了驾照。

但是！据说那一天之后，驾校就又多了一个段子：某妹子学车时看上了教练，对教练性骚扰。教练不从，让她不许低头，不许看自己。但那妹子甚为豪放，不仅不听，还直接对教练上下其手，逼得教练大吼："我的腿是你能摸的吗？！"

听到自己成了传闻女主角的我："……"什么鬼？

从此以后，我再也不信江湖传闻了。

9

在广州的时候，我们经常去天河又一城。广州地铁上人特别多，有次我和大辰被挤到了玻璃板旁边的小角落里，他一直保持着一只手抓着门旁边的扶手，一只手抵着玻璃板的姿势，帮我挡着外面的人。我靠着车壁，不好意思看大辰，眼睛便一直盯着玻璃板。

大辰问我："你在看什么？"

我故意装不认识他，以冷漠脸对他："妈妈说不要和陌生人说话。"

大辰："没事，我们聊聊就熟了。"

我："好吧，我觉得我们已经熟了。我在看前面的广告牌。"

这时，我听到旁边座位上的乘客窃窃私语："这男生也太会撩了吧！"

另一个说："这女生也太容易被撩到了。"

太会撩的大辰（一脸忍笑）："……"

太容易被撩到的我（一脸茫然）："……"

姑娘们听我说，我那是合法被撩的啊！啊啊啊！

10

我们经常去天河又一城，因为我喜欢吃那边一家韩国餐厅的料理。在那里，最最简单的石锅拌饭就能做成顶级的美味，米饭微焦耐嚼，溏心鸡蛋口感嫩滑，蕨菜清香滑润，再加上咸甜适口、微带辣味的自制甜辣酱，我每次去都点，却怎么都不会吃腻。

还有一家川菜店，我每次必点香辣跳跳蛙和酸菜鱼。跳跳蛙是用青花椒和干辣椒加秘制调料炒制的，一口咬下去，满是嫩嫩的、又烫又麻的蛙肉，表皮却又有一层焦黄，带一点脆，又麻又辣，配合着里层的鲜嫩蛙肉，好吃到连舌头都快吞下去了。酸菜鱼就更棒了，晶莹透亮的泡菜，鲜红火辣的辣椒，下面藏着莹白润泽的片片鱼肉，咬一口，嫩到弹牙！吃几块鱼肉，再啜一小口汤……嗞，口水都要出来了！

还有最爱吃的甜品——泰芒。超级大、够两个人吃的杯子，里面装着满满的芒果冰沙和奶油雪顶，再铺上小山一样的大块芒果，最后用小撮抹茶粉点缀顶层，不仅颜值惊人，而且好吃到爆！吸一口芒果冰沙,浓浓的芒果味儿！再吃一口芒果肉,超新鲜的芒果！吃一会儿，搅一搅奶油层，满满的奶油味儿，而且一点不腻！我一个人就能干掉整整一杯！

还有超级棒的鸭舌头……

“停停停！”每次我向花花强力推荐，她都会像这样打断我，然后面无表情地吐槽说，“你现在的表情就跟美食频道的主持人一样！你以前没这么贪吃的啊！”

我便毫不隐藏地臭嘚瑟：“没办法，跟我家亲爱的在一起后心情太过美好，鉴赏美食的能力瞬间UP到顶点有没有！”

自从跟大辰住到了一起，我腰不酸了，腿不疼了，吃饭也能吃两大碗了，同居的感觉就是这么美好！

11

2016年《太阳的后裔》大火，我一直追这部剧。柳时镇给姜暮烟扎头发那一幕，我觉得特别暖，决定学学。

于是……

嘶，我的头皮遭了殃。

继续——

大辰拿着皮筋，绷紧。

“这怎么用？”

啪——

话音未落，皮筋绷断，在他手上弹出一条红印，痛得他发出“嘶”的一声。

拿着第二根皮筋，大辰试探着给我绑头发。

一秒钟，两秒钟……

“嘶，你谋杀啊！”我怒瞪大辰。

他的皮筋未曾离手，上面却缠满了我的头发。

弄掉头发，大辰继续扎……

“下面的头发没扎住！”

“歪了！”

“嘶，你用皮筋弹我干吗？！”

……

一个小时后，我一把抢过大辰手上的皮筋：“算了，不要你扎了。”

扎好头发，我上楼去了。

用时两秒。

留下楼下一地断发，和一脸茫然的大辰。

12

同居免不了磕磕碰碰，感情再好，也要磨合。而我和大辰又都不是一味忍耐的类型，所以免不了要斗智斗勇。

比如说洗碗吧，我们就经历了堪比八点谍战剧的角斗。

我跟大辰正式同居的第一天，是我做的饭，他洗的碗。

晚上，他跟我说：“小时候我爸让我洗碗，我总打碎盘子，我爸就打我手掌心。”

那还不得留下比山还高的心理阴影？

我同情心大起，豪气万千地拍了胸脯：“以后我们家的碗都我洗，盘子跟你不对付，你不用沾手了。”

我连着洗了一个月的碗，才从他妈妈口中得知了一个惊天秘闻：“大辰他打小家务不沾手，直到他姐嫁出去了，才轮到他动手。”

这话惊得我世界观都要歪掉了，大辰竟然对我撒谎了？

我质问大辰，他一脸诧异地反问我：“我说的是我姐啊，你听成是我了吗？”

大辰每次说话时表情都特别正直，一看就特别让人信服的那种。我被他一反问，就以为真的是我听岔了，此事不了了之，洗碗这项家务活我们平分，开始一人洗一天碗。

然后没过几天，他跟我提议：“不如我们谁最后吃完饭谁洗碗吧？”

我立刻同意了。

因为每次吃饭都是他两碗，我一碗，我先吃完。我喜滋滋地以为他是不想我洗碗，打算自己把这项工作承包了。

谁知道那天晚上他跟我一样只吃了一碗饭，就比我先吃完了饭！

我顿时疑窦大起："大辰，你不会是不喜欢洗碗吧？"

他一脸正直地说："怎么会！今天我在公司吃了下午茶，所以晚上不饿。"

我将信将疑地接受了他的解释。

然后……第二天我洗碗，第三天我洗碗，第四天我洗碗……

我确定大辰就是不喜欢洗碗了。

然后我坚决地罢工了："从今天起我们恢复轮换制，一人洗一天碗。"

大辰不同意："这样先吃完的人为了洗碗还得等着，太浪费时间了。"

我："等着就等着，我愿意等着。"

大辰着急了，想了好几分钟，提出一个新建议："其实洗碗这件事不用弄得这么严肃，不如我们抓阄吧，谁抓到了谁去洗碗。"

我才不同意："不抓，一人洗一天。"

大辰看出我已经看透他不喜欢洗碗了，立刻断尾求生："这样吧，以后做饭和打扫我都包了，碗你来洗。"

我大义凛然："我是这么贪小便宜的人吗？不用你去打扫和做饭，我们一人洗一天碗！"

大辰咬牙切齿，终于露出了底线："好吧好吧，以后只要你洗碗，其他的家务活我都包了。"

我终于获得了全面的胜利，心里乐开了花，表面却还要故作淡定装大尾巴狼："罢了，既然你这么不爱洗碗，我也只好成全你了，以后洗碗就我来吧。"

大辰咬牙切齿："那真是谢谢你哦。"

那语气怎么听都是"我谢你八辈祖宗"的意思。

13

有次下雨，我没带伞，坐一个同事的车回去，下车的时候被熟人误会，以为我换男朋友了，还特别巧被大辰撞到了。

这就尴尬了。

我觉得大辰肯定特生气，没想到他没露出一点不开心，不仅特别诚恳地向那位同事道谢，还和熟人寒暄了一会儿。

回去之后，我忙夸奖大辰：“亲爱哒，你心胸真宽广。”

大辰“嗯”了一声。

我继续谄媚：“小×（熟人）太没有眼力见了，我有亲爱哒这么优质的男朋友，怎么可能看上××（同事）嘛！”

大辰：“嗯。”顺手关上了房间门。

我顿感不妙，想把门打开：“关门干吗？门关上了，多不透气啊。”手却被大辰一把拽住。

他扯了两下领带，把领带弄松，才慢条斯理地跟我说：“不着急，我们还有事没谈清楚呢。××什么时候变成你的新男朋友的啊？”说着还开始动手动脚，动手……动脚……

我：“……”

停！啊！

这小气劲儿，真是白夸他心胸宽广了！

14

大辰他们公司工作压力大，不过福利多，经常去团建。我们在广州的时候，有次他们团建去KTV唱歌，我也随行了，听到他们部门一个帅哥唱《单身情歌》，一听就是有故事的人，听完特别伤感。

我不禁想，如果大一的时候大辰没有来找我，骤然陷入困境的我会如何。可能会努力，可能会堕落，但肯定不会再有追求他的勇气。而错过了四年里彼此的成长，我们就算再遇，就算再在一起，又怎么可能像现在这样心意相通，爱情甜蜜？或许还不如独自唱《单身情歌》呢。

回家的路上，我忍不住感性地抱住了大辰：“谢谢你，谢谢你那么及时地找到了我，同行的路上再艰难也没有抛下我。因为有你，我才一直心怀希望，一直相信爱情。”

他说：“你这么说，我很感动。”顿了顿又说，“但你不要以为这样，我就会原谅你起哄让我唱《猪之歌》。我今天丢人丢大了你知道吗！”

我：“……”

求不要这么慧眼如炬！

「第八章」

Chapter 8

我们的那些逗比朋友

幸福从来不是只有你我，

还有与我们息息相关的他们……

1

大辰有个同学叫Jane，她姓简，最爱的名著是《简·爱》，给自己取的英文名字是Jane，人也像简·爱一样，独立而努力。

Jane是某省的高考状元，是个资深学霸，外表也向女学霸靠拢，剪着锅盖头，戴一副黑框眼镜，怎么看都是又宅又㞞的属性，她却做了一件挺反道德的事——她以小三的身份向我宣战了。

我接到那个电话的时候，内心是不平静的。

“喂，你是大辰的现任女友吗？我要和你谈一下大辰的归属问题，我们见一面吧。”

这语气怎么听怎么婊里婊气，所以见她之前，我制定了不少的迎敌战术，最后却一个也没用上。

她见我的第一句话就是：“长相只有八十分，听说你的学校不是重本，智商也不高，你觉得你凭什么能和大辰在一起？”

这真是个好问题，我凭什么和大辰在一起呢？

我骄傲地回答了她：“就凭大辰爱我，他只爱我。”

这就是我最大的资本。

“那你爱他吗？”她又问。

“非常爱。”我毫不犹豫地回答。

我以为接下来应该吵个架什么的了，虽然她看起来不坏，但表里不一的人那么多，说不定宅㞞学霸也有一个绿茶婊的内心呢？

没想到她想了一下，说了声“明白了”，就走了。

她就那么走了！

我们就见了一面，谈了两个问题，连名字都没有交换，就这么结束了战斗！

当时我那种如遭雷劈的心情，和收到奶茶店小妹递给我属于Jane的账单时一模一样。

熟了之后，我自然要跟Jane谈我们的初见。

我："你觉不觉得我们初次见面的时候很奇怪？"

Jane："哪里奇怪？"

我："嗯……就是，你连我的名字都没有问就走了，不奇怪吗？"

Jane："我本来就知道你的名字，再问一遍你的名字才奇怪吧？"

我（无言以对）："……但别的问题你也只问了两个啊，你是去跟我谈大辰的归属问题的哎！"

Jane："对，所以我先回去重新计算了数据。"

我："算……算什么？"

我觉得脑袋有点不够用了，抢男朋友还用计算的？

Jane认真地说："匹配指数。"

"以幸福学、经济学、心理学的各项基本理论为基础，找出决定两个人是否适合在一起的各项因素，然后以概率分布的计算方式，就能算出大辰适合跟谁在一起的综合匹配指数。"Jane说。

我无言以对。

抢个男朋友搞这么复杂，那生孩子岂不是要弄几个G的数据做参考系数？

"谈恋爱而已，你这样是不是太学术了？"我问。

Jane推了推眼镜，严肃地说："人要学会扬长避短。我擅长数据推演，应该应用于生活。"

这是极度精简生活步骤，提高工作效率啊。

我彻底投降了："好吧。那你算出你跟大辰有多少匹配度？"

Jane："不知道。"

我："不知道？"

Jane："嗯。我之前数据建模的数据库需管辖范围有漏洞，缺乏你说的'相爱'因素，但引入'相爱'因素之后，这个变量却没有可以引用的参数，为它建模重新核算时正好接了一份工作，与之相比，恋爱的性价比不够高，所以这个课题就暂时搁置了。"

然后等她再度重启课题的时候，应用的对象就换人了……

我表示吐血阵亡。

果然女学霸是人类的第三性别吗？！

2

Jane虽然曾经试图插足我跟大辰的感情，但后来在大辰的一群同学中，她却是跟我相处最好的。她从小跳级上学，家长天天督促着她好好学习，就没交过什么朋友。上大学之后她学了计算机，满脑子除了编程还是编程，想跟我抢大辰也是因为当时她妈跟她说可以交男朋友了。她一算周围男生和自己的匹配指数，发现大辰的分数最高，就动手挖墙脚了，简直愣得都让人懒得跟她计较。

正因为Jane不懂人情世故，所以我一直很担心她会孤独终老。结果才工作第一年吧，她就跟我说她结婚了。

What？！

什么时候？！跟谁啊？！

怎么我们连她什么时候交了男朋友都不知道啊？

结果她轻描淡写地说："没谈，就昨天领证了。人你认识，是小给。"

小给！大给的弟弟！大辰他们公司的二少爷！

我最想感慨的不是她傍上了富二代，而是人家才大学毕业，比她要小啊！

"你也太时尚了，竟然姐弟恋啊！"我说。

她特诧异："姐弟恋？没有吧，我看了他的身份证，他比我大一岁啊。"

这时我才想起来，这姑娘爱好跳级，虽然已经升到项目经理了，实际年龄才二十一……

对比我二十三岁还只是一个小会计，简直七百多个日子都白活了！

据Jane说，她和小给认识的过程是这样的。

那天她组里走了一个测试员，正缺人，听说大辰组里要来一个实习生，她决定去撬人。

正好小给天天在家打游戏，他老爸看得不爽，就把他送到总经办实习，结果他走错楼层，到了大辰的办公室。

Jane看到一个高瘦的男生进来，看起来很年轻，不是大辰部门的，却戴着工牌——没错了，这就是她要截和的人！

Jane三步并成两步走到人面前："你是来实习的吧？跟我走吧。"

小给觉得不太对："不是说小胡哥来带我吗？"

Jane拉着人就走："我是你的经理，你小胡哥现在没空，你先跟着我干。"

小给跟着她经过一堆敲代码的人身边，心中有了不太好的预感："不对吧，我不是实习这方面的啊。"

Jane把人拖到座位上一坐，打开电脑就加上了他的指纹："没什么不对的。今后你就跟我干了，这是你的电脑。"

"可我……"

没等小给说完，Jane就打断了他："软件和系统都给你装好了。会刷网页吧？"

"会。但是我……"

"这就行了。今天你要做的就是测试这个程序，要点都给你写好了，你照着做就行。现在立刻开始做，晚上你或许可以不加班。"

"但是……"

"有问题吗？"

面对Jane像科研教授一样的目光，小给皮一紧，鬼使神差地摇头了："没，我这就开始做。"

等总经办的胡特助满头大汗地找到小给的时候，小给已经给Jane做牛做马，测试了大半天的程序了。

胡特助赶紧请人上楼，却没请动。小给做了半天测试，觉得跟玩游戏差不多，新鲜，又不难，他不打算走了！

胡特助急得赶紧去请老总，老总听完乐得哈哈一笑，跑下来问Jane："小给这小子做得还不错？"

Jane根本就没注意站她旁边的是谁，目光还落在屏幕上，随便点着头说："还可以。基础不行，但还算勤快吧。"

老总就拍板了："那你好好使唤他啊。"

Jane头也没回，跩跩地说："在我手底下的人，都会被好好使唤。"

那气场直逼两米八！

小给被她使唤了两个月，使唤出感情来了，就在她组里赖了下来。

年初，有天晚上两人加班到十一点，Jane突然提议："咱们结婚吧。"

小给始料未及："啊……啊？"

前一个"啊"是习惯性地答应她，后一个"啊"是发现这事儿不能乱答应，惊讶了。

Jane眯起眼："你不同意？"

"没……就是，是不是太快了一点？"小给有点不好意思。

Jane说："去除'相爱'因素，我们的匹配指数是95%。你爱我，我也爱你，所以'爱情'变量系数为1，那么我们实际的匹配指数就是95%。别人恋爱慢，是因为需要更多的时间来确定恋爱的人对不对，我们的匹配指数这么高，为什么还要浪费那个时间？"

小给想了想，表示："你说得很有道理。"

于是Jane一锤定音："明天早上九点，我们去民政局领证。"

我听完Jane的叙述，表示，真是有效率的婚恋过程啊！

3

大辰公司团建，去清远泡温泉，我随行。因为我只认识小给和Jane，我们四个便组队一起去了。

当时，小给和Jane还没成一对。温泉村有男汤、女汤和混合汤，大家都是第一次去，不好意思泡混合汤。我倒是挺好意思的，但Jane都说要去女汤了，我也不好意思不陪她，于是只好男人去男汤，女人去女汤。

我们先各自去换衣服，没找到相邻的衣柜，我和Jane便在一头一尾换衣服。但等我换好衣服出来，却找不到Jane了。

我眼珠子一转，觉得这是个好机会，赶紧给大辰打电话："Jane不见了，我们去混合汤泡会儿吧，等会儿我再去女汤找她，就说我找她没找到，先找个汤池泡了会儿。"

大辰同意了。

于是，我们俩像做贼一样，蹑手蹑脚地跑进了混合汤里。

大汤池里人太多了，绕着牛奶池的外面有一圈六个小汤池，在假山的下面，最多只能容纳五六个人，非常隐蔽，我们就决定去那里。一路找到最后一个，才终于找到一个空池子，我忙不迭叫大辰进去，结果一进去，就对上了两双眼睛……

小给："……好巧啊，呵，呵呵。"

后来收到Jane说他俩领证了的消息，我最疑惑的，就是当时我怎么相信了Jane说他俩没什么的说辞。

4

有次我跟Jane谈论起我们在哪个瞬间意识到老公喜欢自己。

我想了想，觉得对我来说，这个瞬间还挺多的。比如有次上体育课，我撞到栅栏上，撞伤了腿，破了条口子。因为伤口在腿后，我自己没有感觉，那天穿的运动裤也是红色的，血流出来根本不明显，竟然谁都没发现我受伤。就只有大辰，他不仅发现我受伤了，还跑到医务室帮我拿来酒精和绷带。

我对Jane说："你说，如果他不是喜欢我，时刻都关注着我，怎么会在大家都没注意到的时候，发现了我受伤？"

Jane却不同意我的结论，她说大辰发现我受伤，只能证明他眼力好；给我拿绷带，完全可以是团结友爱，我说能从这一点上看出他喜欢我，完全是在硬拗。

Jane说完，我竟觉得她分析得还挺有道理，怀疑自己当时是不是太过自我感觉良好了。但我也有些不服，Jane说我这个在硬拗，那她发现小给喜欢她又是怎么简单直接，一眼就看出奸情？

结果等Jane说完，我不得不表示服气了。小给表现出喜欢她这件事确实是简单直接，让人一眼就能看出奸情。

"那天，我看到他在搜索怎么才能娶到自己的学霸美女上司。"Jane说。

5

我觉得Jane哄男人的招数特别没创意，都是滚床单，一滚泯恩仇。

像我，招数就丰富多了！什么滚厨房啊，滚阳台啊，滚沙发啊，滚桌子啊……

心有多大，能滚的地方就有多大！

6

Jane怀孕的时候口味极其刁钻，竟然要求吃葡萄味的提子！

这个要求，我感觉得有一个生物实验室才能解决。

没想到小给竟然伺候得她痛痛快快的。

我问他究竟是怎么对付的，难不成是用葡萄汁泡提子？

小给弱弱地说："没。就是把提子的皮给剥掉，她是要提子像葡萄一样好剥皮。"

这个阅读理解！真是厉害了！

封小给实力宠妻狂魔，一点不过分！

7

小给身高一七八，肤白貌美，弱质纤纤，一点都不像大给的威武雄壮。他在生活里也是一副弱鸡样，被他媳妇Jane领导着，说打鸡不敢撵狗。

但再弱的小男生也有硬气的时候，小给也曾爆发过一回。

那是Jane生产的时候。

在生孩子之前，Jane翻阅了大量的生育资料，深入了解了顺产和剖腹的根本区别，然后根据自己的身体情况，做出了顺产的决定。

小给和小给他哥、小给他爸全都认可Jane的决定，顺产对孩子好，一定要顺产。

不想实际生产的那天，不知是Jane太紧张，还是什么环节出了问题，原本Jane预计自己完全有力气撑到生完孩子，那天却没等开三指，她就没力气了。

这个时候，Jane其实没有完全脱力，缓一缓说不定就能恢复过来，能坚持到顺产出小孩。但医生也有担心，怕孕妇硬撑，拖着拖着就难产了，于是就出来询问家属的意见。

小给他爸当然是全力支持顺产的，那可是自己的第一个孙子，顺产出来的孩子免疫力更强，各方面素质也更棒，Jane又不是不能坚持，为什么不顺产？

小给的哥大给也支持顺产，他觉得既然Jane有可能恢复，就该坚持到确认她脱力的时候，届时实在不能顺产，再剖腹也不迟。

就在这个时候，小给的声音猛地响起：“剖！我们家要剖腹产！”

小给他爸不同意，骂他胡闹。大给也不同意，让他再等等。

但小给这时已经疯魔，谁的话他都不想听，夺过剖腹产同意书就签了字。

“那是我媳妇！我宁愿不要那个孩子，也要她平安无事！”

吼出这句话时，小给双眼血红。

8

Jane剖腹产生下一个男宝宝，小名叫溜溜，因为他特别会溜。

小给说，每次他跟溜溜一起睡觉，睡着睡着，溜溜就不知道溜到哪里去了。午睡之前溜溜还在自己枕头边上的，睡醒再看，他就发现溜溜睡到了自己脚边。

我觉得这件事特别神奇，还没满月的小宝宝应该还不能掌握翻滚的技能啊，难不成溜溜他天赋异禀？

Jane十分淡定地解答了我的疑惑：“我翻的。”

我：“……”

Jane：“他爸睡姿不好，不翻会压到。”

我：“那你就任凭你老公用小名诬陷他？”

Jane：“他当儿子，就牺牲一下吧。”

我：“……”还有比他们更没天良的父母吗？宝宝也是会有心理阴影的好吗！

9

溜溜刚开始学说话，Jane就开始教他英语，从“yes”和“no”开始，还美其名曰“要先学会分辨对错”。

某一天Jane跟我说，溜溜被人打了。

我一脸茫然：“谁那么丧心病狂？溜溜那么小！”

Jane：“一个两岁的小孩，用拳头捶了他两下。”

我松了口气，小朋友动手的呀，那倒还好。我问："为什么打啊？"

Jane："那小孩以为溜溜要跟他抢肉肉。"

我："溜溜奶都没断好吗！"

Jane："嗯。但是溜溜会发'肉'的音了。"

我："……你们教孩子不先教爸爸妈妈，先教肉？"

Jane："不是。是'no'，小孩子听错了。"

我："……"

真是实力坑娃的妈妈呀！

10

我们经常和小给一家出门玩耍，但小给大部分时候都很没有存在感，烤肉的时候他是烤的那个，钓鱼的时候他是拌鱼食的那个，连出去踏青，他都只负责撑伞……

但是有一次我们一起玩《三国杀》的游戏，我、大辰、大给、狗欢、Jane全体阵亡，只有小给一个人靠装忠活到了最后，并以内奸的身份获得了最终的胜利。

我们都震惊了："小给，你太厉害了吧！"

小给腼腆地摆手："没有，没有。"

被忽悠痛杀忠臣的主公花花沉痛地说："有，你有。你那么阴险腹黑，我终于相信你跟大给一母同胞了……"

11

大辰的老板大给，虽然是小给的亲哥哥，却和小给画风完全不一样。

大给从小就高，小学就长到了一米七，长大后更是高达一米九五，在人群之中一直鲜明夺目。再加上他热爱户外活动，那身形，那肤色，说是国际友人也有人信。

这样大的差距，以至于大给、小给小时候一起出去，总有人问他们："你们真是兄弟吗？同一个妈妈、同一个爸爸的那种吗？"

大给这个绰号是某性向的音译。

他曾追求过狗欢。

那是个又长又狗血，十分有味道的故事。

根据我事后挖掘出的真相，据说狗欢第一次遇到大给是在一家酒吧。那是个以一夜情闻名的酒吧，但狗欢去那里不是为了找一夜情，而是因为那家店的老板正好是他哥们。

狗欢酒足饭饱去上厕所，正好遇到一个男人被人骚扰。大概是喝多了，一个一米九、虎背熊腰的汉子硬是被几个刚过一米七的小娘炮上下其手，逼到了墙角。

狗欢本不想多管闲事，但那男人一看到他就抱住了他的腰，死活不肯撒手。狗欢不得不跟那群小娘炮干了一仗，然后就换狗欢被男人骚扰了……

狗欢是那种任人骚扰的人吗？他当即就把那男人揍了个满脸桃花开。

这一下，是恩是仇就不好说了。

但狗欢是在乎这种事情的人吗？人白眼一翻，丢下男人就走了。

不到两天，两人再次相遇，这次，是在一个酒会上。

狗欢到广州之后，供职于某大型汽车零件制造企业，任销售策划。很巧的是，这家企业想升级自己的企业办公系统，就派他参加一个互联网行业的酒会，考察各提供定制服务的互联网公司。

正常来说，这种酒会大给是不会亲自去参加的，但那天台风，航班延误，原定参加这个酒会的副总被困在了出差地。

大给来到酒会现场，端着酒杯和各个大佬碰杯攀谈，刚说几句，就被人撞掉了酒杯。

他回头一看，好家伙，冤家路窄呢！

接下来的情节就是三流小说里男女主在酒会上经常会上演的桥段，大给和狗欢在撕扯中毁掉了西装，去厕所处理时却正好遇到某个大佬心脏病发，两人救助之后，收获大佬的报答——定制企业办公系统订单一个。

收到订单，大给眉头舒展，愤恨的心结就此解开。所以他愉快地表示："咱俩就此一笑泯恩仇吧。"

按照套路，这时狗欢就该跟大给和解，并顺势表示：你的实力我有目共睹，正好我这边也有个项目，不如你帮我们做一下吧。

但狗欢再一次反了套路。

他不仅哼了一声，无视大给伸出的大手，潇洒离去，还在老总提议要让大给他们公司来做系统时表示了强烈的反对之意，还言之凿凿，一个只会挟恩来谋求合同的公司能有什么实力？

可惜，人家大给不仅有实力，还有关系把实力通过重重阻碍（主要来自狗欢）展现在狗欢他们公司老总的面前。合作达成，大给那边负责人，大给；狗欢这边负责人，狗欢。

按理说，两个人都是很优秀的人，接下来的套路总应该是合作展开，两个人针锋相对，你来我往，在一次次的交锋中，两人对彼此越发了解，然后惺惺相惜，成为知己了吧？

但狗欢怎会是甘心于按套路行事的人？

人家双手一撂，直接将事情交接给副手，自己跑去出外勤去了！完全拒绝了和大给朝夕相处！

其实这个时候，从大给一个老总强行给自己加戏去主动负责一个项目就能看出，他是对狗欢上心了。

但狗欢都跑了，大给独自一个人只能演独角戏。

于是，他俩的纠葛就进入第三个阶段——发现彼此都是我和大辰这对夫妇的朋友！

我了解这个故事的详细进程，就是从这个阶段开始的。

我记得那是我们搬新家的暖锅宴上，狗欢来得很早，我、花花和Jane在厨房里做菜，嫌狗欢他们碍事，赶这三个男人出去打游戏。

好像是打《王者荣耀》吧，三个人组队玩耍，狗欢主攻，大辰指挥，小给负责奶，本来应该所向披靡，可惜另外两个队友总是组到小学生，对手却总是强得不可思议，打得狗欢在客厅直爆粗口：“这还能不能好？！”……

可惜游戏难放，他就算跑去蹲厕所了，也继续玩。

大给就是这个时候进来的，大辰给开的门，进来之后就把手机给他玩了，自己来帮我们装盘。

也不知道是这一盘终于好运地避开小学生队友了，或是遇到了个菜鸟对手，还是大给是个超级高手，虽然中途有了大辰开门的卡顿，他们却赢得了最后的胜利！

狗欢那个欢喜哟！一蹦三尺高！不知道洗没洗手就从厕所冲出来了，他还大声号叫："大辰，你太给……怎么是你？！"

看清对象，狗欢把"给力"的"力"字硬生生给憋了回去！

而之后他俩的整个相处过程，也完美地复制了他这句话的语气转折历程。

说起以前打游戏——

狗欢："刀塔还是大辰打得最好。"

大辰："我比不上大给。"

大给露出矜持的微笑。

狗欢鄙夷吐槽："垃圾游戏！损我钱财，毁我青春！"

说到下次去攀岩——

狗欢："去的时候叫我。"

大辰："大给你去吗？"

大给："嗯……"沉吟片刻，"去。"

狗欢："叫我，我好约不去的去喝早茶。"

……

这一通热闹，让我们旁观者看得好不愉悦。

我跟Jane交流观"影"心得："这个氛围是不是有点像胸有成攻VS坏脾气爹毛？"

Jane一推眼镜："符合这类组合的运行轨迹。"

可惜还没等我们看到更多好戏，他俩之间的粉红印记就没了。

这源于这两人的第四个巧合，原来，大给的父亲和狗欢他爸竟然是拜过把子的兄弟！

在这之前，狗欢和我们集体活动，大给强行露面，在狗欢面前刷脸的事其实已经发生了很多次，不仅让我们确认了大给是在追求狗欢，也让我们对狗欢有了担心，他一个小身板的伪同性恋，能不能抵挡住熊攻的猛烈攻势？

说良心话，虽然大给人很好，但我们也不想狗欢因为他而走上一条注定满地荆棘的路啊。看热闹是看热闹，但绝不代表我们认可一个直男被强行掰弯的。我早就跟大辰说了，如果大给敢做得过分，就算粉身碎骨，我们也会站出来制止他！

但我们没走到做英雄的那一天，就先看到狗欢和大给哥俩好了，真是哥俩好。

这其中包含的峰回路转是这样的——

某天大给和狗欢同时被老爹召唤，带去见老朋友。去之前，两人都不以为然；见面时，两人都大吃一惊！

随即，狗欢变得得意，作势要去告状。大给着急，拉住他要求有事好商量。于是，两人又进了厕所。

四进厕所，这件事必须解决了！

两人先是文斗，即比狠。大给有钱，狗欢也有。大给有势，狗欢也有。大给有能力，狗欢……不知道有没有，但是他爹有！最后，大给没武力，这个狗欢却非常有！

此回合，狗欢胜利。

然后武斗……狗欢毫无意外地又胜了。

按说不管再比什么，狗欢都已经胜了两局，大给也该认栽了，但感情的事哪里有这么容易死心呢？

于是，大给……耍赖了！

他一个五大三粗一米九的汉子，竟然哭出来了！

这一哭，不讲理如狗欢也忍不住心软了，叹了口气，开始跟大给谈起了人生，谈人生之求而不得，谈何必单恋一枝花，谈着谈着，尿意袭来，狗欢站起来撒了泡尿，也没洗手，在大给的西装上抹了抹，准备继续唠叨。

但这时，大给却忍不住了。也不知是狗欢的话起作用了，或是被他撒尿的豪迈震惊到了，还是被他在自己西装上抹手的动作恶心到了，反正大给就是表示：我已经死心了，从今往后，咱们就愉快地做兄弟吧！

于是，这段伪同性恋情就这么愉快地结束了！

12

这一段要说的，就是我觉得大给性向成谜的原因了。

大给跟狗欢成兄弟之后很是消沉了一阵子，但在“腿精”出现之后，他迅速重整旗鼓，大大地向我们展现了一番霸道总裁的风范。

“腿精”大名朗宁，英文名“Longleg”，即“长腿”。而她本人也一点也不辜负这个名字，身高一米七八，腿长一米一，妥妥的超模身材比例，不仅人长得貌美如花，还是海归博士、投行精英。

大给在金融峰会上见到此姝，惊为天人，立刻开启疯狂追求模式。

据Jane的不完全统计，他送给朗宁的礼物大致包括一枚五克拉钻戒、一辆宝马豪车、一套单身公寓、N个爱马仕包包……

追求中用到的花样囊括九千九百九十九朵玫瑰示爱、人为设计的英雄救美、儿时梦想的圆梦之旅……

用时一年零三个月，他终于顺利将对方拿下了。

然后两人就分手了。

我听到这个八卦时，整个人都惊呆了：“这么变态？就为了把一个女人睡一宿，耗时又耗力？”

大给不愧是男女通吃的霸道总裁啊！魄力简直是突破天际！

Jane面带鄙视地看我：“谁说是大给提出分手的？”

我：“朗宁……朗宁有什么理由提分手啊？”

大给英俊潇洒，年轻多金，是多少人梦寐以求的金龟婿啊！

虽然他有过追求男性的黑历史，但朗宁不知道啊！所有人都以为大给是坚定的异性恋啊！

Jane耸耸肩，说：“太多理由了，比如朗宁本来就有未婚夫，大给追她只是为了促成自己企业和她家族的合作，还很巧的，股市崩盘，他们准备合作的项目十年之内大概都要搁置了……”

“停停停！所以大给这全部的追求行为都是出于商业因素？”我觉得不可思议。

大给向朗宁表白的时候，说的话那么感人，我都听得落泪了，竟然都是在演戏？

Jane：“如果合作项目继续下去的话，他们就将进入婚姻模式。”

我：“那大给到底喜不喜欢朗宁啊？”

我有点糊涂了，看大给追求朗宁时的细心，不像是没感情的样子啊。

Jane：“这重要吗？”

我：“啊？”

Jane：“假作真时真亦假，你这么较真干什么？”

我：“……”

怎么说呢？在叹为观止之外，也只有“贵圈真乱”能描述此时我的感受了。

13

不谈及大给的私生活的话，他其实是个很棒的朋友和领导。

大辰有段时间连续加班加了一个礼拜，每天都来不及好好吃饭，累到胃出血。为了让他好好养胃，我每天都给他炖汤，让他带到公司喝。大给知道之后，就让后勤的妹子每天给他们订草果豆蔻乌鸡煲，专门养胃，一人一盅放到他们桌子上。

有次大辰一个项目出了问题，因为程序员的疏忽，客户要求的一个架构没有在APP上体现出来。客户大发雷霆，认为他们不专业，要求撤换项目负责人。大给的父亲，公司大Boss也发出指令，让大辰离开这个项目，却被大给硬生生给拦住了。最后大给耗费了十二万分的心力，带大辰一起取得了客户的谅解，将这个项目继续下去，直到项目完成。

“我的人，我负责。”

说这句话时，大给掷地有声。

14

大辰大学时的舍长侯爷是我每年去北京打工时的衣食父母，每次有事少钱多的活，他都给我留着。

说起来，在大学时期，侯爷可是大辰寝室里的一朵奇葩。

大辰寝室六个人，只有一个人没拿过奖学金，就是侯爷；六个人里只有一个考试会挂科，还是侯爷。侯爷的专业课学得一塌糊涂，一到考前，他就抱着舍友们贡献的笔记临时抱佛脚；计算机系经常会有一些竞赛，不过侯爷从来都不参加，永远都是台下加油的那一个。

但侯爷的人缘特别好，因为他手上有特别多的打工资源。很多人在学校的咨询中心等不到兼职邀请就去找他，他一定有合适的推荐。

我听说这事之后觉得侯爷特别屈才，以他的本事，如果学的是人力资源管理，还不得秒杀一帮榜首！

侯爷却说我没见识，他得意扬扬地说：“就是因为我干人力干得好才要学计算机！你想想，未来十年的朝阳行业是啥？高端人力资源都为哪些人服务？我不埋伏在计算机系里，到时候当上了猎头，到哪里猎人去？”

这番话让我肃然起敬，这么深刻的分析，一看就是真正对自己的职业生涯有规划啊！

大辰却迅速掀了这猴儿的丑屁股：“他在蒙你。他的专业是他爸给他选的，他们家公司做的是计算机硬件，他申请换专业，他爸不同意。他考零分气他爸，他爸反威胁要断他粮，他就尿了。”

一瞬间，侯爷从对职业生涯有规划的有志青年，沦落成了无力掌握自己命运，只能消极抵抗、自我安慰的可怜富二代……落差有点大，我缓了好几秒才接上话：“英雄不问出处，只要侯爷能开辟出自己的事业，什么原因学的计算机都是浮云。”

话音刚落，大辰又掀底了：“对，都是浮云，所以侯爷屡败屡战。上次让我们弄的招聘网站，侯爷，现在还健在吗？”

侯爷气得直拍桌子：“妹子，你说这种牙尖嘴利的家伙卖相再好又有什么用？我跟你说，你跟他在一起真是你亏了！”

我忙附和：“我也觉得他不是个好家伙。”

等侯爷露出挑拨成功的得意笑容，我慢悠悠地抛出了下句：“所以千万别让其他人知道，留我一个人用就行了。”

听我说完，大辰努力憋笑。

侯爷指着我俩无言以对，只有笑骂：“果然什么锅配什么盖！”

15

侯爷特别有意思。

有一次我们出去吃烤肉自助，一百块一位，任吃到饱。

侯爷白天打了一天游戏，一进去就说饿了一天了，要先来两份米饭，就是非常干净的白米饭。

侯爷大概是真饿了，什么菜都没就，就把两碗大米饭都吃干净了！

等我们开吃的时候，他却已经撑到了，吃不下去了，只能全程摸着肚子，眼巴巴地看着我们大快朵颐……惹得我们都忍不住取笑他：“侯爷，你这是吃了两碗五十块的天价米饭啊！”

16

侯爷特别喜欢狗，有次我们出去散步，前面走着一个老头，牵着一只沙皮宝宝，很小一只，大概不到两个月。

侯爷一看到那只狗宝宝就两眼冒光，一个不注意，就悄悄地摸了上去！

他大概是想摸那只沙皮，但他下手太重了，那只狗宝宝太小，他一伸手，那只狗宝宝就被摁到了地上！

他爱抚了两下，就变成了狗宝宝被摁在地上摩擦！

偏偏他还爱不释手！

那只狗宝宝就被他按在地上摩擦了一遍又一遍……

他正摩擦得起劲的时候，老头回头了……两只眼睛齐齐盯着他的如来神掌……

四目相对……

老头："……"

侯爷："……"

无辜被摩擦的狗宝宝："……"

17

侯爷是大辰他们系的第一诗人。他最经典的造型就是长发、大背头，挺着将军肚，望月吟诗："啊，皎洁的月光！像你洁白的乳房！在我梦里，成双……"

诗人的浪漫在侯爷身上一览无余，他平均一个星期一个女朋友，唯一有节操的是他从来不在恋爱期出轨。

有次侯爷看上一个首经贸的妹子，为了给妹子制造惊喜，他带着大辰他们一起去妹子楼下放烟花。

去的时候他说得挺好的，给妹子放个烟花，放完就请他们吃饭，全聚德，随便点！

但等真的放完烟花之后，侯爷向妹子一通表白，两人竟然就直接谈恋爱了！

大辰他们几个很识趣，看到侯爷摆手，就默契地自己打车撤退了。但回去的路上，他们自然免不了对侯爷猛一顿吐槽。

第二天侯爷发朋友圈歌颂他新生的爱情：你可不要忘记，零下十七度，我们俩火热的相爱的心……

几个舍友分别给他续上了后句——

你也不要忘记，零下十七度，哥几个点烟花冻僵的手。

你更不要忘记，零下十七度，兄弟们久等的全聚德。

你还不要忘记，零下十七度，咱往返打车的三百二十块车费。

18

侯爷是本地人，有次我们问侯爷在自家门口上大学有什么心得。

侯爷沉吟许久，叹息一声，说：“大概，是知道附近有啥好吃的、好玩的吧！”

19

有一次我们和侯爷一起出游，侯爷是老北京，对各种小吃如数家珍，带我们到一个老街，说要让我们见识一下老北京风情。

我以为是爆肚、驴打滚这样的特色小吃，十分期待地跟了过去，然后……就见识到了惨绝人寰的……豆汁！

那碗玩意儿端上来的时候，我只觉得身体好沉，眼皮好重，眼前一片黑暗，远方有一团光亮在召唤着我……然后我过世的外公一把抓住我的手，把我推回来了。谢谢外公。

这道“美食”我当然是没吃的，我拒绝所有不在食物范畴的食物。

大辰比我有冒险精神多了，端起碗就跟侯爷干了，干完就去了厕所……

那一个下午，大辰去了五趟厕所。他每去一次，侯爷就要跟我幸灾乐祸一次：“哈哈哈哈！在本地，豆汁有一百种方法让你活不下去！真的勇士，敢于面对喝下豆汁的惨淡人生！”

那天晚上侯爷的微博是——豆汁必有重泻！

作为一个有同情心的女朋友，我没有转发这条微博。

嗯，我只是默默留下了一个“赞”的脚印……

20

侯爷这个神人，不仅热爱怼大辰，还擅长怼我！

有一次他姐姐要去开个会议，让他帮忙看一天他侄子。他当面答应了，回去就把事情赖给了我。那周他们系统上线，我无奈受命。

结果侯爷又说，他侄子无法无天，看我这小身板，大概hold不住。

我问他怎么办，他就说："看我的，我先帮你把他搞定。"

他侄子五岁，活泼又好动，刚坐下就开始玩弄他们的公司之花——一只两岁的布偶猫，把猫逼得喵喵直叫。

侯爷腆着肚子踱步到侄子旁边，先打招呼："侄儿哎。"

侄子头也不回地回应："舅舅哎。"

侯爷："我的侄儿哎，你有没有觉得这个房间里有什么不对？"

侄子："我的舅舅哎，没啥不对。"

侯爷："你再看看！你不觉得多了点什么吗？"

侄子看了一圈，目光定格在我身上："你是说她？"

侯爷："就她呀。"

侄子："她怎么了？"

侯爷："傻了。"

侄子："啊？"

侯爷："脑袋被车撞了一下，这里出了点问题。"他摸了下脑袋。

侄子顿时一脸同情："那她怎么吃饭呀？"

侯爷："所以需要你关照一下啊。"

侄子："怎么关照？"

侯爷："你就帮我看着她，别让她出这屋就成。"

侄子："……这，我看不住吧？"

侯爷："没事，你就一直看着她，她要敢出去，你就叫我。"

侄子："那……好吧。"

侄子勉为其难地应了，侯爷兴高采烈："那就拜托你了！"

他挥了挥手就走了，会议室就只剩下了我和他侄子两个人。

我俩大眼对小眼，那小眼瞪着我，瞪得比我的还大！

我默默低下头，感觉内心也是炸了。

想我一个二十一岁，身心健康，刚刚获得看孩子重任的健康女青年，怎么就变成了需要被五岁熊孩子看着的智障了呢？

更可怕的是，当我尿急的时候，这熊孩子竟然还不许我出门上厕所！

我：“……”侄子你醒醒！是你舅舅把你当智障啊！

21

我特别想爆料侯爷干的一件糗事！

侯爷打游戏，《英雄联盟》。

这其实没什么，但问题是他每次都冒充萌妹，用语音骗男人！不是为钱，完全是个人兴趣！

每次我跟大辰打电话，总能听到他用变声器发出的女声：“哎呀你们好坏！”

“不要啦，我又死啦！”

“呜呜呜，你欺负我！”

……

侯爷一米八，体重一百八，平时抠脚，胡子拉碴。

我脑补着这么一个大汉打着赤膊、穿着大裤衩、跷着二郎腿，发出以上比貂蝉还貂蝉的柔媚女声，每次都能吐半斤。

更可怕的是，这个大汉还脚踏八条船！

而且那些网友个个都认定了他就是女生，天天给他送皮肤、送英雄，和他互相称呼老婆老公，亲热得不行！

我简直都想跪下给他唱《征服》了……

有一次，侯爷的“老公”之一要求见面。

一般来说，侯爷应该是拒绝的，没想到侯爷竟然答应了。

因为侯爷用的是他表妹的照片，而他表妹，又是个一顿饭就能收买的没节操的妹子……

于是几天之后，三人齐聚餐厅。表妹和网友面对面尬聊，侯爷在后面一桌假装玩游戏，实则监视。

表妹和网友实在找不到话题了，就说吃饭吧。表妹毫不客气地点了好几个肉菜，网友说要不要加个青菜，表妹满不在乎地挥手，表示：“你吃就加，反正我不要。”

网友顿时眼睛一亮："咱俩口味很一样啊！"就这样你一言我一语，他们居然破冰了！

侯爷偷听着对话，心里呵呵直乐，看来以后的英雄还可以继续要！这两个人有戏！

谁知道当天晚上，那网友就对他说了："今天和我见面的人不是你吧？我知道你是个男人了，今天一见面就确认了。"

侯爷心里直说坏了，难不成表妹说漏嘴了？以后的英雄和皮肤还有没有了？

他赶紧回复："为什么这么说？你今天跟我聊得不开心？"试图糊弄过去。

没想到网友却一点都不含糊，直接摆出了疑点一二三四，将侯爷钉死了。

侯爷无法抵赖，于是垂死挣扎："那好吧，你总喜欢今天跟你见面的那个妹子吧？我告诉你，其实她是我表妹。"意思是，你要是对妹子有好感的话，就最好识相一点讨好我，让我爽了才会帮你。

可惜网友一点也不走他的套路，直截了当地说虽然聊得还好，但其实对妹子没产生其他的情感。

侯爷功败垂成，只能认输："行吧，那你要删了我吗？"

可惜了大把的英雄和皮肤啊！这个"老公"在买买买上还是非常大方的！

谁料网友继续不走寻常路："谁说要删的？我就是想跟你说清楚，然后我们打游戏的时候才能心无芥蒂。"

侯爷："……"

听侯爷讲完这个故事的我们："……"

听说，这个感动中国好网友至今还是侯爷的"老公"和钱袋子。

22

大辰有两个读初一的学生，一个是很宅的文艺男生，另一个是鬼马的富二代女生。两个小孩都很喜欢大辰，且热爱争宠。

据说，大辰去家教时的日常是这样的——

上午，文艺男学生期期艾艾地询问大辰："听说女生学数学有一些障碍，那位同学像我一样会做二元一次方程了吗？圆的面积呢？她的几何应该也没我学得好吧……”

下午，富二代女学生霸气地游说大辰：“老师，你教臭男生有什么意思啊！不如你以后上午也教我啊？我跟我爸说，让你也给我补物理……地理也可以啊！工资翻倍怎么样？要不三倍？”

有一次大辰给他们讲三角函数“$\tan\theta=\sin\theta/\cos\theta$”，有点超纲，两个孩子的反应是这样的——

小男生（一脸茫然）：“这三个函数有这种关系吗？这个关系是怎么来的……老师，太复杂了，我不懂……你下午的学生应该也听不懂……”

小女孩（满脸抓狂）：“听不懂啦！这明明是你们大学生才学的复杂问题！老师你这么讲，你上午的那个学生肯定也听不懂！”

大辰将这事转述给我听之后，我乐得喷掉了饮料：“这么心有灵犀的两个小鬼，应该成一对！”

23

让两个小鬼成一对的话，小男生我不知道，那个小女孩一定会强烈反对。那个鬼马的小女孩相当早熟，她明恋大辰，且不惧于向我示威，有一回还故意在大辰的衣领上印了一个口红印子。

大辰首先发现了这件事，给我打电话，问我什么时候在他衣服上弄了口红印。我说不是我干的，大辰还不信。

我冤枉死了，觉得这事的发展不太对。

正常来说不应该是我怀疑大辰出轨，他拼命向我解释吗？怎么这会儿成了我拼命向大辰解释，他还不信我了呢？

我憋屈了好几天，终于因为小女孩的示威电话挖掘出了事情真相，有机会把剧情带入正轨：“你还装不信我！说，你到底背着我做了多少坏事？”

大辰：“……”

我：“你还不说话！你以为你不说话，我就什么都不知道了吗？！”

大辰：“……”

我越演越上瘾，呜呜地开始装哭：“我就知道男人靠不住！你也靠不住！我要离开你！永远地离开你！”

这时大辰终于说话了：“你试试看，看我打不打断你的腿！”

嗯，这个配合超赞！

24

说起那个小女孩，真心是个美人坯子，大大的眼睛，白白的皮肤，笑的时候有两个许晴那样的小梨窝，真的特别可爱，听说她的家长给她挑补习老师都慎之又慎，就怕男孩子禁不住诱惑对她下毒手。

谁知道这小女孩见到大辰，反倒对他下毒手了呢！

她超级会撒娇。

有次我生理期，要搬一个柜子，大辰让我别动，他马上过来帮我搬。我超级纳闷，大辰怎么这么有眼力见儿了，居然对我这么呵护？

我一问他才知道，原来上周小女孩跟他撒娇，说生理期没力气，不能搬重物，让他给她搬了一个下午的杂物柜。

我：“……”

小女孩还特别喜欢做可爱的小动作，比如，给大辰分奶糖。

一做不出来题目，她就给大辰塞一颗奶糖，谄媚地说：“大辰哥哥，吃糖心情好！”

大辰跟我说这件事时，我又气又乐，心想幸好这小女孩才十三岁呀，要不然他迟早会被她勾引过去。

还有一件特别搞笑的事。

小女孩工作日跑到工作室找大辰，大辰正好有个项目要上线，在赶进度，让她出去等。小女孩不乐意，非在他们办公桌边晃悠，还要跟他聊天。大辰分身乏术，就有了点脾气，冷着脸让她一边去。小女孩愣了愣，泪珠子在眼眶里滚了好几圈，默默地走开了。

大辰忙完事情，想起小女孩，想到刚刚对她说话语气有点重，不禁心生愧疚，便抱着一摞零食，到会客厅里去找她。她正坐在沙发上，对着矮桌发呆。大辰走到她跟前，蹲下身来：“你在干吗？”

她转过身，眼里噙着泪，一见是大辰，便一头栽进他的怀里。

大辰本着人道主义精神，拍着她的背哄了她一会儿，摸摸她脑袋，给她擦眼泪："抱歉，我刚刚太着急了。"

她吸了吸鼻子，摇了摇头，用水汪汪的眼睛盯着他："我理解的。"

人辰："嗯？"

她："这就是我们相爱的代价。"

过来送奶茶，刚好目睹了这个经过的我："……"

我表示心理阴影面积真有点大。

25

刚上学不久，我就听说唱《狮子座》的曾轶可就在我们这边的华桥外院念书。我跟花花都很好奇，便一起去那边探险。

但周末学生基本不在校，我们也不知道曾轶可的宿舍在哪里，把学校逛了一圈，连她的毛都没看到。

我们正要败兴而归，突然听到体育场那边响起热烈的欢呼，有点像粉丝见了明星的感觉。我们俩对视一眼，十分默契地改变了前进的方向。

可惜的是，体育场这边不是在办曾轶可的粉丝见面会，而是有人在进行足球训练。

幸运的是，训练的小哥哥们帅极了！大部分是外国小哥，金发碧眼，人高马大！

我们看着他们在场上挥洒汗水，口水滴落了一地。

"好鲜嫩的肉体！"

"好可口的帅哥！"

"好想扑倒一个！"

……

大家正在肆意犯花痴的时候，突然听到身后有声尖叫："曾轶可！曾轶可回来了！"

我立刻招呼花花："听到没有？！曾轶可出现了！我们快去围观！"

没想到她根本不理我。

"哇，射门了！"

“嗷！那个小哥哥好帅好帅啊！”

“八号八号我的菜！”

……

明明只有一个人，她却硬是造出了满场欢呼的气氛！

我看看那辆越走越远，快要看不见的轿车，再看看眼前挥汗如雨的满场帅哥，内心微微挣扎，最终还是选择了跟她一起欢呼：“嗷嗷嗷嗷嗷嗷！八号八号你好帅！八号八号你最帅！八号八号我的爱！”

后来有妹子跟我讲在飞机上与王凯擦身而过，我就特别淡定地讲了这件事，心里特别嘚瑟地想，无意错过算什么！你知道姐们特意去见明星，又为了帅哥们毫不犹豫地放弃了吗？

26

前几天我跟花花去吃日式料理自助餐，旁边桌有个八九岁的小男生一直盯着花花看，真的是一直一直看，即使花花转头去看他，他依然目不转睛地盯着她。

花花逗他：“小帅哥你为什么一直盯着我看？”

小帅哥说：“姐姐，你怎么能长得这么好看呢？”

花花谦虚了一下：“没有啦，姐姐已经老了，不好看了。”

小帅哥愣住了，然后就默默地吃东西了，不出声，也不再看她。

过了一会儿，花花叫服务员加餐。

周围很吵，服务员没听到。

小帅哥“噔噔噔”跑出去，拉了一个服务员回来，带到我们桌，指着花花说：“这位小姑娘要加餐。”

这位……小姑娘……

他叫花花小姑娘？

他一个八九岁的小帅哥，叫花花一个二十多岁的大人小姑娘？

小帅哥走后，花花依然笑得花枝乱颤。

我酸溜溜地说：“好啦，有这么可乐吗？”

花花瞟我一眼，继续笑得打战：“哈哈，你太老了，搞不懂我们小姑娘的想法！”

那天晚上，我眼睁睁地看着花花发出了祸害祖国花朵的罪恶朋友圈——小帅哥的照片+一行字：我觉得我已经遇到人生的另一半了，我要等你长大！

27

花花知道我在写我和大辰的日常之后，建议我专门开两章来写我和大辰的情敌。我觉得她说得很有道理，毕竟我们和大辰的情敌都那么有趣。

但是花花想了想，又建议我："你还是写一下你的情敌就算了。"

我警惕地反问她："你在嘲讽我的情敌要比大辰的多？"

花花摇头："你怎么这么不友好呢？我明明是在夸你对付你的情敌时花样繁多，十分有趣，值得书写嘛！"

这还差不多。

我满意地表示："一般般啦，主要是我天生这么有人格魅力，羡慕不来的。"

花花缓了缓，又补充了一句："谁让你历经了成千上万的情敌呢？"她笑嘻嘻地说，"再无聊的人也能沉淀出足够书写的内容了呀。"

我的笑容瞬间凝固僵硬……

这种损友退货行不行？

28

前两天我跟花花出去逛街，花花跟我吐槽她的上司："那个老色鬼，说要招个助理，筛出的简历全是丰乳肥臀，有大长腿的女人……真极品！"

我跟她同仇敌忾："就是，极品！庸俗！"

但花花吐槽完，又叹了口气，说："不过爱美也是人之本性。像我，也喜欢宽肩窄腰，有大长腿和八块腹肌的大帅哥啊。"

我立刻接过了话："那你太有眼光了，这样的帅哥给我我也要一打！"

我的话说完，跟在后面拎包的大辰和狗欢一同狂咳。

我猜他们的心理活动大概是：这两个女人要不要这么双标？！

29

我、大辰、花花和狗欢四人一起去运动，回来的路上，我跟花花聊起了身材。

花花："你胳膊比以前粗多了。"

我："因为以前经常运动，都是肌肉。现在不运动了，不就变成了……"

"鸭肉！"花花不等我把"肥肉"两字说出口，就飞快地接了下去。

30

还是四人一起运动，运动完之后，我们一起吃饭。路上大辰和狗欢聊篮球，我兴致勃勃地插嘴，狗欢特别直接地拒绝了我的参与："菜鸟别嚷嚷啊！"

我威胁他："你这样，我迟早有一天会把你打一顿！"

花花幸灾乐祸地哈哈大笑。

狗欢冲她龇牙，又冲大辰嚷："哎哎，管管你女人啊。"

大辰点点头，挺郑重地解决了这件事："择日不如撞日，你要打他就今天打吧。"

31

花花、狗欢常在我家聚餐。

狗欢特别坏，第一次聚餐，大辰还没到广州，我下厨。我一个人在厨房里做菜，他偷偷在外面打包——这厮专门跑楼下买了十个打包盒，把菜盘子扫荡得点滴不剩。打包完怕我看到，他找了个方便袋把打包盒一装，放到了门外头。

等我辛辛苦苦地做完菜出来，发现七八个菜盘子全都被清空了，我目光都呆滞了。

狗欢还在那儿得意扬扬地敲盘子："吃不够啊吃不够！东家太小气，要饿出人命了啊！"

敲他个头！

我找了一圈，没发现饭菜的丝毫踪迹，发飙了："狗欢你快给我把菜交出来！”

狗欢嗤笑：“吃完了，没了。”

鬼才信他！一个黄焖鸡就有满满一锅，这一桌菜五个人都吃不完，他一个人能吞得下去？

但他坚持不改口，我也只好投降：“好吧好吧，你把菜端出来，这周的晚餐我包了。”

狗欢：“两周。”

我瞪他：“那咱们都饿着吧。”

狗欢立刻转换了态度：“一周就一周吧。喏，我把打包盒藏在了外面，你当然找不到了。”狗欢打开了门……然后不动了。

我着急：“你干吗？快拎进来啊！”说着就要往外看。

狗欢拦住了我：“那什么，要不我们点外卖吧？我把菜都放外面了，不干净。”

我：“我刚做好的菜，用打包盒装着的，哪里不干净了？”说着便从狗欢腋下钻了出去。

……

外面空无一物，哪里有狗欢说的什么打包盒？

“狗欢你跟我说清楚，我的菜怎么不见了？！”

饭菜当然是被清扫的阿姨拎走了。我们公寓的清扫阿姨特别勤劳，每天中午这个时候都会把各住户门口的垃圾清走倒掉。我门口放着一个方便袋，里面装着一摞打包盒，怎么看怎么像吃完丢那里的，当然也在清扫范围内了。

那天中午，狗欢买单请我和花花吃了港式餐厅，蟹黄豆腐煲、冬荫香茅猪扒、铁板牛柳……我恶狠狠地吃着美食，好像啃着对面可恶的狗欢。

而对面的狗欢无比老实，可怜巴巴地啃着他唯一的主食——白馒头。

哼，自作孽，不可活！

32

有次我跟同事讨论服装的牌子，同事说：“我衣柜里唯一的贵牌子就是巴宝莉，一件风衣，一万八，太贵了！现在我都跟太平鸟相亲相爱，优质又实惠！”

我：“太平鸟的衣服我家小哥倒是入手了一件，基础款衬衣六百八，感觉不太实用，特别娇气，只能手洗，还要熨，关键熨完一放进衣柜又皱了……还是优衣库皮实，一件衬衫对付春夏秋冬都可以，还能机洗不用熨，便宜又实惠。”

同事：“……太平鸟有男装吗？”

我：“……有啊。”

我：“其实你刚刚说太平鸟的时候，我的第一反应是，太平鸟有女装吗？”

我和同事：“……”

这个太平鸟罗生门谜题最后还是被淘宝解开了，嗯，人家男装、女装都做的！

所以多逛淘宝还是有好处的嘛！

33

我们的境遇好转，始于大辰家里拿到了一笔拆迁补助款。

年初，我们在广州郊区的郊区买了一个小公寓，真的特别小的一个公寓，刚够我们两个人住而已。

对于这些，我热爱八卦的女同事们是不管的，她们只热衷于以夸张的语气惊叹：“哇，张弦，你竟然买房了啊！”“哇，你老公竟然是个拆二代啊！”

特别是在我们因为公司离家实在太远，贷款买了辆很普通的大众车之后，这种惊叹更是到了顶峰：“哇，你居然有车有房了啊！你还有没有认识的你老公这种拆二代？也给我们介绍一下啊！”

于是，我只好笑眯眯地回应：“好的好的，这种拆二代挺多的，你愿意嫁到我老家的话，我就帮你介绍啊。”

其实我心里都快炸了！

我们买车买房都是自己贷款的好吗！那笔拆迁款都存起来作为大辰他爸的医药费了好吗！那笔钱也没多少，就算拿到广州买房也只够买个厕所好吗！

但是这个故事发酵着，发酵着，不知道怎么，到最后就变成这样了：心机女——我，依靠自己的美色（我有吗？）勾引了某个富二代（窘，大辰是负二代好吗！），让人家给我买房买车，之后母凭子贵（子在哪里？），成功上位，挤掉了大辰的前女友（目测这个前女友只有Jane能够对号入座）。其实我的美貌全靠整容（我：……），不知道什么时候就会被富二代拆穿打回原形了。

听完这个故事的我："……"

求你别只编故事，让这个故事成真好吗！

「第九章」

Chapter 9

我和我亲爱的闺蜜

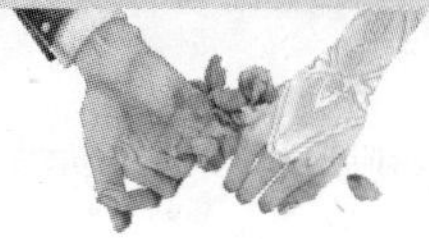

那一刻，

我知道了她真正美在哪里。

1

我最亲爱的闺密是个非常漂亮的女性，我们叫她花花。

花花的座右铭是：世界上没有一次色诱解决不了的问题，如果有，那就来两次。

花花去坐地铁，不管是多么拥挤的地铁，上面永远有她的座；食堂的大骨头，我们三块钱只能拿两块，她刷完卡不仅能拿三块大骨头，还是肉最多的；期末考试前我们都要临时抱佛脚，还要烧香拜佛求不挂科，她不用，她要考虑的是考试的时候选谁递给她试卷比较好。

有一次学校组织了一个科技展，开展之前是制作者们的交流时间，人少，还能勾搭制作者。我想去看看，花花便帮我勾搭查参展证的小哥。

“帅哥，让我进去看看吧，回头我请你吃饭。”花花风情万种地拨动头发。

查证小哥：“……”一脸茫然，不说话了。

花花拿出手机：“我把我的微信号给你怎么样？你开一下微信，来扫一扫。”

查证小哥依然紧绷着脸，不说话。

花花一看，这小哥不好对付啊，只能使出绝招了，她把嘴巴凑到小哥的耳朵边上，对他的耳朵吹气：“要不，你放我进去，我亲你一下？”

查证小哥还是不说话。

看来得牺牲一下了，花花一咬牙，亲就亲吧，反正小哥长得也挺帅的。

谁知道她的脸一凑过去，一管鼻血就从小哥鼻子里流出来了！她诧异地抬起头，发现小哥的脸已经烧得比红布还红了。

花花最喜欢逗这种羞涩小男生了，嘟起嘴唇就往人家脸上凑：“小帅哥别害羞，让姐姐亲一下你吧。”

结果她亲了一嘴的空气——人家小帅哥早就在她说话的时候就吓得跑进展厅里面去了！留花花和我站在原地，一脸茫然。

更糟糕的是，那天的科技展整整推迟了半个小时才开始，据说是因为拿钥匙的小哥拉肚子，忘了来开门……

2

我跟花花从小就是邻居，每天都一起上学放学，在一个浴盆里洗澡，换着穿彼此的裙子，感情无比牢固。

小学二年级的时候，我们班上转来一个男生，长得特别好看，眼睛特别大，睫毛特别长，嘴巴特别红，就跟我们玩的洋娃娃一样，我一眼就看上他了。

可惜这个小朋友很没有眼力见儿，他不喜欢我，只喜欢花花，每天都给花花买一块钱一瓶的娃哈哈，气得我立刻让花花做选择题，是要我，还是要这个没眼力见儿的洋娃娃。

花花毫不犹豫地选择了我。

我却犹豫了："你不和他玩了，就没有娃哈哈喝了吧？"

"是啊。我不喝他的娃哈哈了，你把你的零食分给我一半吗？"花花眨巴着眼睛问我。

我想了想，做出了决定，说："不分零食。以后你还是喝洋娃娃的娃哈哈，但是不和他玩，只和我玩。"

花花立刻点头答应了。

若干年后，我们学到"东食西宿"这个成语的时候，不知怎的，就想到了这件事……

（东食西宿：齐国有户人家有个女儿，有两家人来求婚。东家的男子长得丑陋，但是家境富裕；西家的男子容貌美，但是家里很贫穷。父母犹豫而不能决定，就询问他们的女儿，要她自己决定想要嫁的人家，说："你要是难于亲口指明，不用指明表白，就将一只胳膊袒露出来，让我们知道你的意思。"女儿就袒露出两只胳膊。父母亲感到奇怪，就问她原因。女儿说："我想在东家吃饭，在西家住宿。"）

3

花花有段时间是个特别有正义的正义小天使。

小学三年级的时候，我们班上分成八个小组，两组同桌成一个大组，每两个大组之间留下走人的通道，总共四个大组。我和花花是同桌，坐第二个大组。第三大组和花花隔着行走通道的邻桌是个小胖妞，虽然贪嘴，但人倒是挺可爱的，也很乐于助人。

那天我和花花在她家做作业，做完就跑去看动画片了，忘了收拾书包，结果两个人都没带文具盒。幸亏小胖妞借了我们两根铅笔，我们上课才没抓瞎。

但花花这个正义小天使，她毫不犹豫地就把小胖妞举报了——小胖妞上课还在偷偷吃零食！

小胖妞被班主任责罚，走到教室外面罚站时眼泪汪汪的。我有些不好意思，偷偷给花花传字条：这么做不好吧？

我手里还拿着小胖妞的铅笔刀，削着她借给我们的铅笔呢！

花花迅速回复了我，义正词严：哪里不好了？她做了错事就是错了，我们怎么能因为用了她的东西就包庇她？！张弦同志，请你不要忘记了红领巾的荣誉！

她痛心疾首的言语深深地洗礼了我的灵魂，让我脱离了低层次的善恶观，树立起独属于二十一世纪红领巾的正义使命感。

我深深领悟到了我的狭隘，和花花这种正义行为的魅力！

我决定了，我要向她学习！

于是我猛地站了起来，大声地向班主任报告："老师，你刚刚收到的家庭作业，我和花花的都是抄的陈宇靖的！"

"啊啊啊啊啊啊啊！"

然后，我只听无数声的尖叫，花花蹿起来将我扑倒："张弦你个神经病！谁抄了？你没抄，我也没抄！"

然后……我俩就被请到门外和小胖妞做伴了。

4

花花从小就特别臭屁。

小学流行交笔友，花花也有一个。当时根据我们不知道从哪里学到的标准格式，信封的收件人和寄件人双方姓名后面都要跟个括号，里面写此人身份，就是××（同学）。花花嫌写"同学"突出不了她的美貌优势，便向我们征集漂亮的封号。

我：“格格。”

同学甲：“公主。”

同学乙：“皇后。”

同学丙：“女王。”

同学丁：“仙女。”

同学戊：“娘娘。”

同学己：“小主。”

同学庚：“殿下。”

于是，第二天我看到了花花的信封，寄件人一栏写着：花花（格格公主皇后女王仙女娘娘小主殿下）。

5

花花的女神张曼玉最出名的角色是金镶玉。后来花花又喜欢了一个新人物，名字叫佟湘玉。

“Xiāng玉”这个名字盛产女神。

于是，小学六年级的花花给自己取了一个十分女神的花名——花香玉！

6

花花的成长经历，深刻表现了什么叫美女是从小培养而成的。

花花从不喝可乐，因为可乐会让牙齿染色；从不在有太阳的时候出门，因为会晒黑；从不打闹，因为影响仪态……虽然后来她崩坏了，但她曾经是非常非常优雅的！

大概是小学五年级的时候，有次我们约好一起去动物园，但花花一直没出来，于是我们就一起去她家找她，然后发现她妈妈在给她做牛奶按摩！那种身上涂上加了蜂蜜的牛奶，然后慢慢按摩，按到牛奶被皮肤吸收，再往下推移的按摩方式！

我整个人都惊呆了！

难怪花花皮肤那么好！

她妈妈看到我的表情，忍俊不禁道：“下去和小伙伴吃会儿零食吧，再过二十分钟，花花就下来了。”

我梦游一样走下楼，结结巴巴地向小伙伴们描述了我看到的场景，然后所有小伙伴都惊呆了——

“比洗花瓣澡还高级哎！”

“格格就洗花瓣澡。”

“公主也洗。”

“……牛奶按摩比花瓣澡高级吧？”

“……大概是皇后做的？”

这时，花花走了下来，一副睥睨天下的模样：“我不是皇后，我是女王！”

后来看《爸爸去哪儿》，网友们都在热议王诗龄说“我不是大明星，我是小公主”的时候，我顿时回忆起了这个片段。

我心里特别嘚瑟地想，小公主才到哪儿呀，我的闺密早几百年就是女王了！

7

我小时候一直是一头短发，挺像假小子的，经常会被人认为是花花的男朋友。特别是初中的时候，男生大多没有女生高，荷尔蒙偏偏分泌得旺盛得不得了，我被人点名挑衅了好几次。

有一次被挑衅，我是最伤心的。

那个人是隔壁班的学习委员，有一次我被人划了包，坐公交车没零钱，是他帮我投的币。当时他每周六在中信广场的补习班补课，那天我也在那边学钢琴，为了跟他坐同一班公交车来回，我一到那天吃完饭就往公交车站跑，下课之后也不和同学一起逛街了，直直地奔向公交车站。

我对他有一点说不明的好感，他却不仅把我当成了男生，还为别的女生挑衅我，我特别难过。

这事儿我没跟花花说，因为我听花花谈起他的口吻，明显是有点喜欢的。

结果晚上我就听说花花跑到隔壁班踹了门，当着隔壁班所有人的面，对学习委员说让他别想着癞蛤蟆吃天鹅肉，羞辱得他差点对她动手了。

我特别感动，又不好意思，讷讷地跟花花说：“你不用这样的。其实是我暗恋他，他没做错什么，而且他也是真心喜欢你……”

花花倒学起了我吊儿郎当的语气，一把揽住我说：“大姑娘何患没男朋友！管他做没做错，敢惹我的人，就该打得他一脸花儿！”

8

说起我假装花花男朋友的事，初一的时候有个小混混看上了花花，每天都跑到学校来送花。那混混染着黄毛，骑着重型摩托，堵在校门口，大家都绕着他走。

见她被堵了好几次，我觉得这不像回事，决定找那混混谈判一下。

“你别再来找花花了，她不会喜欢你的。”我说。

混混斜睨我：“你谁啊？你说花花不喜欢我就不喜欢我啊？”

“你不是她喜欢那一型。你天天来堵她，让她挺困扰的。”我说。

混混：“她不喜欢我喜欢谁？喜欢你啊？你是她男朋友？”

我：“……我是她朋友。”

“那你得先问问我的拳头准不准！来比画一下，赢的人才配当花花的男人！”混混嚷嚷。

我顿时捏了一把冷汗，跟混混打架，这业务我不熟啊！难不成硬着头皮上？

我正犹豫着，这时花花冲了过来，拦在我面前说：“谁要跟你打架！我喜欢她，她输了赢了我都喜欢她，我只承认她是我男朋友。你别在这里纠缠了！”

混混一副深受打击的样子：“我不信，别骗我！你俩真是一对，那现在亲一个看看！”

亲个鬼啊！校门口人来人往的，就算我是女的，两个人当众亲吻，影响也不好吧？教导主任还在门口看着呢！

没想到花花这个没脑子的，被他一激，真的来亲我。

她一亲我，混混就发疯了，一拳向我砸过来。

千钧一发之际，就听教导主任一声怒吼：“你们是哪个班的？！当众接吻就算了，还敢聚众斗殴！”

那混混吓得一抖，转身骑上摩托就溜了。可怜我和花花，深知跑得了和尚跑不了庙，不得不听教导主任的话，走进门卫室被他数落了整整两个小时！他的唾沫都把我们的衣服溅湿了！

回去的路上，我和花花都两眼呆滞了……

我："早知道宁愿跟混混打一架了。"

花花："早知道宁愿亲混混一下了。"

我俩对视一眼，都是痛不欲生的神色。

更惨的是，晚上我们跟狗欢说了这事，狗欢轻描淡写地说："哦，黄毛啊。我跟我爸说一下，让他以后别再去找你了。"

这时我俩才想起来，我俩是有靠山的啊！狗欢他爸就是我们这里最大的混混啊！真是白挨训了！

9

高一月考，一个年轻的老师监考。

他发完卷子，发现还多了一张，然后就再三向我们确认："是不是人手一份呀，是不是人手一份呀？"

我们说是，他就把卷子团成了纸团，然后以迅雷不及掩耳之势以投篮动作投进了垃圾桶，投进以后还大叫一声："Yes!"

我们都看得目瞪口呆。

这时，花花走了进来。

"老师对不起，我迟到了，我没有卷子。"

老师看了看她，再看了看垃圾桶……

那垃圾桶里脏死了，装的都是我们吃剩的早餐，沾着番茄酱的包装纸，漏出一半的牛奶什么的……

而花花，干净得要命，手指白生生的，皮肤白嫩嫩的，表情还很无辜……

老师艰难地伸出手，将卷子捡了回来，还默默把卷子上沾的油擦掉，放在讲台上铺平，这才递给花花。

台下的我们："……"

我们都颤抖着肩膀，早笑成了狗。

10

高中的时候，花花这样的学生并不受老师喜欢，虽然成绩不错，但引起太多男生为她争风吃醋了，影响学风。

高一那一年，我们的班主任是个四十多岁的中年妇女，特别古板，不知道是不是因为她一直没人追，她最看不惯好看被人追的女生，是最不喜欢花花的人。有次有个高二的学长趁着课间十分钟跑过来向花花告白，没注意到班主任刚好在后排给人讲题，被她逮了个正着。结果这个奇葩，不处罚告白的男生，反倒把花花她爸爸叫到了学校。

这件事她做得太过分了，我们都觉得该想个办法应对一下她。

我建议对班主任恶作剧，戳她摩托车的轮胎，往她座位上涂胶水之类的。狗欢嗤之以鼻，表示这种小学生的报复方式早该淘汰了，既然受不了这个老师，干脆一不做二不休，先给她送点礼物，然后在学校散布谣言说她找学生要贿赂，最后再往教育局寄份告发信过去，保管她不出两个月就得卷铺盖滚蛋了。

这提议被花花一票否决。

花花说，既然班主任针对的是她，这件事就由她来解决吧。

随后没过几天，从不涂脂抹粉的班主任竟然开始化妆了！

再过半个月，“不拖堂不舒服斯基”的她开始准时下课了！

到了第二个月，有人向花花表白又一次被她撞到，她竟然不仅没批评花花，还安慰了花花！她说不怪花花，人长得美，别人就对花花起歪心，这也没办法！

这个态度简直是一百八十度大转弯，我们都惊呆了！

对待仇人，还能有比“让仇人认同自己，给自己唱赞歌”更解气的报复方式吗？

我们都对花花的手段心悦诚服，忙不迭地找她请教经验。

花花下巴一抬，傲气地说：“这点小事，有什么难的！班主任看不惯我，不过是因为她自己没有美过，没有被人追过，不知道变美有人追的感觉有多好。我让她品尝一下这种快感，还怕她不心悦诚服？”

原来，花花决定解决这件事之后，就去找了她一个做美容的阿姨，请阿姨做促销把班主任拉到了自己店里，让班主任免费体验了一把全套美容。

人靠衣装，佛靠金装，班主任被阿姨一捯饬，颜值瞬间提高了几百个点，把班主任自己都震撼到了！

这时，花花的第二个委托人出场了，那位做婚姻介绍的叔叔在路上“偶遇”班主任，“惊为天人”，请她给自己做婚姻介绍所的托，就是那种“长相好、条件好、性格好”的“三好”模范，专门和婚介所的高级男会员见面，不仅自己能免费相亲，还有婚介所给的好处费。

班主任虽然这把年纪还没嫁出去，但这不代表她不想嫁，犹豫犹豫，这不就答应了吗！

既然答应了做门面，能不化妆吗？！

于是，班主任就开始了化妆。

班主任底子不差，打扮之后也算气质佳，再加上教师职业的温柔加持，去相亲了两次，竟然还真有男会员喜欢上了她。而那男会员既然会去婚介所充值到高级会员，自身条件自然也不算太差。男会员向班主任表白，班主任犹豫犹豫，两人也就成了。

成了不得约会吗？于是，班主任就开始准时下课了。

这个时候，班主任已经全方位地感受到了美丽带给她的好处，再否定被人追的花花，不就是否认自己吗？

于是，就有了班主任安慰花花的一幕。

听完整个过程，我对花花的解决方式心悦诚服。

而花花也趁机狠狠教育了狗欢一次：“一遇到有不同意见的人就喊打喊杀的，那是野蛮人。聪明人都让对手看到自己的好处，让对手成为自己的朋友。你说是不是？”

11

追花花的人数不胜数，但说实话，花花对她的追求者真的是从来都不假辞色的。

但世上就是有那么多人喜欢犯贱。

比如说那个趁课间十分钟来向花花表白的学长吧。

那个学长其实是个人才，他追求花花的死皮赖脸程度，堪称追求界的一代典范。

我们学校的高一和高二在两栋楼，我们班在一栋四楼，学长的班级在二栋三楼，光爬上爬下就要五分钟，但那位学长硬是能在每个课间十分钟都在我们班外面报到。

我们学校经常有一些艺术节、网球赛之类的集体活动，这种活动向来以年级为活动单位，每个年级的比赛场地分区，各年级之间井水不犯河水。这种活动中，几乎不会有不同年级的学生串场，因为我们学校各年级的校服颜色泾渭分明，如果擅入其他年级，简直就像黑灯瞎火的时候打开了八千瓦的探照灯！但那位神奇的学长竟然厚脸皮地穿着二年级的校服到了我们一年级的赛场上！

这样的毅力在一群鹌鹑似的高中生当中超凡脱俗，那位学长追求花花不过两个月，便在花花面前刷足了存在感。花花对他的态度，也从厌恶变为抗拒，又变为犹豫，再变为隐隐接受。刚好这时又发生了流氓骚扰事件，学长英雄救美之后，花花终于正式答应了他。

学长十分高兴，说要在家里举办聚会，把花花介绍给自己的朋友。

花花答应了。

于是在聚会当场，剧情发生了颠覆式的翻转——

花花打扮隆重，出现在学长家里时，却被学长和他女朋友拒之门外。

而学长的女朋友是一个和花花不对付的女生，她曾经追求狗欢，却被狗欢拿花花当挡箭牌拒绝，最后她没有恨上拒绝她的狗欢，反倒恨上了被当成挡箭牌的花花。

这本来是校园纯爱片剧本，却画风突变，变成了恶毒女配复仇记。

女生很嚣张地嘲讽花花："你不是很嚣张吗？今天就让大家看看，不可一世的你是怎么被我的男朋友玩弄于股掌之间的！"

围观的目光跟随着她的话语，如道道刀锋，直指花花骄傲的自尊。

花花逼问着学长，要他给自己一个解释。

直到学长亲口承认了女生是自己的女朋友，花花终于死心。

女生扬扬得意，冲花花耀武扬威："非要我男朋友说出口，你才肯相信，这么傻帽，活该你被人耍！"

花花长出一口气，从口袋里拿出了录音笔——

"关以锋，你说我是不是你女朋友？"

"……是的，夏悦是我女朋友。"

……

人群一片寂静。

在鸦雀无声的众人对面，花花平静地说："终于能把你解决了。有句话我早就想告诉你了，关以锋，你这么丑，根本不配追求我。"

原来，花花早已从狗欢那里得知了学长和夏悦的关系。

原来，她早已决定了惩罚这两人。

几天后，学长和女生都因为早恋被记了大过，他们的家长为了他们不在档案里留下污点，给他们办理了转学手续。

再也没有人一下课就咧着嘴出现在窗外，再也没有人穿着高二的红白校服旁若无人地出现在一片深蓝的高一赛场，再也没有人让她厌烦透顶，却偏偏不舍得让他滚出去……

花花抱着我的胳膊，喃喃着说："阿弦，我的心好疼……"

我轻轻拍着她的背，真是恨不得把那个贱人大卸八块。

而花花的泪水，已经把我的衣袖沾得一片濡湿。

12

花花大学的时候和我同校不同系，经常去我宿舍找我玩儿。

我们宿舍有个舍友特别想谈恋爱，却一直不走桃花运，特别羡慕走到哪儿，桃花就跟到哪儿的花花。

有一次她忍不住向花花讨教搭讪经验，花花很大方，说："干脆给你们演示一遍吧。"

当时我们刚吃完晚饭回去，正走在林荫道上，花花指着对面小路边长椅上坐着的男生说："我们以他为例。"

"搭讪的原则是一定要给对方绝对深刻的印象，让他将你牢牢记住。如果没有我这样绝对的美貌，就要有绝对的搭讪技巧。比如这样……"花花拍了一下男生的肩膀，转到男生面前就狠狠地给了他一巴掌……

然后男生就飞走了。

像武侠电影一样，花花一巴掌把他扇飞好几丈！

舍友吓得双手蒙住眼睛，弱弱地声明："这种技巧我们学不来……我们不如放弃吧。"

我也新奇地看向花花，没听说过她去学跆拳道了啊。

我看向花花，她也是一脸茫然，估计有点怀疑自己中午吃的菠菜是不是属于大力水手的。

这时，只见一个脖子上挂着相机的男生气喘吁吁地跑过来，心疼地扶起了“长椅男生”：“同学，你怎么打飞了我的模特？！”

13

花花学的是法律，每到期末考试的时候，她都特别痛苦，我以为是因为要背的法律条文太多，直到有一天，我翻了下她的习题册——

有一丑女始终嫁不出去，希望被拐卖。一天晚上，她终于梦想成真，被人绑架。天亮后绑匪嫌她丑，将其送回原处，她却坚决不下车。绑匪咬牙跺脚，把车钥匙扔给丑女说：“走……车不要了！”问题：绑匪的行为是否构成了赠予？丑女能否合法取得该车辆的所有权？

我突然特别理解花花的痛苦了。这就像让皇帝看“贫民一天只能吃一根玉米，有一天有个富翁给了他两个红薯，让他将它们在一个星期之内平均吃完，问贫民该怎么分配”的问题一样，题面的荒谬性已经强烈压倒题目的专业性，皇帝根本无力理解啊！

14

大二开学的时候，我发现了一个商机，倒腾被子。

我们学校是大一和大二的学生都要军训，军训期间必须使用军用的那种绿被子，唯一供货商就是学校，三百一套不还价。但这种被子我们在外面买的话最多一百五，批发价更是只有八十块，这就给了我们倒腾被子的空间。

我联合了我宿舍和花花宿舍里的妹子们，找关系拿到七十五块的被子批发价，然后以一百五一套的价格将被子卖给大一和大二的学生。因为被子划算，我们的生意做得十分红火。

只是这样就触犯了学校的利益，很快我们就收到了封杀倒腾被子学生的禁令。学校明文表示，一旦抓到倒腾被子的学生，一律按退学处理。

我一看到这个条文就知道这门生意做到头了，赶紧联系了供货商，把没卖出去的被子全都退了货，但还没等取货的人过来，检查宿舍的监察队就先堵到了宿舍门口。

这个时候，唯一的办法就是将被子扔掉。

但我们宿舍，四楼以下的窗户全都被焊死了。

而被子不仅放在五楼的我的宿舍里，住在二楼的花花的宿舍里也收着一大批。

这种情况下，我赶紧给花花打了电话，让她把被子从栅栏缝隙里往外丢。我自己就撕了几条床单，系成绳子往楼下爬。

我其实有点恐高，以前流行户外游戏的时候，大家都去攀岩，我从来都是在下面看着的那一个。但这个时候也顾不得太多了，我眼睛一闭，也不看地面，哆哆嗦嗦地就滑到了楼下。

我打算自己在下面接应，把花花她们宿舍和我宿舍里丢下来的被子都藏好。另外，其实我也想着，万一倒霉真的被抓住了，我就把事给都扛下来，也别祸害别人了。

谁知道我正在收拢被子，突然就看到又有人从我们宿舍的窗口爬下来，还向我挥了挥手！

“你是不是傻？！”我忍不住骂花花。

花花把白眼翻得风情万种：“你才是傻帽！你一个人在这里收拾，等搜查队发现了，你都收不完！”

“这本来就是我起头做的事，被抓住了也活该。你跟着跑出来，也被退学了怎么办？”

“放心，要真被抓住了，我肯定说我就是不小心路过。”

“说路过太假了。你就说是我求你来帮我堆被子的，卖被子的事你没参与就行。”

“知道了知道了，快点把那边的被子也堆过来吧！”

我们学校的女生宿舍和院墙只隔着不到一米的距离，狭窄的通道里丢了恶心的垃圾，散发着一阵阵的恶臭。

但这时我们也顾不了这些了，两个人像洗衣厂的女工一样，一个推被子，一个摞被子。我们还没处理掉的被子太多，一楼的窗户却太矮，想不让里面的人看见，就只能死命地往下面压，以及往两扇窗户之间摆。两个人合作，很快就把丢下来的被子堆成了一个个“凹”字形。而我和花花，就在一个“凹”字形被子山和高墙之间躲着，祈祷着搜查队快点搜查完。

正是夏末，天气尚热，大花蚊子成群结队环绕身侧，我跟花花两个人蹲在这个又臭又闷的空间里，手不停地扇着，也不知道是在扇风还是赶蚊子。

花花满脸大汗，调侃着说：“早知道就把被子都以八十低价处理算了，让所有人人手一床我们的被子，学校一分钱都赚不着，才不枉我们这么折腾一回！”

我也热，掀起T恤直擦脸：“其实也不用八十这么低，起码卖一百让我们赚个鸡腿钱……”

我们正调侃着，但话还没说完，突然听到宿舍小门那边一声暴喝：“那边的人出来！人赃并获！”

这个瞬间，可能是我人生中最紧张，几乎是毛骨悚然的时刻。

我的神经本就一直绷着，而那个声音，倏地就将我的思维斩断了。

我的身体在发抖，手也在发抖，整个人都抖得像筛子一样！

我害怕！特别特别害怕！

我还记得我要站出去承担责任，手脚却特别迟缓，好半晌都没有站起身来，脑海里只有一个念头：怎么办？怎么办？怎么办？完蛋了……

但就是在这个我站不起身的时刻，我被花花一把拉着推到了墙角。花花挡在了我的前面，特别特别平静地说：“我是法学院大二的林静燃，这些东西都是我联系倒卖的，跟别人没有关系。”英姿飒爽，掷地有声。

这件事最后并没有导致什么难以挽回的后果。因为男生宿舍那边另一个倒卖被子的很倒霉地被抓了倒卖现场，女生这边检查的监察队也被叫了过去。那道声音，其实是花花的舍友的，她本来是来接我们的，临时起意想吓唬我们一下。

我却一直记得那一刻我的感受。

真正的泪如泉涌，真正的无地自容……

明明是我做的事，怎么能让花花给我顶锅？

那是我当时唯一的念头。

后来花花的舍友给我们道歉时，都说被吓到了，从来没见过我那么疯狂。

我像疯子一样冲出去，死死地拦住她们，冲花花大喊："走！你快走！这件事跟你没半毛钱关系！"

那场面！简直就像董存瑞舍身炸碉堡！

"我把那碉堡炸了！同志们快跑！"

我不要你给我承担后果，花花，你快逃。

15

花花有个舍友，从入校的第一天开始就和她不对付，原因是第一次班委竞选，明明她更有能力，成绩也更好，其他同学却都因为花花长得漂亮而给花花投了票。

有一天，她患有艾滋病的体检单竟被贴在宣传栏里。

她整个人都蒙了。

她患有艾滋的原因是她有一次去献血，献血车上的工作人员操作不规范，将使用过的针头再次使用。

但流言不管事实是怎样的。

有人说她是"公交车"，有人说她出卖身体，还有人说她被人包养，现在已被金主遗弃……每个人谈起她，都是一脸鄙夷。

她以肉眼可见的速度变得憔悴，并且准备退学了。

有一次在食堂吃饭，她一坐下，旁边桌的人就全都离开了。

她大概从来没这样被排挤过，眼泪唰地一下就涌了出来，端起午餐就准备离开。

就在这个时候，花花在她对面坐了下来，让她跟自己一起吃，还以反讽的语气激励她说："我以为你既然来学法律，就是有反抗什么的勇气，没想到你这么不堪一击。"

两个人就此和解。

花花还与女生约定，要一起成立法律维权小组，以及宣传艾滋病防治的社团，之后可能会经常同进同出。

目睹了整个过程，说心里话，我并不十分赞同花花。

在我看来，同情那女生，不排挤她，帮她做一些艾滋病科普的宣传都可以，但为什么要以身犯险，和她混在一起呢？毕竟日常接触的感染率虽然低，但也并不是完全为零不是？

花花却对我说："我不是同情她，我是帮我自己。"

花花学法律，是因为她和她爸翻脸，她觉得学法律对以后自己跟继母争遗产有用处。

那个女生学法律，是因为她由于别人的失误而患上那种绝症，却因为不懂法，在对方随便补偿了一点钱了事后就算了。

花花那个时候正面临着她爸留下的一个大烂摊子，一个处理不好，可能就要背上巨额债务。

而那个女生，为了给自己讨个公道而选择了学法律这个专业，却因为自己想讨公道，反而被推进了命运的深渊。

花花说："她人不错。艾滋病不会通过接触和唾沫传播，但她在宿舍从不碰我们的东西，也不让我们碰她的东西。去食堂吃饭，明明有公用餐具，但她从来都让阿姨给她打包……这样的人值得帮助。"

而我在心里，也帮她补充了未尽之语——我觉得我也是个不错的人，希望有一天我真的坠入绝境，也会有人来帮我。

这样无奈的期待让我不知道该怎么安慰她，唯一能做的，就是跟随她助人的脚步。

于是，我们办起了红丝带社团，一起关注艾滋病团体，一起举办了十多场艾滋病科普活动……

这些活动不仅在校内造成了影响，在校外也得到了不少关注。

越来越多人知道了艾滋病不因日常接触而传播，艾滋病人不该被视为妖魔，患了艾滋病，也不是立刻就站上了死神的预定席。

花花因此得到了一个全校演讲的机会，她的演讲里有一句话让我记忆特别深刻——"面对需要帮助的人，冷漠，就是助纣为虐。"

这个时候，花花已经蜕变了。虽然有一些艾滋病人歇斯底里，但更多的病人和我们平常人没什么不同，反而因为绝症而变得更加豁达开明。花花在和他们的接触当中学到了他们的坚强，也真正认识到了她帮助那个艾滋病女同学的必要性。

最后，花花并没有从帮助那个女生当中收获什么。她与那个女生的相处，始终是她付出得更多。

但我觉得，这种没有收获才是她真正的收获。

因为脆弱的，“希望自己帮助别人，未来能得到别人帮助”的她，已经在这一次次磨砺中变得强大，强大到无惧风雨，顶风而行。

16

花花唯一的一次恸哭，让我无比自责。

当时花花和我都穷得要死，有个暗恋花花的学长给我们介绍了一份KTV的工作，上夜班，小费很丰富。

那个KTV很正规，虽然有客人想占我们便宜，但保安都帮我们挡了回去。其他同事也大多是我们学校的学生兼职，工作氛围还算和谐。我和花花干得都还算顺心，并不想失去这份工作。

那天VIP包厢有个客人喝酒喝多了，不知把自己的手包丢在了哪里，而手包里装着一万多的现金，还有好几张额度非常高的信用卡。经理收到消息之后，立刻发动了全部工作人员去搜查。

但我们把KTV翻了个遍，却始终没找到那个包。

经理去查看了监控记录，找到那个包可能的丢失地点，但麻烦的是，那里刚好是个监控死角。

这下便麻烦了，因为下一个出现的监控画面里没有人看起来像是拿了那个包，而且当时经过的好几个客人，都是不好去要求搜查的那种。

我们都觉得事情有些棘手。

就在这时，一个女领班站了出来，说那地方的搜查人是花花，花花也很有嫌疑。

我差点把那女的给撕了！不就是她男朋友总偷偷瞄花花吗！以为别人看不出她在诬陷吗！

我们被黑着脸的经理拉开，然后领了任务，去试探当时经过的客人。

我和花花一组，路上我安慰着花花，这种事情不是那女的一个小小的领班想诬陷就能诬陷的，除非她能找到那个客人的包来栽赃。

花花却一直没有出声，我觉得奇怪，回头看了她一眼，发现她露出一种很奇怪的神情。

我心里顿时咯噔一下，拉住了她："花花……"

我想问她，那个包不是她拿的吧？

但看着她的表情，我却悲哀地发现，这件事已经在我们的对视之间水落石出了。

那个领班没有诬陷花花，那个包真的在花花手里。

我让花花把包交出来，花花不肯，说她需要钱。我说她缺钱，我可以帮她，但还没等她说话，我们就被保安队的女保安拦住了——经理让保安队先搜查所有的工作人员。

花花的表情顿时变得焦急，我看了她一眼，她也正看着我，隐带泪光的眸子里带着明显的求助。

我顿时明白了，她没把包放下，那个包还在她的身上！

有的人天生正义，亲人犯法都会大义灭亲，如包拯，如海瑞。我一直以为我是这样的人，但那一天，我却知道了我只是一个凡人，我有七情六欲，不管花花做了什么，我都无法舍弃她。

"要搜也不能在这里搜吧？吕队，我们去卫生间吧。"我说。

我选择了帮花花打掩护。

如果事情就这么发展下去，这件事也就只能不了了之了。但谁都没想到的是，在花花已经洗脱了嫌疑之后，她竟然去找经理，主动坦白了……

那天晚上，我和花花齐齐失业。

花花笑我傻："我走就走了，你跟着辞职干吗？"

我也笑花花呆："明明事情都结束了，你还主动去解释，你傻不傻？"

笑着笑着，我俩就都流下了泪水。

我知道花花之所以去坦白，是因为她觉得让我帮她隐瞒盗窃这件事违反了我的原则，她怕我心里过不去，以后会一直难过。

但她不知道，我最难过的是今晚她做出了这件事。

因为我知道她是多正直、多美好的姑娘。

她会这么做，一定是遇到了过不去的坎。

最让我痛苦的部分就是，她遇到了这样的困难，自诩她最亲密的闺密的我，却对此一无所知。

那晚，我们什么都没有说，因为无须言语，我们都已经理解了这件事里包含的一切。

那晚，我们只是哭，一直哭，仿佛这样哭着，那些委屈就能随着泪水排出去。

那一晚，可能是我们的心靠得最近的时候。

17

花花才二十五岁，却用自己才展开一点点的生命，生动地诠释了什么叫红颜薄命。

她从小家境富裕，家庭和睦，十五岁时，却被告知妈妈得了癌症，晚期。

她十六岁时，妈妈去世，丧事办完还没有两个月，继母就进了门。那个年轻漂亮的女人带着一个三岁的小男孩，那眉眼，长得跟她有九分相似。

她十八岁时，因为那个女人，跟家里决裂了。不到两个月，股市崩盘，她爸因为损失惨重，心脏病骤发，离开了人世。她回去奔丧，却发现那个女人和给她爸继承香火的男孩都不见了，家里的房子也换了主人，她身上更是莫名其妙地背上了一笔天文数字的债务，而此时，她窘迫得连丧葬费都拿不出。

她二十二岁时，有个小开向她表白，说他爱了她三年，只求她给自己一个机会。她快要被沉重的债务压垮，忍不住动摇了，却没想到那个禽兽对她居心叵测，他强暴了她，还把她的裸照散布到了整个关系圈。

上天只给了她一点点的好运，却给了她无穷无尽的噩梦。

我曾很多次想，如果那些事发生在我身上，不需要全部，只要其中两件，我大概就撑不下去了。

但她依然微笑着。

我记得那一次我和大辰要分手，我天天哭，哭得说话时都一直带着鼻音。她问我怎么了，我说我没事，就是感冒了。但第二天，她就从千里之外的支教山区回到了我的面前。

“我想，你需要一个拥抱。”她这样对我说。

那一刻，我知道了她真正美在哪里。

「第十章」

Chapter 10

我和我亲爱的男闺密

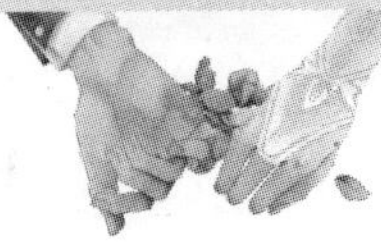

狗欢为我们负担了许多远超朋友该承担的责任，

他一直看着我们，

吊儿郎当，

却真心实意。

1

我唯一的男闺密叫狗欢，他是一个喜欢用“屁”开头说话的人。

多年之后，男闺密大受抨击。群众表示，男女之间不可能有纯友谊。

狗欢同志对之嗤之以鼻：“屁，性向相同怎么超越纯友谊！”

特别的威武霸气！

2

狗欢自称性别男，爱好男，但其实他的性向成谜。

因为他虽然向我们出柜，却从来没有表达过喜欢任何男性或者女性的意思。

有一回我实在好奇，忍不住问他：“你说你喜欢男的，怎么也没见你跟哪个男生走得特别近？”

狗欢鄙夷地看我：“喜欢就要走得近？我还想立刻接收比尔·盖茨的遗产呢，实际能走进他五步之内吗？”

“那你总要表现出一点gay-gay的气质吧？”我说。

狗欢：“所以我跟你们一起玩啊。”

我：“学习和男生谈恋爱的N种技巧？”

狗欢：“不，排除会被男生讨厌的N种行为。”

3

狗欢有次坐公交车给大妈让座。

大妈特别高兴，一个劲儿地夸他：“小伙子长得不咋地，心肠还挺好的！”

狗欢：“……”

起开，起开，我突然不想让座了！

4

狗欢跟我是幼儿园抢最后一块馅饼的交情。

当时幼儿园下午有加餐，按桌分配，一桌四个小朋友，四杯果汁粉冲泡的果汁，八个馅饼。我们那一桌是最后一桌，有时候馅饼多了就会直接分给我们。

这个时候，我们就开抢了。

第一次发现馅饼多的时候，我手比较快，一下就把最后一块馅饼拿到了手里，正扬扬得意，准备开吃呢，突然有一张脸在我面前放大。等我反应过来，狗欢的舌头已经把馅饼舔了个遍。

我“哇”的一声就哭了。

狗欢还对我傻笑：“很好吃，你吃。”

委屈得我一巴掌就拍他脑袋上了。

这块馅饼最后自然便宜了狗欢。

然后第二次抢到馅饼的时候，我就学乖了，一拿到手就咬了一口，然后才得意地冲狗欢瞪眼。谁知道狗欢突然张牙舞爪向我的脸扑过来，我赶紧用手捂脸，馅饼掉到了地上。等我睁开眼的时候，就看到狗欢手里拿着那块饼，撕掉我的牙印，撕掉贴地上的那一面，正急急忙忙地往嘴里塞。

这个贱人！

抢食之仇不共戴天，第三次抢到馅饼的时候，我报复性地把馅饼两面都舔了一遍，然后丢在了桌子上，得意地乜斜狗欢，意思是：我宁愿不吃饼，也不会便宜你！

没想到狗欢竟然若无其事地拿起了那块饼。

我以为这样他都能吃下，有种“三观”都被刷新的感觉。结果他表现得若无其事，看我对他拿饼没反应，便愉快地揣着那块饼走到了邻桌。

邻桌的小朋友都已经吃完加餐去玩儿了，只剩下一个吃东西特别慢的小姑娘，嘴巴里啃着一个饼，面前还放着一个饼。狗欢从后面拉了一下小姑娘的小辫儿，趁着小姑娘往后看的间隙，用口水饼换了小姑娘面前的饼，然后迅速回到了自己的座位上。

那小姑娘看不到扯她辫子的人，嘴巴撇了两下，没哭，回过头拿起那个口水饼，就那么吃了。

吃了！

我在旁边愣愣地看着小姑娘吃我的口水饼，狗欢欢快地啃着人家小姑娘的饼，心中猛地浮起一阵恶寒，从此再也不跟狗欢抢饼。

5

狗欢从小就显露了非同一般的腹黑。

那时我们班上有个小朋友叫大壮，长得特别壮，还跟他爸学过柔道，是我们班上的老大。大壮最爱压迫狗欢，每天都让狗欢给他写作业，抢狗欢的零花钱，还给狗欢取了“狗欢”的绰号，让狗欢给自己当狗腿子。

狗欢忍了两个星期，获得了大壮的信任，然后狠狠地坑了他。

当时大壮很喜欢花花，但花花追求者甚多，根本不和他玩。大壮找狗欢出主意，狗欢便建议他英雄救美，把花花关进放玩具的小黑屋里，等花花害怕得哭了之后，他再进去把花花放出来。

大壮觉得这是个好主意，让狗欢去关花花，自己去当英雄。狗欢说自己推不动花花，要大壮去关，为了不让花花认出是他，推她的时候戴上美猴王面具就行了。

大壮同意了这个建议。

放学之后，大壮戴着面具把花花推进了小黑屋，等听到花花在里面快哭了，他才出现把花花放出来。他得意扬扬地等着花花感谢自己的救命之恩，却目瞪口呆地发现花花根本不理他，她猛地冲出小黑屋，跑到办公室，扑到她妈妈——我们幼儿园园长的怀里号啕大哭，随后控诉他故意吓唬她。

花花妈妈特别护犊子，大壮又欺凌同学，劣迹斑斑，第二天他就被退学了。

从此我们再没见过大壮。

而大壮，估计他想了很久也没想明白花花是怎么认出关她的人是自己的。

6

狗欢的绰号本来是大壮羞辱他给他取的，但我们要叫他欢子的时候，他却不许，说："绰号是勋章还是耻辱，取决于我的成就。等我成了校长，他们就会说我叫'狗欢'是因为我像狗狗一样忠诚又勇敢了。"

这番话说得！

词汇量那么大！思想那么深邃！

那时我们才小学一年级，这番话就像晴天霹雳一样，震惊得我们都对狗欢崇拜不已。

而狗欢却特别有高人风范，宠辱不惊地淡淡一笑，便翩然离去了。

谁知道晚上我去他家找他出来玩，却听到里面在放碟片："别哭，绰号是勋章还是耻辱，都取决于你的成就。等你成了大院里最棒的兵，他们就会说你叫'山鸡南'是因为你像山鸡一样机智又敏捷了。"

碟片里面放一遍，狗欢他跟着说一遍；碟片放一遍，他跟着说一遍……

透过窗户往里头看，我还能看到狗欢模仿着碟片里大叔的动作潇洒地往外走，再回来，再潇洒地往外走……

7

狗欢的爸爸是个流氓。

但狗欢很尊敬他。

因为他一直努力地不把狗欢带歪。

狗欢说，小学的时候，他爸的狐朋狗友经常在他家吃饭，一群老流氓，个个都抽烟喝酒，一进屋就吞云吐雾，帅得要命。他经常在一旁看着，就有点眼馋，想学。

他爸看出他的苗头，就决定治他。

有一次他爸在家抽烟，吞云吐雾，时不时喷出个大烟圈，还能再补个小烟圈进去……帅得惨绝人寰。

他看着他爸，特别向往。

他爸瞅瞅他，就问："想学？"

他点头。

他爸就递给他一根烟。

他虽然眼馋香烟好久了，真正摸到香烟却是第一次，小心肝儿那个扑通地颤儿哟，就像饿了百八十年的饿死鬼捧了个大白馒头一样，珍重又珍重地捧起了烟，然后小心翼翼地抽了一口……

咯，咯咯咯咯咯咯……

有火！

从肺部到喉咙，从喉咙到鼻腔……像是有一把火在蔓延！

他一直咳一直咳，咳得恨不得把五脏六腑都咳出来！

他爸一边给他拍背，一边给他递水，说话却云淡风轻："没事，第一次都这样，明天再给你一根，你就好多了。"

好多抽过烟的大孩子都是这么说的。

他没觉得他爸坑他，就只是在心里记得，明天一定要提醒他爸再给他烟。

到了第二天，没等他开口，他爸就掏出烟，特别潇洒、特别有范儿地在他面前挥："来吧。"

他屁颠儿屁颠儿地去接了，但还是咳嗽，剧烈地咳嗽，觉得鼻腔里有火在烧……喉咙和肺里都似有针在刺……

他特别痛苦，特别郁闷。

什么情况？怎么一点都没有别人说的飘飘欲仙啊？！

他爸也是一脸的疑惑："你这都第二次了，怎么还这样啊？"

突然，他爸一拍额头："你不会是对香烟过敏吧？"

他立刻像找到了救命稻草，一边咳嗽一边拼命点头："可能是……就是！咯咯咯……"

他爸："没事。再来一根，再来一根估计就没事了。"又递过去一根烟。

他拼命摇头："不试，不试了！我过敏！"

狗欢说不试，就真的再也没有试过。往后许多坏孩子都争相抽烟耍帅，他始终没有加入。

甚至别人敬他烟，他都拒绝，因为他对香烟过敏。

他一直以为自己是真的过敏，直到有一次，他爸喝多了，他终于知道了……

原来他第一次抽的烟，是他爸用辣椒油浇过的！

8

讲道理，没文化的人真的当不好流氓，特别是狗欢他爸那样的流氓。

狗欢他爸在狗欢小的时候，是我们那块儿有名的没出息的人，没正经工作，整天跟人瞎混，媳妇儿都跟人跑了。但狗欢初中之后吧，狗欢他爸飞快地发了迹，买了我们市里最贵的金玉苑的别墅，开了一辆玛莎拉蒂，厉害得飞起！

我一开始以为他爸以光速发迹是因为黑色收入，但听他讲了一件小事之后，顿时明白了每一个富豪崛起时都是带着他的经济头脑的。

狗欢小学三年级，他家还穷得叮当响。

他爸带他上街买皮带，停在满地白菜帮子的小巷子口一个摆得乱七八糟的地摊面前。

他爸："皮带多少钱？"

摊主："二十五。"

他爸想了一下："分开卖吧？带子多少钱？"

摊主："这个皮料贵，带子二十一一条。"

他爸："这么贵？那扣子不是只值四块？"

摊主："嗯！"

"那行……"他爸很爽快地说，"给我来个皮带扣吧。"

回去的路上，他爸一脸欣慰："这个皮带扣比我坏掉的那个拉风多了！"

原来，他爸要买的就是一个皮带扣！真是每个毛孔里都流露着未来奸商的范儿啊！

9

狗欢他爸的第一份事业是挂靠在某个国企下面的运输部。

他家运输部挺随便的，就几个客户经理拉单，拉到之后发送给运营部，运营部把任务分发给司机，司机在指定时间内把货物运到就可以了。

他家也没什么规章制度，总的来说就一个规矩：拉单失误，运营连坐；发货失误，运营连坐！

他爸对这个规矩的解释也别具一格——

“搞业务和跑运输的那帮孙子就没一个好货！罚他们，他们就当是放屁！就得罚运营，运营是正经人，看谁好意思连累他们！”

原来，在他家运输部跑业务的和跑运输的都是没文化的社会老油子，只有运营，涉及文书和统计，请的是大学生。

老油子吃喝嫖赌样样俱全，向来没钱的时候比有钱的时候多，他们活着就图一个痛快，根本不把罚款当回事。但他们也有一个好处，那就是讲义气。运营平时辛辛苦苦地为他们服务，公司搞活动的时候还给他们敬酒道辛苦，那就是自己人！老油子们不怕自己罚款，但连累自己人就太没义气了。被运营抱怨两次，他们就蛮不好意思地改正了态度。

听狗欢转述这事时，我深深地被他爸的智慧折服了。

叔叔玩得一手好权术啊！

10

因为有了狗欢他爸的励志传奇，狗欢在初二那年好好体验了一把穷人乍富的感觉。

从前吃根红豆奶冰他都要我们请，从那年开始，他请我们吃雪糕只吃哈根达斯。生活水平的提升，最显著的表现就是他变帅了。

别信那些暴发户把华伦天奴穿成农民工制服的鬼话，事实是只要钱给够了，审美这种东西有的是人为你代劳。

自从狗欢有了钱，他立刻就从边角旮旯里的路人甲进入了校草榜前三名。与此同时，他也迎来了晚来的繁茂春天！

在车载斗量的追求者当中，最疯狂的是一个叫瑞莉的女生。她喜好情书攻势，每天雷打不动地给狗欢送一份情书，傍晚放学，还爱在校门口蹲点，看到狗欢出来，就像美剧里的啦啦队一样，疯狂招手跳舞。

狗欢毫无疑问地被干扰到了。

有人这么爱慕自己总归是件值得高兴的事，更何况那女生还长得一点都不难看。狗欢最初还坚定地表示绝不会接受她，没过几天，便开始犹豫地问我们怎么辨别一个女生是不是真心喜欢自己了。

这种事，我和花花自然都不会发表意见，狗欢也不泄气，自己琢磨出了一整套的考验方法：一，让另一个超级大帅哥来色诱瑞莉；二，假装自己家里突遭横祸，又变回了穷光蛋；三，方案一二都没有让瑞莉退步，便跟她说可以接受她，但只是玩玩，而且出去玩的时候，大家不管做什么都各自买单。

瑞莉成功通过了狗欢的第一个和第二个考验，却在第三个考验时发了飙，表示："你没钱就都由我来买单就好！为什么还要抢着买一半的单？说什么玩玩，不就是觉得自己又变穷了，配不上我了吗？我告诉你，老娘不在乎！叶子欢，老娘一点都不在乎！你要敢再这么做，咱们立刻就分手！分手！"

这一通飙发得好。狗欢这个抖M，看着瑞莉梨花带雨、一脸决绝，竟立刻被打动了，拉住她忏悔求饶，两人不仅和好，还真正成了男女朋友。

你以为故事是这么简单的浪漫爱情？那你就太天真了。

正在狗欢跟瑞莉甜蜜无比，每天手拉手分吃一根哈根达斯的时候，他爸毫不留情地给他揭开了这段感情的真面目——原来，瑞莉是他爸一手安排的……

江湖儿女，谁不知色字头上一把刀？狗欢他爸用心良苦，教他预防美人计，从初中生涯开始。

那些情意绵绵、情深似海、非你不嫁，揭开面纱一看，全是套路啊！

狗欢一夜颓废，宛如寒风吹尽了梨花。

瑞莉，当然是和他分手了。

即便他哭求，那也是无果的。

真心？谁还会相信呢？

狗欢暴躁阴郁，怼天怼地，这时，高潮来临了——

狗欢他爸娶小妈了！

他爸娶小妈之前，对小妈进行了深深的考验！

他爸考验他小妈的路数，跟他用来考验瑞莉的手段是一模一样的！

得知小妈是隔壁区的老流氓对他爸使出的美人计之后，他跑到他爸跟前，十分不服："你脑子里的沟壑深成坑了吧？蛇蝎美人也敢随便要？！"

他爸吧唧了一口烟，眯着眼享受了半晌，然后一口烟喷到了他的脸上。

“小子，再给你上一课。”他爸慢悠悠地说道，“过了杏花村，就再酿不了杏花酒。遇到喜欢的还磨叨，活该你孤独终老。”

11

狗欢他爸实在是个神人，信奉男人的气势要从小培养，不仅喜欢作天作地给狗欢长教训，还特爱给他摆架子、逞威风。

我们学校以前有一个小流氓团伙，以捉弄同学、欺负弱小为乐。狗欢他爸有钱之后第一件事，就是给狗欢收编了这个团伙，让他们给他当手下、撑场面。

这还不算，他还给学校捐了一栋教学楼，让老师都给狗欢特殊待遇，任课的老师讲课时要经常询问狗欢是否听懂了知识点，不任课的老师要主动询问狗欢是否需要老师帮助，比如补课、讲题事宜。

更夸张的是，他承包了我们学校的食堂，就为了开辟出一个专门的就餐点，专门为狗欢服务！

他爸这一套“组合拳”下来，本来默默无闻的杂草三人帮瞬间成了新校园霸主F3，我和花花狐假虎威，爽得不亦乐乎。

但这些特殊待遇狗欢并没有接受。小团伙上任第一天就被他解散了，老师那里他也都明确表示不需要额外的关照，食堂的专门就餐点他更是一次也没去过。

狗欢没跟我们解释他为什么要这么做，只在我们询问时，说：“你们就当我天生反骨吧。”

他这话不知怎的，被我们初中的“老大”知道了。

“老大”和狗欢差不多，也是家长有黑色背景，但“老大”喜欢排场，喜欢威风，对自己的父兄依葫芦画瓢，就在学校里统一了不良少年们。在狗欢崛起之前，“老大”是我们初中绝对的威风第一人。

“老大”一直因为狗欢抢了自己的风头而憋屈，又不敢出头得罪狗欢他爸，一听到这个传闻，顿时就像尿急刚好碰到了厕所！

天生反骨好啊！叛逆啊！倔强啊！受了欺负也不好意思找家长啊！

干他！

必须干他！

单挑！

他挑了个风和日丽的日子，选了个人迹罕至的地点，就兴高采烈地给狗欢发出了战书！

春风吹，战鼓擂！这个世界谁怕谁！

单挑来，排成排！是个汉子都别退！

“老大”也是练过的，跆拳道拿了黑带，是可以直接在培训班当教练的主。

去的时候，他信心满满，不把叶子欢那家伙打得稀巴烂都对不起那些以前对着他喊帅，但现在都追着叶子欢跑的妹子！

然后……

他就被狗欢车轮战了！被揍成了臭狗头了！里子面子全都丢了！

他很不甘心。

“你不讲道义！”他委屈地说。

狗欢一捋衣摆，看也不看他，淡淡地扔下了一句话：“有资源就不能浪费，这就是我的道义！”

12

狗欢把“老大”捶了一顿，倒捶出了交情。

男人的友谊就是这样，谁强服谁。狗欢比“老大”不要脸，“老大”也只好服了他。

狗欢有段时间跟他爸较劲，死活不接受那妖艳的小妈，他爸也懒得说服教育，直接停了他的生活费。

狗欢这人一向死鸭子嘴硬，这事根本没跟我们说，平时开销也跟以前一样，装得我们一点都没发觉。

所以他就缺钱了。

然后他就把魔爪伸向了“老大”……

“老大”是个有钱人，家里有钱，下面还有小弟孝敬。但不知道是不是越有钱的人越抠门，狗欢找他借钱时，他硬是一分都不肯借。

但这是说借就不借的吗？

尤其他智商还那么不够用！

那时微博上一个诈骗犯的段子广为流传，狗欢改都不改，直接套用，对“老大”使了出来。

他下了一个变声软件和一个网络通话软件，变声成憨厚大汉的浑厚音。

狗欢给“老大”打电话：“先生你好，恭喜你中了‘欢乐百分百’二等奖，奖金二十万！”

“老大”有点蒙，这种诈骗手段一般不是短信吗？

狗欢开始哈哈大笑。

“老大”更蒙了。

干啥干啥？智障啊？

狗欢：“不好意思啊大哥，刚入行，头一回骗人，没忍住。”

“老大”：“……”什么鬼？

他还没说话呢，那边挂了。

挂了！

“老大”消化了一下，觉得现在的骗子太不专业，上岗培训做得太差！

没过一会儿，电话又打进来了。

还是那个号码！

还是那个声音！

狗欢：“你好……哈哈哈哈……不好意思，我还是没准备好……”又挂了。

嘟嘟嘟嘟……

“老大”觉得自己脑袋里响着的也是这音儿，嘟嘟嘟嘟……都快短路了……

又过一会儿，电话又来了！

“老大”：“有完没完？！你编个鬼话是不是还要我给你配戏啊？！”

狗欢：“哈哈，不好意思啊，打扰你两次。我确实是骗子，说中奖二十万是骗人的。不过主管给两万当诱饵，咱俩合作分了吧。”

“老大”：“这么好的事？！”

狗欢：“是啊。不过你要先打一万过来，做个样子。”

……

据说，大学毕业那天喝酒，“老大”还在找狗欢要那一万块钱。

13

狗欢一向不参与我和花花跟其他男生的暧昧，他说情情爱爱的事太腻味了。

但我追大辰的时候，他却掺和了一脚。

当时我追大辰一点进展都没有，天天跑人家做兼职的游泳馆去游泳，人家也只把我当普通同学看。

这让我十分苦恼，颇有点吃饭都吃不香的意思。这时狗欢跳了出来，给我出了个主意：“你把他关山洞吧。”

“啊？”

我有点蒙。

狗欢解释：“开发区那边新开了欢乐谷，有个鬼洞，里面很多小山洞。咱们一起去玩，你趁乱把大辰拉进一个洞里，最好再出点什么意外，让他不能很快出去。那里面特别黑，你跟他一起待在那里，肯定能建立革命友谊。”

黑灯瞎火处，正是奸情多发地。

我想了想，觉得这计划靠谱。

于是我听了狗欢的话，买了四张票，带上花花，狗欢叫来大辰，四人同行。

谁知进了山洞，狗欢那不靠谱的就跟花花玩失踪了！

那鬼洞里气氛渲染得极好，阴风阵阵，凉气飕飕，时不时突然窜出个闪着冷光的骷髅头，我怕得要命时嘘了口气，扶了一下栏杆，弄得一手黏腻还带着血腥气！

我本来以为自己的胆子还算大的，在这5D的效果之下也给跪了。我抓着大辰的手，腿都在打战：“咱……咱们快出去吧？”

大辰也没拖延，立刻点头：“跟着我走。”

但我们没走几步，那灯突然全部熄掉了！

熄掉了！

伸手不见五指的黑暗里，只有工作人员的声音在音响中传出：“请游客站在原地等待，园区突然断电，我们已启动发电机尽快供电，请诸位游客原地……”

回音一遍遍地在周围响起……无端滋生出一种极恐怖的情绪……

焦虑，害怕，我只得祈祷着快点来电吧……

这时，突然有只手搭上了我的肩头……冰凉的，小小的，明显不是大辰的手……

“啊！啊啊啊啊啊啊啊！”

我吓得大哭出来。

这时又是阴风阵阵，一团触感很像毛发的东西从我的脖颈处拂过……

“啊啊啊啊啊啊啊啊啊啊！”

我哭得像傻帽一样。

一直到园区恢复供电，被大辰他们带出鬼洞，得知这是园区特意设计的彩蛋，我依然没有恢复过来。

这件事过去很久后我都不敢面对大辰，天知道当时我到底害怕到了什么程度，竟然全程抱着大辰的大腿跪在地上……

真跪了……

我要被狗欢坑死了！

狗欢第二次给我出主意，是在艺术节的时候。

我们学校有个光荣传统，举办艺术节的时候每个年级选出一个最佳节目，给2000块的现金奖励。我不差钱，但我差荣誉，所以我报了一个节目；而大辰，明明没有艺术细胞，却也报了一个节目，还是音乐剧！

那天我们说起大辰为什么要报节目，狗欢就说：“学校给钱，不挣白不挣。我看大辰挺需要那笔钱的，你不如让给他。”

不得不说，这个提议很让我心动。

我觉得大辰家境不好，如果我把这笔奖金让给他，他一定会很感动吧。

有了这个念头，我便对大辰的音乐剧比对自己的节目更用心了，不仅特意去帮他们设计舞蹈动作，还插手了他们的选曲和整个排演。

但在这个过程中，我把奖金让给大辰的念头却逐渐淡了。

因为大辰太拼命了，不仅努力去啃他不熟悉的音乐知识，还为了舞蹈的整齐而绞尽脑汁。

我看着他厚厚一摞走位的演算本，突然觉得自己让他的念头太自大了。他是有实力争夺冠军的，而且是我最有力的竞争对手。

我觉得我应该尊重这样一位对手。

于是我开始努力排练，努力将我的节目打磨到完美的程度。

而我的预感也没有错，大辰的节目果然在我们年级组获得了第二名。

我拿着奖金请狗欢和花花吃饭，花花对我的自作主张很有意见："你又不缺钱，干吗不按狗欢说的把奖金让给大辰？"

狗欢却站在了我这一边："阿弦做得没错，这场比赛她让了才真出事了。你不懂男人，男人的自尊心比什么都重要。"

而狗欢的话说得果真没错，后来我和大辰再次说起那场比赛，大辰坦诚地告诉我，那场比赛，我赢了他确实让他刮目相看，第一次发现我除了毅力之外的其他优点。

在这件事上，我要感谢狗欢的提议。因为他的提议，才有了我和大辰的交集。

这件事之后，狗欢还为我出过一次主意。

当时我已经追大辰很久了，却一直没有得到过他的回应，这让我特别郁闷，甚至到了痛苦的程度。

狗欢看不过眼了，就给我出馊主意："他爸不是在诚叔的公司上班吗？去跟他说，不和你在一起就让他爸下岗！"

我冲他翻白眼："你这是想让他恨死我。"

狗欢："屁！相爱相杀懂不懂？"

我："……"

我不懂！只看到了伤敌五十，自伤一百！

我觉得狗欢的脑回路有点神奇："你从哪里学的霸道总裁范儿？"

"《倚天屠龙记》。"

"啊？"

他的这些拙劣招数怎么看都是从脑残偶像剧里学的标配啊！

狗欢给我解释道："看赵敏。第一次亲密接触，两人掉进五柳山庄的地洞里；第二次亲密接触，赵敏把屠龙刀让给了张无忌；第三次亲密接触，赵敏拿谢逊威胁张无忌让他取消婚礼。是不是超厉害？一出手就把张无忌捍在了手心里。”

所以第一次他让我带大辰去山洞，对应的是赵敏设计张无忌掉地洞；第二次他让我把奖金让给大辰，对应的是赵敏让屠龙刀；现在他让我拿大辰爸爸的工作威胁大辰，对应的就是赵敏拿谢逊威胁张无忌……走了这么有名的情侣的桥段，我是不是该说我好荣幸？

我真是荣幸得恨不得掐死狗欢那家伙！

难怪我一直搞不定大辰！

军师这么不靠谱，搞个屁啊！

14

大辰和狗欢一直都不对付。

有一次我问他们俩为什么不对付，狗欢提腿就跳了起来：“屁！我为什么要跟他对付？！跟他对付，我得多么将就对付？”

大辰：“聒噪。”

狗欢：“有本事嫌我聒噪，有本事来打啊！只会嚷嚷算个啥！管你星际、魔兽、DOTA、LOL，让你一根指头，你敢上不？！”

大辰：“堕落。”

……

我看他们吵得不可开交，站出来调停：“好了好了别吵了，咱们换个话题吧。”

狗欢和大辰一起瞪我：“你别掺和。”然后又吵到了一处。

我：“……”

所以，他们这到底是真不对付还是假不对付？

15

虽然狗欢当年给我出的追大辰的主意不靠谱，他自己追女生却是一套一套的。

大二那年，他看上了一个外语系的女生，叫莫莉，一个真的像茉莉一样羞怯白嫩，散发着独特芬芳的女孩儿。

狗欢斜挎着吉他，坐在铁栅栏上跟我们唱咏叹调：“啊，那是初恋的味道！”

见到莫莉过来，他立刻弹起了《对面的女孩看过来》：“对面的女孩看过来，看过来，看过来……”

莫莉的舍友跟着他起哄，他便唱得更加得意：“看过来！看过来！看过来！看过来！……”

女孩羞得满脸通红。

他不光现学了吉他，买通了莫莉的舍友，还日日给莫莉送诗，节选类似于——

你独自在悠长的小巷，
散发你洁白的芬芳。
我爱你纯洁的姿态，
更爱你梦一般的迷茫。
……

也不知道他什么时候转行成诗人了。

或许是爱情能给人带来改头换面的变化吧，狗欢突然就找到了人生的方向，他变成了一个文艺青年，爱好诗与远方，决心用文字改变世界。

他给话剧剧团写了许多剧本，指定莫莉做剧本的唯一女主角。

莫莉告诉他她有了喜欢的男生，他依然痴心不改。他送给她九百九十九朵玫瑰，说这是他奉献给她的爱情。

最后，他获得了莫莉的芳心。

他跟我们说：“我终于明白了爱情的真谛。”

那一瞬，他神圣得就像找到了真理的苏格拉底。

然而第二天，他就跟莫莉分手了……

我和花花：“……”

后来，我们问狗欢为什么要这样做。

狗欢已经化身成了摇滚boy，浑身散发着痞气，道：“爱情的真谛，就是它是个屁！”

16

我突然想起了狗欢第一次打动莫莉芳心的事。

三月七号是女生节，我们学校学生会做了一个女生节的活动，其中有一个环节是女生在纸条上写下愿望塞到许愿箱，想参加活动的男生就去抽奖，抽到哪张字条就可以约字条的主人出来为她实现愿望。

那天莫莉也参加了这个活动，狗欢看到她把字条丢进许愿箱就去找了莫莉的舍友，以一顿西餐的代价拿到了莫莉的愿望。然后他自己照着那个内容一通伪造，造成了两人特别有缘分，他刚好拿到莫莉的字条的假象！

莫莉多少有点被震惊到了，竟然第一次给了狗欢机会！

这个时候，狗欢自然要卖力表现。

莫莉特别有少女心，她的愿望是看一场美丽的花火。

狗欢发动了他一帮狐朋狗友再加我跟花花两个，让我们一人抱着两个烟花筒跑到了莫莉的楼下。然后我们一群人以宿舍楼为圆心，分布成二十八个烟花点剩下两个一人负责校对时间，一人负责点火。

晚上九点二十七，狗欢给莫莉打电话："你出来吧，到天台上。"

九点二十九，莫莉走上天台。

九点三十，几十朵烟花一同升空，在最高处绽放。

那一晚万里无云，大朵大朵的烟花齐齐在如黑色幕布的夜空中绽放，耳边是烟花轰隆的声响，低头是激动热议的人潮，整个世界都变得瑰丽又斑斓。

这时，有磁性的声音在话筒里回响："这是为你燃起的烟花，你喜不喜欢？"

我觉得，不管怎么样，那时莫莉的心脏都一定在怦怦作响。

后来她被打动，不过自然而然的事。

至于我们，则仰视天际，周围站着一同做下不得了的事情的战友，旁边走过的刚下自习的学生都在讨论我们的战果，内心升起的，是无与伦比的骄傲。

我们叽叽喳喳地讨论着莫莉会有什么反应，比狗欢还要开心。我们挨个地击掌庆祝，压抑不住内心的狂喜，好像做了一件超级了不起的事！

这时回忆起来，那竟然是最美好的夜晚，最美好的青春！

17

狗欢尊敬他爸，佩服他爸，却从没想过向他爸学习。这不仅是因为他爸一直不让他跟涉黑的事接触，也因为他打心里反感做个流氓。

狗欢按他爸说的，走在一条光明的道路上，高考，上大学，学金融，准备毕业之后接手他爸手里属性光明的产业。

在他爸成功从小流氓逆袭成大富翁之后，他也逐渐学着成为一个合格的富二代。

但命运的拐角来得猝不及防。

狗欢他爸遇袭，产业濒临被毁。

狗欢临危受命，不得不将责任全盘担起。

物流公司的元老们都是老流氓，个个欺生，对着他耍狠。

他就只好比他们更狠。

房地产那边的经理仗着他不懂产业，在账目上偷偷做手脚。

他就只好在对方的生活中做手脚。

他还没有毕业，就已经接触了商业里最肮脏的一面。

他爸病好之后让他撒手，他没有反驳，只说："那好，我去逍遥了。"

但喝醉酒的晚上，他却拉着我的手，喃喃地说："怎么办？弦啊，我不想回去啊……"

那时，他的兜里装着回家的机票。

年幼的时候我们看偶像剧，总是很敬佩主角脱离黑暗的家族的骨气，长大之后才知道，原来留在那个乌糟糟的地方争权夺利才更需要勇气。

狗欢他不缺勇气。

因为有一个曾经为他遮风挡雨，如今却需要他庇护的人，在等着他张开羽翼。

18

如果有一天我要写一篇作文，写发生在我和狗欢之间最令我感动的二三事，那这件事一定是要放在首位的。

那是初二的时候，我和花花横霸初中女生圈。那时《武林外传》正火，花花突发奇想，想把我们学校改造成校园版的同福客栈。她自称佟掌柜，我获赠小郭的名号，我们除魔卫道、保卫家园，揪出了欺男霸女的恶魔女——某个身高体壮，总仗着力气欺负别的女生的女生。在我们不懈的努力之下，我们（以拳头）说服了该女生，使其改邪归正，happy ending！

谁知道ending之后还有后续，这女同学是某个有名的女流氓的妹妹，打了小的，来了老的，我和花花被堵在了巷子里！

当时情况危急，花花跑得远一点，我就干脆挡住了那群流氓，让花花快跑，心想能跑一个算一个，要是非得挨打，那我来就行了。

没想到那个女流氓比我想的还要龌龊，她不仅从肉体上打击我，还想从精神上蹂躏我！也不知道她看了多少虐待和逼供的书籍，不过短短半个小时，她就使出了十多种花样来折磨我，逼我下跪，让我说自己是个贱人，让我钻她胯下，我不肯做，她还学日军逼供，用针戳我的手指……

不过短短的半个小时，我就觉得我快要崩溃了。

这世上怎么会有这么残忍的人，以折磨别人、看人痛苦为乐？

在我快要撑不下去，恨不能自杀解脱的时候，我终于等到了来救我的人。

是狗欢！

虽然，来的只有他一个人……

后来我才知道，狗欢曾请求过他爸爸的帮助，他爸却没有同意。因为那个女流氓虽然没什么实力，却背景深厚，是某个大人物的情人。狗欢他爸虽然这时已经混开了局面，但还是得罪不起她。

狗欢他爸拒绝他之后，就把他关在了家里。狗欢让花花帮他逃出了房间，但他一个孤家寡人，依然找不到任何援手。

但就在这样绝望的境况里，他依然坚定地决定要救出我，还单枪匹马地冲到了女流氓的地盘上。

每次想到这一节，我就知道我亏欠狗欢的，不管我付出多少，都难归还。

孤胆英雄，说着好听，却不过是无奈又执着，一无所有，偏偏又舍不得，只能舍去自己的一副肉身，拼个天惊石破。

这之后，还发生了更让人无法容忍的恶劣的事情，那个女流氓，那个疯子，竟然逼我去舔她的鞋底……

但最后做这件事的人并不是我，而是狗欢。

一个人能为另一个人付出的极限在哪里？

我想，再多，恐怕也多不过明知无援手，依然单枪匹马地去救她，为了她，明明心高气傲，却舔了一个恶心的女人的鞋底。

后来，发现狗欢逃走的狗欢他爸赶到，花花也找到了我爸和她爸这两个援兵，女流氓被送进了派出所，我们被救出来了。

但我知道，我永远还不清狗欢的恩情。

遇到狗欢，是我今生最大的财富。

19

我、花花和狗欢三个人小时候的生物链是，花花压迫我，我跟狗欢掐架，狗欢欺负花花。

我们玩扮演游戏，我是太后，花花演公主，狗欢是大将军。

公主花花特别喜欢让太后买东西，扮演日常就是："花花要一个香镯子，太后你给我买。""花花觉得太后的夹子很好看，太后你把它赏给我。""花花觉得涂口红会美很多，太后你把你妈妈的口红拿出来给我用。"

太后就忙着跟大将军对掐："大将军，你快去那边山坡，公主就在山坡的后面（实际是沙堆，踩进去会漫一鞋的沙子），不救她，我们就亡国了啊！""大将军你竟然推我！大将军你叛国了！""哇哇哇，狗欢我要打死你！看掌！看拳！"

大将军战后以调戏公主来恢复元气："公主你也太没用了，每次都要太后宣我来救。""公主你不是太后生的吧？太后跑去跟我打架也不救你哦！""公主你涂口红真丑，难怪我们都忘记你了。"

……

每次扮演都以鸡飞狗跳、花花哭、我号而告终。

每次都是狗欢这个贱人，一人挑了我和花花两个。

长大之后，我们三人的关系却变成了狗欢帮我和花花两人擦屁股。

我没钱吃饭又不好意思让过来看我的大辰请客的时候，是狗欢一个电话就跑过来，给我结了账。

花花被渣男欺骗，裸照传遍整个学校的时候，是狗欢找人把渣男送进监狱，找他爸借钱压下了所有照片。

我和大辰吵架，狗欢不劝我，却用实际行动告诉我我不可能不跟大辰在一起。

花花想要自杀，他请了半年的假，带着她去支教，在最绝望、最贫瘠的地方，帮她找回了活着的意义。

……

有时候我常常想，如果没有狗欢，现在说不定就没有我们了，起码没有像现在这样继续拥有快乐的我们。

狗欢为我们负担了许多远超朋友该承担的责任，他一直看着我们，吊儿郎当，却真心实意。

很多人都觉得狗欢阴险、卑鄙、狡诈，但对我和花花来说，他却是世上最值得信赖的哥哥、闺密。

20

我在写这些的时候十分忐忑，我问花花和狗欢："要不我还是不发了吧？如果有读者认识我，发现这两个人物写的是你们怎么办？"

花花噗的一声，笑得直打跌："那我认识的作家就太多了，写《左耳》的饶雪漫，《××》的×××，《××》的××……"

狗欢只有一句话："屁，谁跟你是闺密？！"

「第十一章」

Chapter 11

有米和有胖

以后你们生了宝宝，

就叫有刀吧，

有dollar，不差钱。

那生了二胎就叫有胖吧，

有pound，更有钱。

1

我婆婆是个很风趣的人，我第一次去大辰家，她给我讲大辰的童年趣事。

“大辰小时候特别犟。我给他煎了两个蛋饼，他吃一个，留一个下午吃。有一次他爸回来，饿了，把他留的蛋饼吃了，他表情可严肃了，一定要他爸给他道歉。他爸哪里拉得下脸，就去给他买了一大包零食，算表达歉意了，但他就是不收。他爸不道歉，他就不理他爸，硬是熬了两个星期，他爸扛不住了，道歉了，他才跟他爸说话。”

对此，我表示深有体会：“他不喜欢我吃饭剩下，有次我没吃干净，他就不让我收碗，非得把剩饭都吃干净了才行。”

婆婆和我对视了一眼，眼睛里都是三个字——知音啊！

然后我们就开始吐槽大辰。

婆婆：“他就是个犟货。”

我：“固执。”

婆婆：“钻牛角尖。”

我：“死心眼。”

婆婆：“不过找准了方法，他还是很好对付的。”

我：“他吃软不吃硬，求饶几遍，他就心软了。”

婆婆：“有时候也吃硬的。你威胁他以后袜子都他自己洗，他就会屈服，不跟你计较你动了他的房间。”

我：“还是要讲技巧，要是说话的态度好一点，他不计较的范围会广一点。”

婆婆：“犟驴都靠哄嘛。”

……

公公：“差不多就行了啊。他好不容易回来一趟，你们不是说他坏话就是讨论怎么对付他……还当着他的面说！”

婆婆冲公公翻白眼：“咋啦，我生的儿子我还说不得啦？”

公公气弱：“那，你也背着他点啊。”

婆婆（理直气壮的）：“背着他说还有什么意思？！”

我觉得大辰这会儿心理阴影面积应该挺大的……

2

婆婆是小学英语老师，大概是经常跟孩子相处的缘故，有时特别有童心。我上次去她家的时候，正好过我的阴历生日。婆婆不仅给我买了一个蛋糕，还送了我一个小公主王冠。

小王冠精致极了，那天我不仅在家戴着，出门也要戴着，最后被大辰嫌弃了：“装嫩。”

我不服：“我本来就嫩。”

大辰：“你嫩。出去能不戴着吗？”

我：“不能。”

大辰：“……石头剪子布吧。”

我：“行啊，我输了我们出去我就不戴了。那要是我赢了呢？”

大辰不说话了。

我想出一个坏主意：“我赢了，这个王冠就给你戴，怎么样？”

大辰勉强答应：“不戴出门。”

我表示同意。

然后石头剪子布。

大辰输了。

我坏笑着把王冠取下来，给大辰戴上……

“打扰你们了……”婆婆忙关上推开的门，关上门之前还不忘评价，“大辰，你戴上王冠还和小时候一样可爱嘞！”

在正太的年纪，男神们总会被强迫玩一些成为一辈子黑历史的游戏……比如扮女装。

我脑补着大辰的幼年女装形象，冰山别扭美少女什么的……

哈哈哈哈哈哈哈哈哈！

我笑得前仰后合。

而大辰，早已脸黑如墨。

3

我跟婆婆正式见面是在去年，我们工作的第一年。但婆婆说，其实她很早就知道我了。有次她洗衣服，从大辰的兜里掏出一封情书，上面写的就是我的名字，从那以后，她就把我的名字记住了。

我听完这段往事的时候觉得好笑，我喜欢的人私底下藏着给我的情书什么的，挺满足人的虚荣心的。

回去之后，我拿这件事调侃大辰。

我："婆婆说你藏了一封给我的情书啊。"

大辰不吱声。

我："是大C写的？我记得高二那会儿他追我追得挺紧的。"

大辰依然不吱声。

我："真是他啊？他情书里写什么了呀？"

大辰终于说话了："我写的。"

我："什么？"

大辰："那封情书是我写的。"

我不相信："……那你写的什么？"

大辰："让你好好学习，别天天想着谈恋爱。"

我："这哪是情书啊，你别骗我！"

大辰："就写的这些，所以那根本不是情书。好了，快走吧。"

说完，大辰走到了我前面，速度飞快。

我跟在后面，忍俊不禁。这傻鸟，还他写的，还根本不是情书……他完全不知道他妈已经告诉我那封信是大C写的。

醋缸！

4

婆婆是个很节省的人，平时做一个菜能吃两顿。

但有次她从东北旅游回来，竟然在超市的捐款箱捐了整整五块！

我特别惊讶，偷偷地找公公打听，公公撇撇嘴，说："她这是还债呢！"

原来婆婆和公公去东北的时候，在北京转机。转机的等候大厅没有超市，只有几个自动贩卖机。婆婆口渴想喝水，又不会用上面提示的扫一扫功能，就找了个姑娘帮她买。结果她看的那个四块的水卖完了，剩下的最便宜的就是五块的。婆婆嫌贵，本来要和公公一人一瓶的，这会儿让人家姑娘就帮她买了一瓶。

姑娘大概觉得老人这么抠搜挺可怜的，等婆婆给她钱的时候，她死活都不肯收。

婆婆平白无故喝了人家五块钱的水，回去总觉得心里不舒服，就一直跟公公念叨。

公公被念叨烦了，就给她支着儿："你去捐了吧，就当帮人家姑娘做好事了。"

婆婆觉得这主意好，出去捐了钱，晚上做饭都哼着歌呢！

5

婆婆跟我特别投缘。

大辰的表姐生了二胎宝宝，小名叫有米。"米"在网络上是钱的意思，这个小名也就是"有钱"的意思。

那天我们在大辰家，婆婆说到这个事情，就跟我们说："以后你们生了宝宝，就叫有刀吧，有dollar，不差钱。"

我想了想，说："那生了二胎就叫有胖吧，有pound，更有钱。"

我和大辰妈妈对视一眼，深觉英雄惜英雄，一切尽在不言中。

大辰在一旁看着我们，无语地、默默地坐远了……

6

大辰的小侄女特调皮，各种说不听，她爸妈就只有一招对付她，开揍。

有次她又在幼儿园犯事了，把人家小朋友揍成了大猪头，她爸被叫到幼儿园，被骂得狗血淋头，气了个半死，半路就收拾了她一顿。晚上回了家，她妈听说了经过，又把她收拾了一顿。

小侄女委屈得要命："怎么还收拾我啊？不是都打过了吗！"

7

小侄女以前去她外婆家玩儿，打死都不在外婆家过夜，不管多晚都吵着要回家，等她上幼儿园之后，突然就变成打死都要在外婆家过夜，怎么都不肯回家了，因为……

上了幼儿园，就要开始写作业了……

而她爸妈总是暴力督促她写作业……

记得有一次她在她外婆家写作业，我们和她爸妈在外面吃饭。我们吃到一半的时候，她爸接到了她催他回家的电话。

她爸：“你作业做完了吗？”

她：“做完了。”

她爸：“数学写了吗？”

她：“写了。爸爸，你快回来吧。”

她爸：“拼音写了吗？”

她：“没有拼音的作业。”

她爸：“没有吗？我怎么听你们老师说有呢？”

她：“没有。你什么时候回来啊？我都想你了！”

她爸：“不对啊，你今天有拼音的作业吧？”

她：“没有。爸爸，你快要回来了吗？”

她爸：“我怎么收到你老师的微信，说要写拼音呢？”

嘟嘟嘟嘟嘟……

小侄女挂了她爸的电话。

8

还是小侄女。

小侄女有段时间因流感住院，爱上了住院部的实习医生。实习医生每天九点到她的病房查房，她在家的时候都要赖床到大太阳晒屁股的，那段时间却每天准时八点半起床，还特别臭美地给自己扎两个小辫。

小侄女还特别有心眼儿。她起床洗漱好之后就又爬到床上，等实习医生到她床边了，她就费劲地往下爬。她腿短，够不着地，就抱怨地瞥一眼实习医生，冲他撒娇：“你也不帮帮我。”每天都能骗到一个拥抱！

她还特别会玩小花招，有时候突然叫实习医生：“哥哥你过来一下，我想和你说句悄悄话。”实习医生把脸凑过去：“你要和我说什么呀？”结果她亲了实习医生一口，然后笑嘻嘻地跑了。

有时候，小侄女的妈妈常跟我抱怨：“这小孩儿，也不知道在哪里学会的，满口的大人话。”

实习医生很温柔，喜欢给小朋友分奶糖。每次实习医生给她分糖，她都皱眉：“吃糖糖会牙疼呀，要用电钻凿牙齿，好疼好疼的。”实习医生就逗她：“那不给你吃了吧？”小侄女张开嘴巴：“不要。你喂我吃吧，你喂我吃的话，我牙疼也甜蜜。”

还有一次，小侄女一直缠着实习医生玩。但是实习医生还有别的病人照顾，就有些苦恼。小侄女妈妈见了，把她屁股啪啪拍了两下，就把她强制带走了。结果晚上实习医生来查房，看她发呆就问她：“你在干吗呀？”她一见是实习医生，眼里立刻噙着泪，然后一头栽进了他的怀里：“哥哥，我们为什么爱得这么辛苦？”

9

大辰的小侄女自从跟着大人看了《中国有嘻哈》之后，说话都一股嘻哈味。

有次我帮她妈去接她吃饭，到了她家楼下，我给她打电话：“豆豆，我到了，我们去吃饭吧。”

小侄女：“我说豆豆你说哟！豆豆！”

我：“哟。”

小侄女：“豆豆！”

我：“哟！”

我：“豆豆，你能下来了吗？”

小侄女：“把手举高！再来一遍！我说豆豆你说哟！豆豆！”

她爸一把抢走了我的电话：“快滚下来！再哟，我不保证你的生命安全！”

10

自从见了小侄女之后，我就一直想生一个女儿，长得白白嫩嫩，又能给她打扮，心情不好的时候，她还能给你一个人唱一出大戏。

大辰倒不同意，他说要儿子。

我震惊了："难道你还重男轻女？"没看出他家有这种倾向啊！

大辰说："不，只是女孩儿上房揭瓦，我下不了手打。"

我觉得这应该是大辰对他小侄女的心声。

11

我公公特别潮，在全体中老年人都不过能用智能机下个象棋的时代，他竟然跟上潮流，学会了打《王者荣耀》。

我们过年回去，大辰和公公一起开黑。公公打ADC，他打辅助。

大辰很少打这个角色，好几次都操作失误。

于是公公在队内聊天里说："辅助是我儿子，打得真菜。"

队友有点听不下去，对公公说："一个游戏而已，没必要骂人。"

公公说："辅助真是我儿子。辅助你说句话。"

于是大辰不得不开口，说："我是他儿子。"

「第十二章」

Chapter 12

我们结婚啦！

你是一颗小太阳，

融化了我，

也教会了我去爱。

1

求婚这事是我心中永远的痛。

我们大三那年，有个学长在毕业典礼上向学姐求婚，场面特别感人。当时我被感动到了，联想自身，觉得以我和大辰的感情基础，似乎也可以当毕婚族。

所以在大辰毕业的那天，我拿着一对白金戒指，准备到北京向大辰求婚。

然后我开始了我的波折求婚之路……先是等不到去轻轨站的公交车。

我们那边偏僻，想叫车都叫不到，等一辆公交车一般要二三十分钟，我等得都快疯了。

我想了想，反正就两站路，走过去算了。

结果我走了二十多分钟，刚到轻轨站，正好看到一辆公交车从我身边呼啸而过……

喘得像狗的我："……"

到了轻轨站，就买票走吧。

我买了票，去候车……正好有一趟车要走！

我忙去按电梯，电梯却正在检修中！

我赶紧去爬楼梯，但等我爬上去，那趟轻轨却正在离我远去……

我勒个去！

我只好等下一班轻轨，但等下一班轻轨到火车站的时候，已经距离火车开车不到五分钟了！

排队、安检、进站……那天火车站的人还特别多，我足足等了二十分钟。

于是，我理所当然地误了火车。

这会儿我已经没脾气了，改签吧，改签后便在火车站等着。又等了两个小时，我终于坐上了去北京的高铁。

这时，已经是晚上十点半了。

我给大辰打电话，但是打不通，又连着打了好几个，始终没有人接。

我坐地铁到了大辰学校的校门口，门口寒风瑟瑟，空荡荡的，只有我一个在那里蹲着。

北风那个吹，大雪那个飘，可怜的我又累又饿，双腿打飘，深觉流年不利。

我只好认命地给侯爷打了个电话，想着他要是不接，我也只好先随便找个旅馆住下了。求婚这事儿，以后再说吧。

但电话响了几声，侯爷却接了我的电话。

我顿时燃起了希望。

只是侯爷舌头都大了，我问他："你们在哪儿？"他大着舌头一顿嚷嚷："什……什么在哪儿？！今天我们……不在哪儿！我们……不醉不归！"明显是喝多了。

我忙问他："大辰呢？大辰在你身边吗？"

他那边很吵，他头脑大概也有点不清楚，所以声音特大地问我："什……什么？你说什么？！"

我只好扯着嗓子喊："我问你！大辰在不在你身边？"

结果侯爷还没回答我呢，旁边倒先出了声儿："什……什么大辰！大辰是你叫的吗？叫程哥，程哥懂不懂？！"

我往旁边一看，一群醉鬼不知什么时候围到了我旁边，头发染得五颜六色，一看就不是安分守己的少年。

我不想惹事，让他们走开。

但不知道哪句话戳到了他们的雷点，他们骂骂咧咧地就围了上来。我见势不妙，赶紧向门卫室求救。但坑爹的，这会儿门卫室竟然没人！

我只好拔腿就跑，跑了两条街，躲进了女生宿舍才把这群人甩掉。

我瘫坐在女生宿舍里的长椅上，腿都软了。

等我恢复过来，再给侯爷打电话，侯爷却也不接我电话了。我只好先去找了个旅店住下，然后再到男生宿舍区等大辰。

这个时候，我又被激出了点小脾气，想着反正来都来了，婚还是求了吧，是吧……

但是我一直等到了十一点半，血槽都要空了，才等到了大辰。

他却是被几个男生架着回来的……

晚上是散伙宴，他被轮着灌酒，喝断片了。

这下别说求婚了，跟他说句话都成问题了……

我目送着他被扶进宿舍，心情真是无限凄凉。

我咋就这么倒霉呢？不过是想求个婚而已，就把一辈子的霉运都在这一天给用光了……

2

后来我也考虑过下次向大辰求婚的问题。

我想着，那应该是二十七八岁的时候，我们工作安定了，确定了要在某地定居，有了自己的房子，我们终于不用再为生活而疲于奔命，这时我们也就可以考虑一下我们的终身大事了。

具体的求婚方式我没想好，但多半还是会轰轰烈烈的。

我绝没想到，这一天会来得这么早。

而且就在我生日的那一天。

而且非常的平淡。

大辰前一句跟我说他明年要去异地常驻两年，后一句就提了出来："在我过去之前，我们把证领了吧。"

而我"嗯"了一声，也十分平淡地说："行啊。"

情至深处，多半返璞归真。

3

结婚那会儿，婆婆对我千叮咛万嘱咐，买东西一定要买成双成对的！

于是，我严格遵守了买东西成双的守则！

红内裤买两条，红袜子买两双，红毛巾买两块……就连买厕纸带回家，我都要买两提！

那天我跟大辰在商场买完东西，出来在门口抓娃娃，花完十个币，大辰终于抓起了一个娃娃，我却不放他走："再抓！再抓！凑足两个才能带回去！"

4

大辰平时自己买衣服都挺糙的，但我们去买婚纱的时候，他的意见却特别多。

我试了十多套婚纱，每套婚纱他都能挑出无数毛病，颜色不正，水钻太闪，裙摆太蓬了，裙摆不够蓬……挑剔得店铺老板都没脾气了："要不你到别家看看？"

这话问得礼貌，其实跟"我家不欢迎你，你给我滚蛋"是一个意思。我觉得挺丢脸的，出去之后就跟大辰说："下次看到不合意的婚纱，你只用说不喜欢就行了，别挑那么多刺，弄得别人以为我们是故意砸场子的。"

大辰觉得好心被当成驴肝肺，神情有点不好看。但他还是说"好"，答应了。

然后我们就转战第二家婚纱店。

这家店的老板特别热情。我试的婚纱上身效果一般，说不喜欢，她能有一卡车的话等着我："这件哪里不好啦？你穿着多好看。你看这腰是腰、臀是臀的，一看就是个美丽的新娘子……"

我一向不擅长应对太热情的姑娘，只能跟她支支吾吾。大辰正跟我生气，坐在沙发上看着我窘迫，也不帮我解围。我也懒得理他，跟店主说了好一会儿，终于脱身，然后我看上了另一件婚纱。

店主立刻夸我："你眼光真好！这可是我家的镇店之宝，来看的姑娘就没有不喜欢的。"立刻把婚纱扒下来给我试。

可惜这镇店之宝的上身效果根本比不上它的名头，说是鱼尾设计，但我怎么看都像下面拖着一个大扫把。我便表示这件算了，我要再看看别的款。

老板立刻就嚷开了："这还有什么好看的？就这件吧，这件多好看，真的美人鱼也就这样了。你信姐的话，穿上这件，到时候你就是最美的新娘子……这可是××大师的设计，全手工制作……"

我被吵得脑袋都疼了，但我一说话，那老板的声音就更大，我根本没法压过她。

我实在是吃不消，忙求助地看向大辰。

大辰跟我打了会儿眼神官司，等我露出求饶的表情，才终于答应帮忙，走到我身边，帮我挡住了店主。

大辰身高一米八，店主不到一米六，他站在店主面前，就像霸王龙俯视着鸡崽。

店主立刻就闭嘴了！

“怎……怎么了？”过了好半天，店主才战战兢兢地开口。

大辰目光嫌弃地扫过眼前的鱼尾裙，张张嘴，又忍住了，然后吝啬地吐出了三个字：“不喜欢。”

不到三分钟！我们成功脱身了！

出门后，我立刻拜了大神：“求您继续嫌弃，不要停！”

5

有天看到一个自制婚纱的帖子，我突然心血来潮，想去DIY婚纱。

大辰很支持我的想法：“做吧，做不出来再把材料卖掉就行了。”

喊，嘲讽我也能当肯定听，因为我肯定能做出婚纱来，我就是这么自信！

我去买了人台、布料、缝纫机还有各种辅料，便开始动手了。

半个月后，我发布九宫格，在朋友圈里嘚瑟：“宝宝超级棒！手工制作的婚纱，美不美？！”

楼下一群人点赞，纷纷表示：“美爆了！”“心灵手巧！”“女王，请收下我的膝盖！”……

连狗欢和花花都发来了贺电——“做得很人模狗样啊！”“厉害了我的弦，这个婚纱必须给100分，不怕你骄傲！”

我特别开心，一条条地回复，假谦虚真显摆，回复完乐不可支地在床上滚来滚去。

唯一不开心的大概就是大辰了。

他酸溜溜地斜眼看我：“你可真好意思，让我给你打版、缝纫、钉珠子，然后自己拿出去显摆手艺！”

6

大辰这人，一边酸我用他的劳动成果臭显摆，一边又特别不愿意别人知道他做了女同胞最爱的婚纱缝纫。

帮我做衣服的那几天，他每天都戒备得要命，有点风吹草动就立刻离开座位，就是不想让人发现他在用缝纫机。

我忍不住调侃他："做婚纱咋啦？能做婚纱说明你多才多艺啊！再说现在有名的服装设计师都是男的了，你羞涩个什么劲嘛！"

他瞪我一眼，用"再说你做"这四个字将我秒杀之后，又开始草木皆兵地咔咔缝龙骨。

那天我跟花花出去逛街，回去的时候花花顺路去我们家取个东西，正好撞上了大辰在给婚纱缝珠子。

我立刻将花花拦在了门外，冲里面大喊："大辰快穿衣服！花花来了！"

我给我的机智打一百分！既给了不能进门的理由拦住花花，又传递了足够的信息让大辰赶紧收拾战局！

大辰也超级配合，不仅把婚纱都收走了，还换了条跟上衣不搭的裤子，以表示他刚刚确实在紧急穿衣。

结果花花一进门就笑了，笑得跟见到周润发扭起了大秧歌一样："阿弦啊，刚……刚刚大辰不会是在看小黄片吧？看这衣服穿得着急的样儿啊！哈哈哈哈！"

——论掩饰力度过猛会多糗！

7

我们的婚纱照是自己拍的，摄影师是大辰的一个大学学长。当时我嫌弃一般的婚纱照都太死板，就说分别给我们三个系列的婚纱照写个故事，拍几套有情节的婚纱照。

其中有一套婚纱照的主题是石头剪刀布，讲我和大辰遇到分歧总是以石头剪刀布来解决，我赢了就得意扬扬，输了就耍赖。我和大辰跑步，我跑到大辰前面，就兴高采烈地冲他扮鬼脸，落到了他后面就蹲在地上装哭。我跟大辰打篮球，我抢到球就冲大辰嘚瑟，球落到大辰手里，我就偷袭……

大辰看完脚本，表示疑惑："我的戏份呢？"

我："你自己想。"

大辰："……"

我："这个脚本实际是这样的：我们遇到分歧总以石头剪刀布来解决，我赢了就得意扬扬，你则　　；我输了就要赖，你则　　。我们一起跑步，我跑到你前面，就兴高采烈地冲你扮鬼脸，你则　　；我落到……"

大辰："……石头剪刀布我输了是怎样的？"

我："不记得了哎，你想吧。"

大辰："你输了要赖，我怎么了？"

我："也不记得哎，你想吧。"

大辰："那你冲我扮鬼脸，我是怎么样的？"

我："还是不记得哎，要不你随便编？"

大辰："……所以你这是随便编的剧情？"

最后，这套婚纱照还是按我的想法拍出来了。摄影师的技术很好，构图也很美，白纱绿墙，风格十分清新，我也在这套婚纱照里好好过了一把搞怪耍宝的瘾。要说唯一的缺点，大概就是每张照片，大辰的表情都是一模一样的无可奈何……

8

我们在大学城拍照的时候，我只有一个感觉……

憋尿憋死我了！

因为我们一直都在拍街道、拍草地，又人生地不熟，根本不知道该到哪里找厕所去，当然，主要也因为我不好意思提要去找厕所……

等我们终于拍到塑胶操场的时候，我看到操场平台那边的洗手间，感动得简直要痛哭流涕！

于是，我到达操场拍摄地后的第一件事，就是跑去上了趟厕所……挺窘的。

等我上完厕所出来，大辰、学长和过来帮忙打光的花花都在走廊里的长椅上坐着等我。但是！花花脸上是清凉无汗的！大辰和学长却是一脸被暴晒过的油光！

我问大辰："你们去哪儿了？"

大辰："没去哪儿啊，就在这里等你。"竟然一副无辜的样子！

我看向学长和花花，他俩竟然都一脸赞同！

这问题就大了！

就我上厕所的这五分钟，他们去干了什么连花花都要瞒着我的事儿啦？！

当时还要继续拍片，我就没有追问，但回去之后，我立刻拿出了追根究底的精神，对大辰进行旁敲侧击。

坑爹的是，他竟然依然说没干什么来搪塞我！

这个问题就严重啦！

我立刻给花花打电话，意图探寻出真相。

但花花也只肯说让我等等，过两天有惊喜。

于是我就这样等呀等，等到自己都快忘了，突然等到了大辰的朋友圈——

三张图片，大辰坐在跑道上，面前的数字分别是5、2、0。

大辰说：张弦，请收下我的爱情。

9

我们还有一套婚纱照的情节是这样的：

我和大辰在电车上相识，在电车颠簸的时候，他在人群当中护住了我。从此我对他情根深种，每天都给他写情书，寄出信件时我满怀甜蜜。而不知道写信人是谁的他，也因为我的信而对我渐生好感，只是找不到寄信的人，也无法将这份心情传递出去，只能每天都去寄出信件的邮筒那里等候。

有一天，在寄信邮筒所在的那条绿荫小路上，我们相遇了。他目不斜视地往前走，而我心扑通扑通地跳，假装也不认识他，走过了他的身边。但走过之后，我却忍不住偷偷往回看了。我心里欢呼雀跃，偷偷幻想着，他是来这里找我的吗？他是来这里找我的吧！

然后有一天，我的幻想成真了。再次走在这条路上时，我帮他捡起掉落的书，他捡起了我拿书的手——原来，他看到我在邮筒那边寄信了，认出了我就是那个每天给他寄情书的人。

我们相爱了，情深之时，我们请摄影师帮我们在胡同口照了一张合影。长明子巷，我们在一起。

就这样永远爱下去吧。我站在他家楼下，看着亮着的灯光，如此想着。

就这样永远爱下去吧。他站在我家门外，也默默地这么想。

回去的路上，我又走到了长明子巷。我想，等他够爱我了，我就嫁给他！

回去的路上，他也走到了长明子巷。他想，我想和她在一起。

那就这样在一起吧！

我们看到对方，意识到对方来的方向，不禁相视一笑，紧紧地相拥在了一起。

五十年后，我们白发苍苍。藤木的摇椅上，他拿着一本书品读，笑容依旧。而我窝在他怀里，阳光正好。

这个故事，叫《上海故事》。我们假装它发生在旧上海，那个有青帮、有进步学生的民国时代。

人很相爱，事很美好。

只是——“大辰你能不能告诉我，为什么那个青帮是青涩羞怯的我，进步学生却是霸道总裁的你？”

10

婚纱照的后期是大辰自己处理的，处理过程中我们谈到了PS的问题。

大辰：“如果拍摄OK，不需要额外的PS。”

我：“这可不是大众观点。我们女同胞普遍认为，拍得再好的照片都需要磨皮、去痘、美白、瘦身、拉尖下巴、拉长小腿……”

大辰：“停！你朋友圈里的照片都没有PS的痕迹。”

“于是问题来了——”我摊手，“大辰先生，你媳妇儿身为PS重度爱好者却只能发没有PS痕迹的照片，你是不是该检讨一下，你为什么不给媳妇儿磨皮、去痘、美白、瘦身、拉尖下巴、拉长小腿？”

11

我们还拍了一套中式婚纱照，礼服穿的是龙凤褂，刘诗诗同款的那套，等到后期处理的时候才发现，这种龙凤褂特别挑人，我平时穿衣服不觉得自己脖子短的，穿上那件龙凤褂之后硬是像没了脖子一样。

我：“我觉得我老了十岁。”

大辰：“太保守了，能有二十岁。”

我立刻老年甄嬛附体，斜视大辰，重哼一声：“嗯？”

大辰：“……没，一点没老。”

我：“嗯，还是老了一点。”

大辰：“没……老。”

我叹息：“老了，要不衣服怎么那么肿？”

大辰：“是衣服太硬了，显肿，我用液化把边缘调整一下就好了。”

我继续叹息：“脖子也看不到了啊。”

大辰：“领太高的原因，我调整一下。”

我依然叹息：“脸也显得方啊。”

大辰：“拍摄角度不好，我修一下。”

……

等大辰按我的要求修完，我看着照片捧着脸高兴地尖叫：“啊！这是谁啊？！怎么那么好看！”

大辰在我身后阴恻恻地笑：“是啊，这是谁啊？怎么P得连她自己都不认识了啊？”

12

我觉得拍照暴露了我太多的脸形问题，颧骨高，腮骨宽，下巴短，鼻梁低……

婚礼在即，新娘却不够美，我挺急的。

我忧心忡忡地跟大辰说：“要不我去打两针玻尿酸，改善一下脸形吧？”

大辰满口答应：“可以啊。要不要和肉毒素一起打？”

我：“那个是瘦脸的是吧？听说打了脸会僵。”

大辰：“没事，打得不多还是能做表情的。等你打完玻尿酸，山根比天高，下巴比鞋底长，脸上都是玻尿酸填出的大团肿胀，随便动一动就有肉团晃动的危险，还是不能做表情比较好。”

我：“……你就是不同意我去打呗！说这么恐怖吓唬我干吗？”

大辰慢悠悠地说：“这种东西你本来就不该打，破坏了你的脸形怎么办？你的脸本来这么好看的。”

我：“……你觉得我的脸特别好看？”

大辰：“最好看。”

我：“……好吧！那我就只去做一个双眼皮吧！”

我猜那一刻，大辰的心理活动一定是：这个女人也太难糊弄了吧！

13

我们的婚礼请柬也是大辰自己做的，里面的配字也是他的手笔。

我最喜欢其中的一句话是——

给你最动人的情话，最美丽的花，最好的我。

14

之后请柬广发世界，花花发来贺电：恭喜恭喜。请柬做得很美，大辰的情书写得很棒。

我叹口气，表示很苦恼：棒什么啊，你看他的英语，简直了。“You are my sunshine, you are my love”他翻译成“爱上你的天真烂漫，爱上你的清澈笑颜”。“You are the one I’m suppose to share my whole life with,take care of you,comfort you,and protect you”他翻译成“你是我的祈祷，我的守候”。还有“My heart is beating with yours”，他竟然翻译成“一起看细水长流”……虽然说翻译要加内心色彩吧，他这内心戏也太丰富了。你说他的英语不会是体育老师教的吧？

我一口气说完，花花好久才回复我：……滚蛋！再敢花式秀恩爱，我放火烧你啊！

15

婚纱照拍完要做大相框和海报，我们找的一个工作室帮忙代工。

一个星期后，大相框和海报完成。

我想着这个相框反正是要带回家的，取回来之后还要带上飞机，挺麻烦的，就问工作室能不能帮我邮寄。

妹子说：“可以啊。”

于是我就让她帮忙寄。

第二天妹子跟我说："东西寄了，快递都不收，寄的德邦，邮费二百二，打木架八十。"

我一算，太贵了！都够我再做一个相框了！

我就跟妹子说："算了，你别寄了，我明天过去拿吧。"

妹子说："好啊好啊，这个邮费确实太贵了。"又说，"但是打木架的钱你要付，他们已经打木架了。"

我付了八十块，十分不爽，想了想，觉得这八十都付了，干脆就寄回去吧。

于是我又跟妹子说："你还是帮我寄了吧，我过去一趟也挺麻烦的。"

结果妹子说："不行哟，快递小哥已经走了。"

我："……"

最讨厌的是，第二天早上我都已经早起，准备去工作室那边取相框了，突然刷到了妹子的留言：亲，我昨天又问了德邦的小哥，小哥说可以寄物流，一百块，你寄吗？

寄啊！肯定寄啊！但为什么昨天我就没刷到这条信息？

16

婚礼之前，大辰好像患上了婚前恐惧症，总跟我絮絮叨叨，总跟我说以后一定对我好，说他会爱我一辈子……我看在他难得发一回神经的分上，忍耐着每次都说"好"，答应他，没想到他越说越过分，居然让我给他写封情书！他说我写那么多爱情故事，跟那么多男主角表白，偏偏连一个字都没给他写过，要弥补他！

听他说完，我心里那个快炸的心情哟，简直了！

于是我很讲道理地跟他掰扯："我写的爱情故事是的悲剧，都是爱在心里口难开，还未开口人扑街的类型，从来没有表白的环节。"

大辰："那我作为现实生活中的男主角，要求区别待遇，你向我表白吧。"

我："现实生活里一般都是男主角向女主角表白。"

大辰理直气壮地说："我已经表白过了。"

我立刻受惊了："什么时候？在哪里？"

要知道大辰是个“比起说，更喜欢做”的人啊！从我们在一起到现在，他对我说的最甜的情话也就是“就算这个世界不要你了，也还有我要你”啊！什么时候他竟然向我表白过了，我还不知道？

没想到大辰一指头顶的拉花，说：“刚刚。”

刚刚，他在贴拉花，叫我看一下。

我以为他让我看拉花有没有贴歪，根本没想到他是让我看拉花的贴字啊！

就算贴字写的是“I love you”，也没人会自恋到别人让自己看一眼，就意会这是对方向自己表白的吧？

我服了大辰了，以白眼终结了这个话题。

17

婚礼之前彩排，策划人问我出场方式，是西式出场，还是新中式出场。

一听新中式出场，我立刻脑补了喇叭唢呐震天响，整个一城乡接合部的范儿，斩钉截铁地说：“西式！”

然后我就听策划人跟我解释：“西式出场，就是你站在水晶帘后等新郎来接。新中式出场，就是你挽着你父亲的胳膊，走到T台中央，新郎也走到T台中央来接你，你的父亲和新郎在那里做一个交接，并给出父亲对新郎的嘱托。”

这一解释，我顿时觉得新中式更棒一些。

我立刻反悔了：“那就新中式吧。”

大辰笑话我：“意志不坚定。”

我冲他翻了个白眼，意志坚定是什么？我又不是刘胡兰！我只认识完美的婚礼！

18

婚礼当晚，我“大姨妈”造访，我和大辰只好无聊地拿着手机对刷。

我想起大辰曾经向我索要表白，心血来潮，发布了一条朋友圈——我记得我到广州之后，你第一次过来看我。当时你有一个项目在赶进度，连着几个月都没有休息。那天你来看我，也只能看一眼，立刻就走。我们一起去吃了一顿麻辣烫，喝了两杯金橘柠檬汁。你离开的时候一步三回头，不停地向我挥手。后来有人问我爱情是什么模样，我就总是想到那一次你不舍地离开的背影。谢谢你，总是在原谅我，包容我，一直没有放弃我。虽然我总说你矮，但在我心里，你有两米；虽然我总说你胖了，但其实我觉得你胖了更安全，因为觊觎你的小姑娘太多了；虽然我从来没有叫过你老公，没有说过"我爱你"，但今天我想对你说："老公，我爱你。"

这条朋友圈只对大辰可见，毕竟我再女汉子，也还是有点害羞的，况且晒出去多丢人啊。

大辰当时正在刷朋友圈，我发完他就收到了提示，点开之后一边看一边傻乐。

我在旁边看着他的嘴角越扯越大，心里也美滋滋的，心想，傻样儿，总说姐不会说情话，这回该知道姐其实情话满级了吧！

但是大辰一直笑一直笑，傻笑了十多分钟，还没有停止的趋势。

我终于发觉不对劲了，凑过去一看——

这贱人！居然把我这段话截屏发了一条公开的朋友圈！还在评论里面公开集赞了！

我："……"姐的一世英名啊！

19

我们婚礼结束之后就休了婚假，飞北海道度蜜月。

飞行途中，我跟旁边坐的小孩搭话："你看动漫吗？"

小孩："看。"

我："看哪些？"

小孩："《黑执事》《火影忍者》这些。"

我："不看《喜羊羊和灰太狼》吗？"

小孩："幼稚！"

我："那你一定也不看《蜡笔小新》吧？"

小孩："不看。"

我："这部动漫挺好看的，里面的小新特别可爱，有两条粗黑眉毛，特别擅长搭讪，喜欢露屁股和露大象，跟你挺像的。”

小孩：“……”扭头看向大辰，“大叔，管管你老婆！她在调戏我！”

我：“……”窘迫得哭笑不得。

没过一会儿，空姐过来给我们发饮料。

空姐见小孩挺好玩的，跟他聊了两句：“你的眉毛好粗好黑呀，好像蜡笔小新里的小新呢！小新你知道吗？就是一个说自己是露屁屁外星人的小孩。”

“知道呀。”小屁孩笑得特别甜地说，“我麻麻也说我像小新，姐姐你真是太有眼光啦！”

这区别待遇的！

我震惊地看向大辰：“我这是被丑拒了吧？难道我一夜之间从青春美少女变成了黄脸婆？”

大辰一本正经地安慰我：“没事，黄脸婆明年正好可以生蜡笔小新。”

随后，我就看到小屁孩在一旁一脸惊恐地看着我……

我：“……”你听我解释！我绝对不想生你当你妈啊！

20

到了北海道，必有的一个项目就是泡温泉了。

我们订了一个温泉旅馆，是大辰的同事介绍的，露天温泉被山谷半包围着，地上随意落着枫叶，风景处处可以入镜。

我们进入汤池之前，我跟大辰八卦：“听说这边有好多AV都在温泉池子里直接拍摄。”

大辰露出一副不知情的表情问我“是吗”，让我十分心虚——感觉我知道得太多了。

随后我们去泡汤，我看到汤池的边缘很宽，且浸入水中，觉得这个设计有点奇怪，遂问大辰：“你知道这个木头台子为什么这么设计吗？”

大辰看了一眼，十分自然地回答：“为了拍摄吧。”

我：“……”请告诉我你是在哪里补习的这么深奥的小黄文知识好吗？！

21

婚礼那天清晨，化妆师叮嘱我：“等下千万不要哭，一哭妆就花了，上镜超难看。”

我保证：“你放心，你哭了，我都不会哭。”

我想，为什么要哭呢？嫁给自己最爱的人，在最好的年纪。

接亲的时候，花花玩了一个小花招，把我的一只婚鞋放进了行李箱里。箱子打开不仅需要密码，还需要钥匙。她把钥匙藏在bra里，得意地说：“不让大辰出够洋相，这钥匙坚决不给他！”

但她终究没敌过大辰那帮无耻的兄弟，很快就被发掘出了小秘密。她玩开了，一挺胸：“对呀，钥匙就在这里呀！想要吗？想要的话，新郎就跟伴郎啵一个！”

我不乐意大辰亲别人，帮他们解围道：“换唱歌吧。大辰不会唱歌，看他走调不是更糗？”

花花想了想，勉为其难地答应了。

但还没等大辰唱歌，Jane就以迅雷不及掩耳之势冲出来掏走了花花bra里的钥匙，打开箱子，拿出婚鞋。

我们都目瞪口呆。

兄弟团都在起哄：“走啦走啦。”“鞋都拿到了，抢媳妇走人啦！”……

大辰拦住了他们：“等等，我先把歌唱了。”

大辰不会唱歌。我们认识十年，他只在我面前唱过一次歌，还是军训时候唱的《精忠报国》。但是他声音好听，低沉，富有感情，像华丽的低音大提琴。

我默默地好奇着他会唱首什么歌给我听，不会是《精忠报国》吧？

没想到他拿出手机，翻出歌词，对着歌词给我唱了一首《今天你要嫁给我》。

“昨天已来不及，明天就会可惜，今天嫁给我好吗……”

他唱得荒腔走板，我却忍不住绽开笑颜。每一个字在调上的歌声，像最甜最浓的蜂蜜，猝不及防地涌进了我的心底。

我想，嫁给一个这样愿意为我丢脸的男人，我怎么会哭？

我一定是今天笑得最灿烂的那一个。

婚车将我们接到了婚礼会场，那里是一片蓝色的海洋，玻璃铸就的T台，一端连着梦幻的城堡，一端连着缓缓升起的珠帘。

聚光灯移到珠帘前，再移进珠帘，将我和爸爸笼罩。爸爸拍了拍我的手，叹息着轻声说："走吧，闺女，把你嫁出去。"

我心里兀自一酸，但很快就恢复了过来，安慰爸爸说："爸爸你放心，大辰会对我好。"

没想到走到T台中央，爸爸和大辰交接的时候，大辰说了跟我一样的话："爸爸你放心，我会对张弦好。"

我想一定是音乐的缘故吧，所以我的眼睛涩涩的，让我有点想哭。

我忍住了想要夺眶而出的泪水，眨巴着眼坏心地想，我不哭，我忍着，看我等下把大辰给说哭！

不知道他会不会哭花了妆……

我们站到了城堡下。

司仪问我："新娘，你有什么想要对新郎说的？"

我拿起话筒，慢慢地回忆，慢慢地开口："我跟你认识十年，相恋七年，异地六年。异地的六年里，你去看了我五十一次，买了一百零二张火车票，走了十万公里，加起来可以绕地球两圈……大四那年，你写代码写了七十二个小时，眼睛都快熬坏了，却依然坐火车去长春看我。十三个小时的站票，你靠着车厢，站着睡着。火车到站之后列车员来推你，一推就倒，都吓坏了，以为你在车上猝死了。但你站到我面前时还是神采奕奕的，而且什么都没跟我说。工作之后你依然坐火车去看我，地铁一个小时，高铁一个小时，公交车一个小时，你当天去当天回，来回六个小时的车程，只为了跟我说一声生日快乐……以前你跟我说，距离会是我们之间的阻碍，异地恋难得善果。但事实证明你错了，异地恋只是给了我们一个特别的印记，让我们更加爱彼此……"

我话没说完，大辰牵紧了我的手，眼中已经有了按捺不住的泪花。

他说他愿意娶我，然后对我说："你来深圳找我的那天，我心里特别愧疚。四十个小时的车程，从最北到最南，你一个女孩子，为了我孤身一人闯了过来，我觉得对不起你。我在火车站接到你的时候，你昏昏欲睡，看起来邋遢极了，还对我笑。其实那时我也想笑，但我怎么都笑不出来……你是那么好的姑娘，从来只对我微笑，从来不抱怨什么……你以前跟我说，有人说你配不上我，你觉得也是，你是用尽了一辈子的运气才遇到了我，但其实不是，是我用尽了一辈子的运气才遇到你……你是一颗小太阳，融化了我，也教会了我去爱。”

他一边说，我一边哭，听他说完时，我已经泣不成声。

一路走来，酸甜苦辣尽埋藏于心，我曾以为他不在意我的付出，却没想到他比我自己看到的还要多。

一边哭，我一边还觉得丢人，说好化妆师哭了我也不哭的，怎么我还是哭了呢？

幸好化妆师也在哭……

交换戒指时，我掩饰般地埋怨大辰：“说好不煽情的。”

他小声说了一句话，让我忍不住又想哭了。

他说：“我说的都是真心话。”

能让人一听到就落泪的，从来就只有最真挚的感情。

「第十三章」

Chapter 13

给你比个小心心

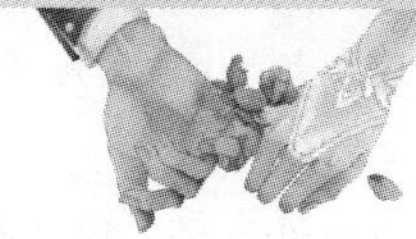

她说她是我未来的同学，

却不知道，

她也是我未来的老婆。

1

我觉得结婚之后，我和大辰比以前都轻松了。特别是大辰，他都学会怼我了！

有次去顺德的清晖园，园子深处有棵树，枝繁叶茂，上面长的果子又大又壮，满身是刺。

我拍了它的照片回去给大辰看：“你看你看，这个园子里居然种着榴梿哎！”

大辰瞄了一眼，摇头说：“这不是榴梿，是菠萝蜜。”

我不信：“怎么可能是菠萝蜜！你看这个样子，跟超市里卖的榴梿一模一样啊！”

大辰把刺指给我看：“这个刺是扁平的，榴梿的刺是尖锐的，它是菠萝蜜。”

我打死不信他：“不是不是就不是！我又不是没吃过菠萝蜜，都跑到它面前拍照了，我还能认错？”

在这种谁拍照谁有理的强盗逻辑下，大辰愤然落败。

又一个周末，大辰带我去顺德的顺峰山公园。那是个有名的湿地公园，里面物种丰富，绿意盎然。

我挺兴奋的：“你终于舍得带我出来踏青啦！”

大辰笑而不语。

下车之后，他拉着我往公园大门的方向走。走到一座拱桥旁的时候，他拽拽我：“走，去看榴梿树。”

我抬眼一看，果然，拱桥那一边长着一大片跟我在清晖园看到的一样的果树。我兴奋地跑过去指给他看：“就是那样的。你还记得我跟你说的清晖园的榴梿树吗？就是跟它们长得一模一样的！”

我老开心了，心里觉得这次踏青太值了，不仅能散心，还得到了一次证明大辰错了的机会。

谁料大辰这个心机狗，捡起一个地上的“榴梿”，当着我的面，问旁边站着的环卫工人：“阿姨，这个是菠萝蜜吗？”

环卫阿姨："是的是的，这个还没熟，不能吃哟！"

我："……"瞬间感受到了大辰之所以带我来这里的恶意！

2

我热爱使用各种网络用语，什么"泥奏凯"、"很赤鸡啊"、"蓝瘦香菇"……最近的新宠是"给你比个小心心"。

大辰给我做早餐了呀……"给你比个小心心！"

大辰出差给我带了最爱吃的鸭舌头呀……"给你比个小心心！"

大辰带我去旅游了呀……"给你比个小心心！"

"给你比个小心心！"就像幼儿园的大红花，最开始颁发的时候，颁发的老师激动，收到的小朋友雀跃，可时不时就颁发一朵，张口就来，魔力就失效了，没过多久，就变成了一个纯粹的口头禅似的存在。

直到某一天，我帮大辰擦了鞋油，大辰对我勾唇一笑，说："给你比个小心心！"

……

嗷嗷嗷嗷嗷嗷嗷！

脸红心跳！

宛如初恋有没有！

3

之前很流行一款维多利亚的秘密的睡裙，真丝的吊带裙，长度只到大腿下面一点，开叉高到大腿根。

我是个落后于流行的人，但即使落后于流行，我也要赶流行，于是决定入一件。

但是要买藏蓝色呢，还是酒红色呢？我犹豫不决，就把iPad递给大辰，问他哪个好看。

大辰瞄了一眼，说："酒红。"

我："为什么啊？藏蓝不也挺好看的吗？"

大辰："酒红显肤白。"

我："哼！就知道你嫌弃我黑！"

我对着藏蓝色睡裙的模特图片看来看去，然后爆发："我穿藏蓝怎么不好看啦？你看人家非洲人穿着都好看！凭什么我比她白那么多还不好看？”

大辰：“那你买藏蓝吧。”

我：“凭什么我要买藏蓝啊？明明酒红比较显白！你就是想我穿藏蓝看起来丑丑的好嫌弃我是不是！”

大辰：“……你想入哪件？”

我：“不知道呀！就是不知道才问你哪件比较好吗！”

大辰沉默半晌，试探着说：“要不，你两件都买吧？”

我喜笑颜开，心想大辰总算上道了一回，但还是要假意推托一下：“买两件，太奢侈了吧？”

大辰总算确定了我的态度，斩钉截铁地说：“不奢侈，买！”

4

大辰很喜欢大熊猫，他工作之外的时间几乎都贡献给了今日头条，每次刷今日头条几乎都在刷大熊猫的视频。每次我跟他微信，问他在干什么，他几乎都回答“刷熊猫”。

有次我被他搞得挺烦的，觉得他每次宁愿和熊猫玩都不理我，就讽刺他：“你现在连每只熊猫有几根毛都数清楚了吧？”

大辰很认真地回复我：“数不清楚。不过鹏鹏比青青毛多。”

我：“……”

果然熊猫才是他的真爱哦！

5

今年情人节的时候，大辰做家教时辅导过的小妹妹贼心不死，给他空中托运了九十九朵红玫瑰。

当时大辰不在家，花是我签收的。

签完之后，我对大辰大吐酸水：“某人魅力真大呀！勾引得人家小妹妹大老远地给他送花！可怜我跟某人谈了这么多年恋爱，竟然连一束花都没收到过！还不如人家小妹妹对他好呢！”

……

我以为某人会觉得不好意思，给我补上一束鲜花。

可惜我小看了人家的脸皮，他硬是若无其事地“哦”了一声，转头就跟我说厨房的灯坏了，让我别动它，等他回去了再换。

我：“……”媚眼抛给瞎子看了！

6

结婚之后，大辰依然总是出差。

有次大辰去厦门出差，和一个同事一起住酒店。

我跟小给聊天，捏造事实抹黑大辰，说他在外面养了小情人。

小给：那让他今晚回家跪在外面吧。

我：他今天回来吗？

小给：我的意思是让他跪在酒店外面……

不料晚上八点，大辰准时出现在了我们家的大门口。

我向大辰抱怨：“你们那伙人很有意思啊！还帮你瞒着我！是不是你真在外面养小情人了，他们也会帮你瞒着我啊？”

大辰：“那不能。”

我：“嗯？”

大辰：“那是我帮他们瞒他们媳妇儿。”

我：“……”大辰你这么跩，你同事的媳妇儿们都知道吗？！

7

我俩结婚之后，大辰以光速胖了十八斤，成功从一个美少年变成了肥大叔。

每天晚上他提议吃夜宵的时候，我都以此怒怼他：“世上没有无缘无故的胖！只有怎么都管不住的自己的嘴！”

有次我们去吃麻辣香锅，这种东西跟火锅不一样，如果点的东西不够的话，再想加进去就只能再点一个锅。我总是怕不够吃，就点了一大堆，大辰拦都拦不住！然后就成功剩下了大半锅！

这就尴尬了。

吃剩下一点也就剩下了，剩这么多，也太奢侈了！

我赶紧狗腿地给大辰夹菜：“再吃点再吃点，我知道你一定还没吃饱是不是？党国相信你！一定要杜绝浪费！”

大辰苦着脸吞下我夹给他的菜，感慨地说：“所以每一种胖都是有理由的，比如身后总有一个眼大肚子小的女人。”

8

我有时候很喜欢向大辰显摆冷门小知识。

比如走到药房门口，我就会神秘兮兮地问他：“你知道药房外面为什么要放体重秤吗？”

大辰上道地摇头。

我就显摆道：“很多人都以为这是为了招揽客人，其实不是的。这个秤放在外面，主要是为了让客人了解自己的健康情况。因为有一些药品能不能吃，体重也是一项参考标准。”

前几天进商场，我又跟大辰显摆：“你知不知道为什么化妆品专柜总在第一层？”

大辰照例表示不明白。

我：“你一定以为是因为它利润高，所以卖化妆品的公司都在人气最高的第一层买专柜。但其实商场也有自己的考量，化妆品外观美，价格高，对商场来说可提升格调；更重要的是，它还体积小，这样就不占地方，能摆出很多柜子，便稀释了顾客的密度。”

到了顶楼，我继续显摆：“你知道KTV和电影院这种场所为什么总在顶层吗？”

大辰依然摇头。

我继续科普：“因为这些场所都属于目的性消费啊。大家来这里都是事先想好了的，不会逛着逛着突然就走进去消费，所以就不用占一楼这样适合展览的高租金位置啦。”

这时，我们正在影院入口处买爆米花。

突然大辰问我：“那你知道为什么看电影的标配是爆米花吗？”

这个问题so easy，我得意点头：“知道啊，爆米花成本低，利润高，吃它还没有异味，不污染观影环境，老板和顾客都欢迎！”

大辰摇了摇头，表示我说得不全对：“你还漏了一点。”

“什么？”我有点好奇。

这可是我在网上专门查找过的答案，竟然会有疏漏？

大辰摇了摇爆米花，抓了两个喂到我嘴里："就像这样，有人喋喋不休的话，适合用来堵嘴。"

So sad……

9

我和大辰上周末去运动，运动之后特别累，我向他申请："你背我回去呗？"

大辰特高冷："不！"

不背就不背，哼！

我们走路回家，走到一半，大辰突然提议："来，石头剪子布。"

啊？

这是要赌什么？

大辰："输了背你五步。"

这个可以有！

"石头剪子布……我赢了！"

我高兴地扑到大辰身上，大辰背着我走了五步。

我："再来再来！"

石头剪子布……

我输。

我输。

我输……

我跟大辰商量："你就输给我呗。"

大辰："输了要背你。"

我："那你就背我呗。"

大辰："不！"

然后继续石头剪子布，我输，输，输，输……赢了！

背五步。

再继续石头剪子布……

到最后，还是大辰背着我走了回家的大部分路。

所以说，他不肯背我，又不肯输给我，到底是在坚持什么？

10

我一直觉得我是个不可爱的少女，不喜欢我的人也特别多。

我动不动就做错事，还特别娇气，有时候又特别暴力，特别神经。

……

每过一段时间，我都会这样情绪低落一阵子，就跟来“大姨妈”一样。

上上个星期我又处于自我否定期，在家做家务，跟游魂一样，拖地拖得有气无力。大辰正好下楼倒水，点评我说：“深闺怨妇。”

我有气无力地冲他翻白眼：“闭……嘴……”

大辰笑了一声，说：“你就这么对待将你收入深闺的人？”

我继续翻白眼：“难道你更喜欢我红杏出墙？”

大辰：“那太麻烦了，还得挪墙头。”

我：“所以你知足吧，我只冲你翻白眼，给你省了多少事啊。”

大辰：“真是谢谢你啊。”

我：“不用客气，不用客气，给点实际的报酬就可以了。”

大辰：“你要什么报酬？”

我：“我想想……等会儿！我翻下淘宝啊！”

我属于有钱没钱都喜欢刷淘宝的那种人，买不起就先丢购物车，等买得起了再在购物车里淘一遍，把不要的刷掉，就付钱买单了。

这会儿既然有冤大头给我买单，我就赶紧把购物车打开了，再三比较，删掉了四十个宝贝，最后把手机递给大辰：“就这十二个，你买单吧。”

我星星眼地望着大辰，好人啊！知道我吃土了，就来送温暖了！

谁知大辰把手机往茶几上一放，一脸无辜地看我：“谁说我要给你买买买了？”

“刚刚不是说好了吗？”我傻眼了。

“没有吧。我只是问你要什么报酬，没说你要什么报酬我都给你啊。”大辰慢条斯理地说道。

这贱人！

我立刻不自我否定了，我所有的精神都集中在怎么撕他上了！

11

我睡觉不老实，前几天空调温度调得不够低，晚上我一直踢被子。

第二天大辰一副倦容，问我：“昨晚你怎么总是踢被子？”

我想了想，认真地回答：“说出来你可能不信……其实是被子先动手的。”

12

我怕冷，广东的冬天不算特别冷，但我依然要穿羽绒服。

大辰身体好，最冷的时候也就是穿一件针织衫加一件外套。

有次我们出门逛街，我穿着羽绒服，他穿着针织衫；我臃肿似熊，他风度翩翩。

我怎么看他怎么不顺眼，一本正经地告诉他：“你知道吗？厚度不同的人，是不可以一起走路的！”

然后我就给他买了一件羽绒服，穿他……胳膊上了。

13

广东这边新年过后开工，老板和领导都会发开工利是。

去年新年过后上班，我穿了一身红衣服，正好花花也穿了一条红裙子。大辰一看到我们，就张口道：“两个利是封。”

那会儿我正在和花花一起开利是红包，大辰看一眼红包，再看向我们，飙出句超押韵、超找打的话：“利是封开利是，封封开几分。”

14

我是个超级小清新的girl，经常会发一些“生活不止眼前的苟且，还有诗与远方”这样的句子。

下面的配图就是我家的玩偶家族，蜡笔小新、Hello Kitty、叮当猫、悠嘻猴……排成排站在铁窗门口，望着栅栏外的蓝天白云，一脸向往……

15

讲道理，我的脑洞真的很清奇吗？

比如公主的老公，真的是叫老公主吗？

16

每隔两三个月，我的玩偶家族都要经历一次身与心的洗礼，经过我的手的爱抚、搓洗、挤干，然后排排倒吊，被铁夹夹着屁屁，全体在阳台的铁丝上迎风招展。

每次我都要拍张照片发朋友圈嘚瑟一番：看，看我的宝贝们是不是很干净啊！

每次大辰都会回复我：宝贝们，摸着良心说，你们的屁股痛不痛？

17

年初我心血来潮，突然想学炒股。

一个人做没意思，我拉着大辰，一人下了一个模拟炒股的APP。

下载APP那天，我意气风发，嚷嚷着要和大辰PK，看谁是我们家真正的股神。

大辰专心地打着游戏，只有眼角余光落在iPad的APP上，特别敷衍地夸我："是你是你，当然是你了。"

我气得下定决心，一定要以大比分胜利，狠狠地将他碾压。

模拟炒股开始。

我认真努力，时时琢磨，一支股票一支股票地分析，购入的股票有高价、有低价。

大辰按股价排了个序，买进了一批价格最低的股票。

一个月后。

我的股票各有升落，总体小赚一笔。大辰数支股票停牌，亏得一塌糊涂。

我扬扬得意："专业的就是专业的，小样儿给姐跪下唱《征服》！"

大辰多少有点在乎胜负，默默地打着游戏，面无表情地任我各种花式嘚瑟，没吱声。

两个月后。

我的股票跌多涨少，小亏一笔。大辰有一支股票爆冷，全线飘红，盈利甩我不知道多大一截。

我吹胡子瞪眼，表示不服："瞎猫碰到死耗子，全靠运气，你后面怎么输都不知道！"

大辰停下游戏，翘起嘴角，显出一派高手风范："或许吧。不到最后，谁知道哭的是谁呢？"

我俩火星四射。

三个月后。

我手里一支股票大跌，亏损一大笔。大辰又有一支股票价格飙升，一夜暴富。

大辰看着iPad，喜色掩都掩不住，语重心长地教育我："散户玩股票，实质就是玩运气。所以呀，炒股就得像我一样运气好！"

我不服，依然死撑："看你能运气好多久，我就不信我的技术救不了国！"

四个月后。

我的股票停牌几支，一亏再亏。大辰有涨有落，稳步盈利。

五个月后，我继续亏，大辰继续赢。

六个月后……

八个月后，我输得没脾气了："行吧行吧，你赢了。运气之神！股票之神！以后我们家买股票就由你买了。"

我越想越觉得合理，买装备就该让小红手上嘛，万一爆红了，不就赚翻了！

我兴奋地提议："要不我们现在就去开炒股账户吧？先试试你的运气，真的运气那么好，我们也炒炒试试？如果你买的股票跟你这个账户的一样一直爆冷，我们只需要十万的本金，八个月就能赚到五百万，两年就有一千万……我们就可以不工作，躺在钱堆上享受啦！"

我正做着炒股暴富的美梦，iPad突然出现，挡住了我视线。

我侧过头。

大辰把iPad屏幕正对向我，十分没诚意地说："对不起啊，看来我们享受不了了。"

我定睛一看，原来他刚刚将他账户里的股票全部卖出了，同时买入了一批新股。现在这批新股全军覆没，他的账户余额变成了赤字！

我：“……”

这个游戏里只要拿到大师头衔，游戏公司就会送出实物奖品——一个Kindle Oasis。

大辰的账户只需要再涨两百多分就能拿到头衔了，我期待这个礼品好多天了。现在他的账户却一瞬回到了赤贫级别，只是因为他想劝阻我开真实炒股账户的念头！

我的眼睛都红了！

我还没真的去开账户啊！

我就是说着玩儿啊！

掐住大辰的脖子，我撕心裂肺地号道：“你还我kindle！啊啊啊啊啊啊！我要跟你同归于尽！”

18

我晚上睡觉前会刷剧，一刷就不动弹了。这个时候，我就需要大辰来催促我洗澡了，但他催促也不一定能催动，往往是三请四请，喊半天我才理他一下。

有天他再次催我洗澡，见我不动便向我抱怨：“你快洗澡！别每次催都催不动！”

我想了想，抖了下身体，再抖一下……再抖一下……

“亲爱哒，抖动也算动吧？”我说。

大辰……大辰已笑cry。

19

我不仅洗澡会赖，早上起床更会赖。

每个周末起床，简直都是我跟大辰的一场大战。

有次大辰花样叫我起床几百遍，我依然死活不肯起。大辰生气了，说：“我再也不管你了！”

我在床上睡得迷迷糊糊的，竟然还偷乐：“好啊好啊好啊，你快走啊。”

通常来说，大辰应该会不依不饶、百折不挠地继续催促我起床。

但这一次，他真的没有管我了。

他冷哼一声就走了，并且关掉空调，拿走了空调遥控器，拉下了用电的总闸……

广州三十七摄氏度的清晨，我在睡梦中坠入了火炉。

“大辰！你快回来！你管我啊！你看我起床了！”

20

我是那种特别唠叨的姑娘，我爸常说我：“跟个老太太一样，什么都想管。”

但大辰从来没说过我这一点。

我内心觉得这就是情人眼里出西施，他就爱我管着他。

但是去年有一回狗欢在我们家吃饭，两人不知道怎么就拼起了酒，还喝醉了。我在厨房盛了汤出来给他们解酒，就听到他们俩一起声讨我。

狗欢：“特别多事，跟人打架她要管，出去打游戏她也管，连抽根烟她都管！”

大辰：“嗯，冬天打电话每次都问有没有穿羽绒服，夏天经常叮嘱剧烈运动之后不要喝冷饮，回去稍微晚一点就问是不是出事了……”

狗欢：“她还特别能唠叨。初一我抽了一回烟，之后每次不跟她走一道，她都要跟我说别跟人去抽烟，说也就算了，还每次一说就是半小时……”

大辰：“她就是这性格，遇到只蚂蚁都能聊两句。我已经学会忍她了，她说话我就说好，能少唠叨半小时……”

……

气得我差点把碗捏碎。

狗欢走后，我猛掐大辰的耳朵：“我多事是吧！”“遇到只蚂蚁都能聊两句是吧！”“学会忍我了是吧！”

他“嗷嗷”求饶：“我认错！我求饶！太君请再给我一次机会！”

后来他又向我解释：“我只是出于礼貌应和狗欢，真的没跟他一样想你。”

我“嗯嗯”地答应了，看似接受了他的理由。

但其实我心里已经有了疙瘩，鬼才相信那是应和啊。真应和的话，他怎么可能说出“遇到蚂蚁都能聊两句”这么精辟的句子形容我，还那么有心得地说在我说话的时候他说好，我能少唠叨半小时……

我心里赌气地想：行吧，谁稀罕你忍我啊？不就是不说话吗，谁不会啊！

于是，我跟大辰的相处模式发生颠覆式变化了。

以前我们的聊天模式是——

大辰：“Blah blah……”

我：“Blah blah blah blah blah blah blah blah blah blah blah……”

大辰：“Blah……”

我：“Blah blah blah blah blah blah blah blah blah blah blah blah blah……”

这之后，我们的聊天模式就切换到了这个频道——

大辰：“Blah blah……”

我：“Blah……”

大辰：“Blah blah blah blah blah……”

我：“……”

我心想，这样大辰总该满意了吧？

没想到没过几天，大辰竟然拐弯抹角地来打探我为什么不肯跟他说话了！

大辰：“其实我很喜欢你跟我唠叨，真的。”

我：“哦。”

大辰：“你不会是还记恨那天的事，所以不跟我说话吧？”

我：“没。”

大辰：“那你最近很累？工作有问题吗？”

我：“没。”

面对我这么精简的语言，大辰没辙了：“你没什么想说的吗？真没有吗？不说话，我们就睡觉了？”

我：“晚安。”说完闭眼就睡。

感受着大辰茫然的目光，我心里十分得意：呵，想这么轻易地得到我的原谅？想得美！

又过了几天，我们去天河又一城吃小火锅。

吃火锅的时候，大辰特别感慨："你还记不记得我们高一下学期要分班的时候，一起去吃散伙饭？"

我想到过去，不禁点头。

那时我以为我不会再跟大辰一个班，心里特别难受，想着大辰一直都挺讨厌我的，最后一次吃饭了，就别再给他留坏印象了，所以没去缠着他。但我心里太难过了，不做什么，完全不能发泄，就到处拉着同学说话，叽叽喳喳，叽叽喳喳的。我记得那天我说了好多话，但其实到最后都不知道自己说了些什么。

大辰叹了口气，脸上露出追忆的神色："当时我看着你跟同学们话别，每一个都有那么多话要说，就想，这姑娘的感情好充沛啊！如果不是真诚地付出了感情，怎么会有那么多的叮嘱？"

我的脸不由得发热，心想，难道这就是大辰会看上我的原因？

大辰又说："因此我觉得你是个好姑娘，也把唠叨当作了你表达感情的方式。所以我一点都不讨厌你唠叨，你相信我吗？"

这个……就有点正式了。我们都老夫老妻了，他要不要这么煽情啊？

人家……人家都脸红了啦！

"相信相信相信！"我忙不迭地点头，如小鸡啄米一般。

这个时候，我浑然没有意识到这是大辰使出的套路，心里还乐滋滋的，我就说大辰爱我管着他吧，什么嫌弃我唠叨啊！没有的事！

直到几天之后。

我用大辰的电脑刷论坛，关掉了一个网页，想想不对，又想找回来，于是打开了"浏览历史"——

"大辰你给我滚出来！什么叫'请问怎么哄女朋友相信我的谎话'？还采纳别人编个故事的答案！还感谢对方！你给我滚出来！我们决斗！啊！啊啊啊啊啊！"

21

异地久了，往往就会有后遗症。

比如大辰吧，有次团建，喝酒喝多了，回家趴下之后，突然又坐了起来。

我以为他诈尸呢。

结果他拿出手机，敲了几下，又呼呼地睡了。

几秒钟后，我收到了他发来的信息——晚安。

22

我总觉得大辰特别擅长套路。

比如某天我俩相遇在某个快递点，他取出一个一看就知道很沉的快递包裹，自己却要去健身房健身，就问我："你现在回去吧？"

我内心是拒绝的，果断地说："不回。我要去超市买酸奶！"

大辰深沉地一笑："那你帮我把包裹存进超市的柜子里。"

我赶紧拿出手机："哎呀，都已经七点了，我要赶紧去SWEET买面包了，再过会儿他们就关门了。"

大辰的笑容更深沉了："那你就顺便帮我去他家后面的苹果维修店把维修的手机取回来吧。"

我："……"还是被他套路了。

大辰："对了，你晚上想吃什么？"

我："不吃，我减肥。"

一个处于健身节食期的人问我想吃什么，这后面肯定还有套路！

大辰："不吃吗？我今天开始增肌，打算去吃SV的牛排。既然你没有胃口，那我就一个人去了。"

我："……"

该死，千防万防，没防住人家反套路的套路啊！

23

我总有这种疑问："你刚刚不接我电话，是去做什么见不得人的事了吧？"

大辰也总是忍笑点头："嗯，是的。"

于是我就有第二个疑问："你去做了什么见不得人的事啊？"

大辰反守为攻："我做了挺多见不得人的事情的，你说的哪一件？"

我进行贴身缠斗：“你做了那么多见不得人的事情，不觉得应该哄我一下，让我睁一只眼闭一只眼吗？”

大辰难缠地反问：“那我哄你一下，你就会睁一只眼闭一只眼了吗？”

我沉思一下，斩钉截铁地回答：“不会！”

大辰也沉思了一下，也斩钉截铁地回答：“那我也不会。”

24

八月我跟花花去海边游泳归来，黑得像鬼，根本不敢把皮肤露出来。捂了两个月才恢复了原本的肤色，我迫不及待地穿上了吊带裙，跑到大辰面前臭嘚瑟：“我白吧？我白吧？你觉得我白不白？”

大辰毫不犹豫地回答：“白！”说着，用手捂住了看向我的眼。

25

我跟大辰分工合作，合作愉快，什么交水费、交电费、修网络、通马桶……这样的体力活我通通不用管！都是大辰的！什么做饭、做菜、做粥、做……嗯，都是我的！不用大辰管！

有次大辰心血来潮，想要心疼我一下，说要给我煮个粥。

我挺高兴的，觉得这是个好的开端啊！说不定做着做着他就做顺溜了，以后连做饭也一起承包了呢！要鼓励人家进修成家庭妇男的积极性呀！

于是我连连点头道：“好的好的，我等着尝你的手艺。”

大辰果然是靠谱的，打开百度搜索一番，然后取出量杯，严格按食谱量出红豆和薏米的剂量，泡半个小时，放冰糖，一起倒进电饭煲，然后预约时间。电饭煲半夜开始工作，第二天一早，完美的红豆薏米粥就出锅了！

我十分捧场地抢着喝掉一碗，大拍马屁：“好吃！超棒！大辰你太有天赋了！”

大辰也很高兴：“真的好吃？有多好吃？这么好吃就再吃一碗……”

连吃三碗之后，我打着饱嗝，终于痛苦地放弃了继续鼓励：“不吃了！不好吃！求你友好一点！以后做饭的事都我来还不行吗！”

26

我这个人最重仪式感了，只要是节日，那都是必过的！

不管怎么过，不管有没有钱，不管有没有礼物，那都得过节啊是不是！

毕业第一年的跨年，我跟大辰奇穷无比，虽然给对方又写了欠条，但总不能一点实际的东西也不上啊！于是我去买了一份麻辣烫，一人一个小碗，捞着大片玉米粉里为数不多的牛肉丸，度过了跨年的读秒。

去年大辰生日的时候，我们依然穷，一个蛋糕八十七，够我们买菜吃一个星期，算了又算，实在挤不出钱来，只能遗憾放弃。回家路上看到有店新开张，甜甜圈五折之后一个才三块，我们赶紧掏出钱来，在上面插上从公司带回来的没用完的生日蜡烛，照样甜甜蜜蜜：“今年生日我们很穷，但我们不会一直穷下去。今年生日我们很甜蜜，我们以后会更甜蜜。”

情人节那天我俩口袋空空，也敢跑到商场去逛。我给他看了一枚劳力士手表，标价五万四，戴着特别有气质，可我看了又看，最终只能给他打欠条。路上写字不方便，我就拿人家店里的笔在他手腕上画，拍胸脯说只要我发达了，这块表一定送给他！

大辰勾着嘴角笑，点头说那就等我发达。

然后逛到了首饰店，我一眼就看中了一款店家主推的戒指，造型简洁，细节却很特别，伸出手就对大辰说：“画吧。等明年你有钱了，一定要买这枚戒指来娶我！”

大辰继续笑，却没拿起笔，反倒拿了另一款戒指让我试。

我不答应，说就要那个，大辰却固执地不肯妥协。

我不想闹僵，只好听他的话拿起了他让我试的戒指，在心里却腹诽了个过瘾：抠门！大抠抠！许诺枚戒指都不肯许诺我最喜欢的那个！

谁知第二天早上醒来，床头却出现了熟悉的包装盒，我打开一看，果然是心心念念的戒指，Darry Ring。

男士一生只能定制一枚的戒指，送给他唯一挚爱的人。

精致的戒指戴上手指，竟然完全合适，于是我顿时明白了昨日大辰让我试其他戒指的用意。

甜蜜的笑容如江河一般一直流淌，一直流淌，许久都散不去。

直到手机的短信铃声响起，金额比上个月增加的信用卡账单和金额比上个月大大减少的工资进账通知齐齐涌进了短信框里……

这败家爷们！造成的亏空，一个月不吃饭能不能熬过去？

27

作为一个与国际接轨的都市人儿，对洋人的春节——圣诞节，我是报以十二万分的尊重的。

具体表现为，人家怎么过圣诞节，我们弄个低配版，照着过！

圣诞节之前，我不仅买了圣诞树、槲寄生、圣诞老人帽，还买了两支玻璃专用马克笔，准备在窗户上画图案！务必保证圣诞节过得有气氛！

大辰作为一个以高冷为标签的高洁人士，自然是不屑于参与我这种瞎凑热闹的活动的。所以我兴致勃勃地在窗户上画画画的时候，大辰特意到我面前接了三回水！硬是忍住没拿起另一支画笔！

我也没理他，我才不care他参不参与咧！他不画才好咧！窗户上全都是我的大作多有成就感！

可惜这个人一点都不懂非礼勿言的社交礼仪。我都没问他意见，他就迫不及待地跑来挑刺了：“雪花只有六瓣，你画的八瓣的算什么？”

我不理他，任性地说：“我的雪花我做主！You can you up,no can no bibi！”

我以为以大辰的性子，他会被我激得甩袖而去呢，没想到人家将袖子一挽，竟然被激得自己上手！

他不仅画了一朵六瓣雪花，还把我的八瓣雪花给擦了！

“讲道理，我先画的好吗，凭什么擦我的？”

这下换大辰不鸟我了：“画得丑的人没有资格说话。”

我：“……”真想把他抓起来暴打三百下！

雪花白画了，我就想，要不我就来点特色构图吧。

来年是鸡年，大辰画完圣诞老人，我就跑到了圣诞老人那边，在他旁边画了一只鸡，心想，圣诞老人也要本土化嘛！再写个“鸡年大吉”，就大功告成了！

但还没等我把“鸡年大吉”写上去，大辰就已经拿手机以晒奇葩的形式拍照发群里了。

下面狗欢、花花、侯爷他们迅速刷出评论：左手一只鸡，右手一只鸭！

圣诞老人来中国吃年夜饭了吗？

吃完还拿，差评！

……

对不起，圣诞老人爷爷，我抹黑你的形象了……

我默默地擦掉鸡，决意以后再也不画窗户上的画了！

28

大辰无比勤快，每次装脏衣服的篓还没装满呢，他就迫不及待地拎到下面去洗掉了。我跟他在一起这么久，竟然从来没有自己洗过衣服。

有次他出差一周，我不得不自己上手了，把衣服分类，内衣手洗，外衣丢洗衣机，赶在他回来的前一天，把累积的全部衣服都洗掉了。

我本来还想把衣服全收了的，但大辰比我还勤快，没等我动手，就已经先收好了。

但是他忙中出错，竟然把他的一双袜子丢进我的内衣柜里了！

我一边把袜子丢回他的内衣柜，一边揶揄他：“你不是挺细心的吗，这次怎么犯低级错误了？是不是在外面被妹子累到了？”

不想大辰看了眼这双袜子，又把它拿出来，丢回了我的内衣柜里。

“这是你的袜子。”他说。

我蒙了：“咋成我的袜子了？”

他：“就是你的袜子，我的袜子颜色没这么浅的。”

我：“……”顿时就笑哭了。

我明白他为什么认不出这双袜子了……敢情我手洗效果太好，把袜子洗太白了，他以颜色作为区分标准，就产生极大误差了！

29

大辰明明是个挺有条理的人，偏偏总是在出差时忘记带皮带。

上次他出差无锡，周日过去，穿的运动装，没用上皮带，他就又忘了带。

偏偏第二天他去拜访客户，必须穿正装，必然要用到皮带。他绕了机场一大圈，到处都没找到皮带，只好给早就到了那边的小给打电话：“我需要你的帮助。”

小给：“嗯？”

大辰：“明早上班之前，请带一根皮带给我。”

据Jane说，小给跟她吐槽时语气十分惊恐，觉得自己身边竟然隐藏着一个抖M，真是太不安全了！

30

有次我们去一个网红店吃饭，那家店是新店，二楼尚未开放营业，但洗手间在二楼，如果需要去卫生间，就必须到二楼去。

那天我们去吃饭的时候正好下雨，楼下的冷气又开得特别足，我冻得瑟瑟发抖。坐一会儿后我想上洗手间，就去了二楼，一上去就感受到了温暖的气息！二楼没开空调，好暖和呀！

我正觉得惬意的时候，突然听到几个在未开放区域休息的服务生聊天——

“好想赚好多钱啊。”

“是啊，赚钱之后也像楼下的人一样开着空调吃饭。”

……

妹子！相信我！楼下的人都冻成狗了！他们更想像你一样在楼上温暖地聊天啊！

31

前两天我回顾《武林外传》，看吕秀才哄郭芙蓉——

吕秀才从屋檐后爬出来：“没什么事儿，我就是想来看看你。”

郭芙蓉坐在屋檐上，脸靠在膝盖上哭：“看我干吗？你不许看，你把眼睛闭上。”

吕秀才“哦”了一声，听话地闭上眼，问：“为什么呀？”

郭芙蓉擦着眼泪：“我鼻头太脏，怕把你给恶心了。”

吕秀才继续闭着眼说：“你是我见过的最好看、最干净的女孩。真的，谁要是说你脏，那是他瞎了眼。”

郭芙蓉停止了啜泣：“那，你把眼睛睁开。”

……

我一边看一边忍俊不禁，捶着大辰说：“看看人家的情话！多学学知不知道？”

大辰点了点头，闭上眼说：“你是我见过的最好看、最干净的女孩。真的，就算你鼻头很脏，也不会把我恶心到。”

我：“……算了，你还是别学了吧。”

32

可能是小区的绿化做得太好了，现在我们住在十六楼，竟然还有蚊子。

有天晚上我们睡觉前忘了开电蚊香，半夜大辰爬起来抹桉树油：“你看墙上的那两只蚊子，肚子那么圆，里面装满了我的血。”

我腿上也是一大片红疙瘩，接过他手上的药，一边抹药一边跟他贫：“你看我身上的疙瘩，一堆大的，一堆小的，这肯定有蚊子大哥在带节奏——吸，吸饱了，在我腿上留下一堆大包；不行，还想再吸点，在我腿上留下几个小包；趴到墙上休息了一会儿，好了，可以再吸一波了，趴到我胳膊上又留下一圈包……”

大辰：“……”

他应该是觉得我跟蚊子心意相通，有特异功能吧？哈哈！

33

恋爱谈久了，男人就不把你放在心里了。

比如我吧，刚谈恋爱的时候，我过生日，大辰攒大半年的钱给我买电脑。现在我们才结婚呢，我过生日，他就装死了！

我明示暗示了一整天，他就是假装不懂我的意思。晚上我憋不住了，直接问他了：“今天我过生日你知道吗？”

他明显愣了一下，但还装得很镇定说：“知道。”

呵，他以为骗得了姐吗？我咧嘴一笑，伸手道：“既然知道，那就给礼物吧。”

他也笑：“你先闭上眼。”

我心里顿时存疑。他不会买了吧？真的记得吗？好吧，算他有良心啦……

我美美地闭上了眼。

一秒。

两秒。

三秒……

冰冷的空气在呼啸……

我等得手都伸酸了，问他：“好了吗？”

没人回应。

我睁开眼……

人早跑了！

34

有次我说我们的生活太平淡了，要求大辰给我点意外的惊喜，大辰答应了。没过几天，我在床底下翻出一个密封文件袋，袋子上手写三个字——前女友！

我脑中轰的一声响，感觉像遭了晴天霹雳。什么情况？我就是跟大辰开个玩笑，他还真给我整出个前女友啦？！

我迫不及待地拖出袋子，撕开密封条，抽出里面的字条——惊不惊喜？意不意外？

我：“……”

感觉自己总是跟不上男朋友的脑回路怎么破？

35

有次大辰脑袋抽风，突然问我：“Do you love me？”

这个时候，我当然是要配合的！

我立刻点头：“爱！”

大辰继续抽风：“爱应该回答‘yes’。”

我：“Yes！Yes！Yes！Yes！Yes！Yes！Yes！Yes！Yes！

Yes……”

大辰（一脸无语）：“我听到了，不用说这么多。”

我傻笑着，抱住他的胳膊：“要说的要说的，因为我很爱很爱你，很爱很爱你！”

36

我是遇佛拜佛的最佳代言人。

跟大辰在一起之后，每次出去，不管是遇到寺庙，还是道观，还是许愿池……只要有许愿的地方，我都必然进去拜一拜。遇到系红绳的地方，我就系红绳；遇到挂同心锁的地方，我就挂同心锁；遇到丢硬币的地方，我就丢硬币，把搞封建迷信做到了极致。

有一次我们去爬山，爬到山顶，看到有棵树上一片火红，连着另一边满山坡的杜鹃，就像一片火烧云。

我远远望着它，张开双臂，直抒胸臆：“啊！美丽的一树红花！”

可我才说一句，就被大辰打断：“那不是花。”

不！这不是真的！它们怎么能不是花！我心里已经想出了十万八千字来赞美它美丽的身姿呀！

我走近一看，还真不是花！那一条一条的，全都是系着的红丝带呀！

我不禁悲愤了：“不寺不庙的！都谁系的啊？太跟风了吧！”

大辰斜睨我一眼，险些笑得破声了。大概他在想：你不就是最跟风的那一个吗？

37

我每次去理发店剪头发，理发的小哥总是不断地推销：“美女，办张卡吧，办卡能优惠好多。你要不要做头发？做头发能打八折哦！洗头发也超便宜，给你用最好的洗发水，以最低的价格哦……”

我对这种推销向来是应付不良的，只能向大辰求助。

大辰沉思两秒，一脸冷漠地说：“你别办卡，让他们多赚一点！”

最怕空气突然安静……

这还不是大辰对理发小哥做得最绝的事情。

他做得最绝的事情是，在理发小哥询问他“先生，你要不要和小姐一起洗个头？可以按摩的”的时候，他更加冷漠地回答说：“不，我从来不支持色情行业！”

当时，理发小哥那个一脸的茫然哟……内心多半也是在疯狂刷屏：我什么时候色情了？我从事的行业什么时候成色情行业了？我是谁？我在哪儿？我是在做什么？……

打死他都想不到，这完全只是因为大辰的神逻辑：按摩=色情服务，洗头要按摩？这妥妥是色情行业啊！

哈哈哈哈哈哈！

38

虽然大辰对理发小哥十二万分的不友好，他理发时却是十二万分的乖巧。

大辰其实对发型没什么概念，据说他以前还被他妈剃过光头，这对小孩子而言，一般都是灭顶之灾一样的记忆吧，结果他老人家硬是一点都不记得。如果不是有照片为证，他甚至根本不相信自己有过那种历史。

由此可以知道他对发型是多么的不在乎了。所以，他在剪头发这件事上，一向是理发师怎么说，他就同意怎么做。

但我是有审美的人！我一年要换十二个发型！每个月随着天气换一次！怎么能容忍自己男人的头发被剪得像个杀马特！

于是，我向大辰提出要求了：“下次剪头发的时候你叫上我。”

大辰毫无异议：“好。”

我：“我跟理发师沟通的时候你别说话，你只负责坐着就行了。”

大辰依然同意：“知道了。”

然后我们就去理发店了。

大辰果然很乖，洗完头之后，就端端正正地坐在座位上，坐等理发师开剪，任凭我跟理发师在旁边唾沫横飞：“这里长一点。这里不能剪，显得他头尖。这里要打薄，看起来更有型……”

后来有人跟我夸大辰：“你说什么就是什么，你家男人真信任你。”

我得意："那当然。"我这么有品位的人，是吧！

那人又说："他智力有问题吧？这么帅的人还这么乖，一看就不正常，是不是有21-三体综合征？"

我："……"

这年头，就不兴帅哥是个乖宝宝啦？！

39

大辰妈妈有个朋友是医生，热爱做红娘。上次我跟大辰回家，听说那个阿姨给大辰介绍过很多次女朋友，但大辰从没答应过。

我听婆婆说这事的时候，心里喜滋滋的，看，大辰为什么会拒绝？不就是对我忠贞吗！

回去的路上，我又问了大辰这件事，问的时候心里其实已经预设好了答案，就是想爽一下。

但大辰这个贱人，就是不肯走我的套路！他一脸冷淡地告诉我："谁会接受有病的对象！我又不蠢。"

真是的，说一声心里只有我会死吗？

40

和大辰一起逛商场，坐扶梯的时候，我突然向后一靠，窝进他怀里。

他疑惑地看我，我坏笑一下，指向了旁边贴的安全标牌——宠物必须抱住。

大辰顿了一下，很配合地把我抱紧了。

41

前几天我回顾《亮剑》，看到杨秀芹死后的那一集。

李云龙来到在平安攻坚战中牺牲的新婚妻子的新冢前，跟他死去的妻子杨秀芹解释："秀芹，是我下令开的炮，可是没法子，这是打仗。多少人的性命捏在我的手里，不开炮，就会有很多人丢掉性命。"

我突然感受到命运的无常。

杨秀芹牺牲这件事，怎么也怪不了李云龙。在千万人的性命面前，即使顶天立地如李云龙，也只能选择牺牲自己心爱的妻子。

我忍不住叮嘱大辰："如果哪天你遇到了李云龙这种情况，千万别跟他一样，跑我坟前来向我掏心掏肺。"

大辰："……"

我："到时候我肯定会理解你的苦衷，毕竟国家大义为重。但是你这么在我坟前告白，我恐怕自己会按捺不住。"

大辰："……"

我："我怕我会把你留下来，炼成干尸，埋在我棺材下头。"

大辰："……"窘。

我认真地反问："你说到时候你是反抗我好，还是不反抗我好？不反抗吧，你还要留着身体去继续保家卫国；反抗了吧，你本来就对不起我，这不是更对不起我了吗？所以你还是别去祭拜我了，大家心领神会，彼此理解对方的不容易就可以了。"

大辰："……你想得真的太全面了。"

42

去长春的时候，我一直觉得菜市场很神奇，为什么白菜一买就是一麻袋，苹果都是按几十斤卖？！

去广州之后，我觉得菜市场更神奇了！白菜居然还能按半颗卖！买菜五块一，一毛居然不抹掉！

43

书写完之后，我拿给大辰看，让大辰给我提意见。

大辰看得全程皱眉。

我旁观得心惊肉跳。

"怎么啦？我写什么不该写的了吗？"我问他。

他推了推眼镜，一脸严肃地摇头："没有，但是画风有点不对。"

"嗯？"

"在你的笔下，我一时精明，一时傻缺，简直就像人格分裂。"

闻言，我立刻松了口气，摆手道："这才说明我写得真实嘛！"

大辰的脸阴了，心理活动大概是：你几个意思？我在你心里就这种货色？

我看出他的不悦，立刻补救说："我的意思是，你在我心里就像天使和魔鬼的集合体，欢乐是你，痛苦也是你。"

大辰被我酸到了，表情凝固了三秒，才颓然摆手道："算了，你还是说你写得真实吧。"

44

大辰喜欢摄影，一般拍风景，人物主要拍我。

有一次我拿着他的影集，问他他的第一件摄影作品是哪一幅，他摇头，说第一幅作品不在这里面。我让他给我看，但正好一个电话过来，他借着这个机会就岔开了话题。

于是，这个第一件摄影作品就在我心里横亘了很久。直到我们搬家，我给大辰收拾行李的时候，从他笔记本里掉出了一张照片……

一片黑暗里，只有一小团的光源。那团光源打在人的头顶上，照亮了人的脸。

大辰捡起这张照片，告诉我："大二那年拍的，你送我回北京，火车晚点了的那次。"

我想起了那天的过程。

那天大辰和我过完周末，订了半夜十一点的票，赶回去上第二天的课。我学校离火车站远，一般他走的时候，我都只送到校门口。但那天是中秋节，我坚持要送他到火车站。他磨不过我，就答应了。

那天晚上的长春特别的冷，我跟大辰在车站里待到十点半，去站台的时候，到处都黑黢黢的，一个人都没有。我站在大风呼啸的站台上，目送着大辰登上火车，想到以前每次他都是在这样的晚上孤零零地登上这列火车，心里顿时特别的难过。

没过一会儿，我接到了大辰的电话："你开下手机灯，让我看看你。"

我十分听话，把灯打开，举到头顶上方，想让他看清楚我。

似乎有"咔嚓"一声，又似乎没有，就在那一瞬间，火车启动了。鸣笛声划破夜空，我冲着手机大声地喊："你看到我没有？"

大辰说：“看到了。”

然后，火车就离开了车站。

……

那是个普通的夜晚，但似乎又不普通。因为那个晚上，让我第一次意识到在这段异地恋里，大辰究竟付出了多少，不只是金钱、时间和感情，还有情绪。

他为了我，熬过了多少的孤独和难过？

那晚回去的路上，我一遍又一遍地自责，一遍又一遍地告诫自己，以后一定要对他好一些，再好一些。

而他呢？

他拍下那张照片时的心情又是怎样的呢？是留恋，还是不舍？

一定是恋恋不舍吧。

因为我记得，他就是在大二之后才开始学摄影的。

45

我一直有白衬衫情节。我记得我第一次见大辰的时候，他就穿着一件白衬衫，帅得我流了一地的口水。

但是有一天，我跟大辰说起这件事的时候，大辰却说他没有白衬衫。

我如遭雷劈：“你在新生大会上演讲不就穿的白衬衫？”

大辰：“格子衬衫。”

我不死心：“高一春游呢？我记得你那天穿的是白衬衫！”

大辰：“蓝色T恤。”

我垂死挣扎：“毕业典礼呢？那天大家都穿的白衬衫，你总穿了吧？”

大辰：“没，我穿的白T恤。”

这事儿大辰干得出来，他向来不太拘泥于形式。

我记得高二的时候我们学校办艺术节，每个班出一个节目，我们班出的节目是个现代舞，上场时需要统一服装，编排舞蹈的文艺委员说最好是粉衣红绸。但我们班的班费不够，只买得起红色的绸带。当时班委一半支持再收一部分班费，一半支持不买舞蹈服了，就用校服顶上。只有大辰建议舞者不拘款式，穿上自己的粉色衣服上场。当时大家都不太同意这个提议，说服装不统一太影响效果了，大辰却力排众议，让舞者们先这么做试一试。

最后的结果自然是好的。因为大家自己带的裙子都是自己买的，能突出自己的身材优势，比穿均码的衣服当然要好看许多。而颜色一致、款式不一，更显得每个人都属于一个集体，却各有各的风格，更加契合了舞蹈里包含的独立精神。最后我们的舞者就穿成这样上场，毫不意外地拿下了一等奖。

后来网购的时候，我看到了同色不同款的闺密装，不知怎的就想到了那年舞蹈的服装。在那个大家乖乖地穿得一模一样的年代，大辰也算无意中领导了潮流。

这么想着，我便有些心虚了，难道我真的记错了？大辰高中的时候真的从没穿过白衬衫？

我还没回忆起来，就听到了大辰不怎么友好的声音："你还记得二班的陈星宇吧？听说他有一个衣柜的白衬衫，是不是很帅？"

陈星宇，是让我高中时流过口水的另一个美少年，此君貌美，比起大辰也毫不逊色。尤其是他喜好穿白衬衣，每次看到他时，都能让人联想起此间少年，白衣翩翩。

我曾偷拍过许多他的照片，舔屏了无数遍。

我更加心虚了，难不成是我记忆混乱，把大辰和陈星宇两人的形象给记混了？

我赶紧拍大辰的马屁："哪有！有你珠玉在前，他上下左右，怎么看都没你帅！"

大辰哼哼："上下左右……看来你对他观察得很仔细啊。"

我马上保证："一点都不仔细！我只对你360度无死角观察，每一度都看得清清楚楚！"

大辰面露怀疑："就这么喜欢我？"

我指天发誓："比我说的更喜欢！"

大辰："那你肯定不舍得让我盛世美颜受损吧？"

我："必须的！"

大辰："据说油烟很伤害皮肤。"

我："晚上我做饭！"

大辰："洗洁精也会伤害到手。"

我："碗也我洗！"

大辰："肌肉不放松的话，也会影响形象。"

我："睡前给你全身按摩！"

大辰："这样不好吧，什么都让你做了……"

我："请组织给我这个机会！我特别热爱劳动！为了保护你帅气的形象，我赴汤蹈火在所不辞！"

于是在我的再三保证之下，大辰终于勉为其难地答应了我放弃"好男人的三从四德"，让我好好劳动一回，被我服侍得十分开心。

我也乐滋滋的，幸好，幸好大辰没有追究下去，我只是做了一点家务，就逃过了一个大劫。

直到半夜我才回过味儿了，察觉到了不对："大辰你骗我！你要是没有白衬衫，我柜子里的那件白衬衫是鬼影子给我的？！"

那可是因为是他给的，我才珍藏了这么多年的珍藏品好吗！

46

说到我衣柜里珍藏的属于大辰的白衬衫，这事特别晦气。试想一下，我去向跟我暧昧的男神表白，男神却说不能跟我在一起，只给我留了一件白衬衫做纪念，还是让我围着遮"大姨妈"的，简直丧得天怒人怨！

所以我回去后就把那件白衬衫丢进了垃圾桶里，但还是舍不得，去上学之前，又把它找出来放进了箱子里。

从此它跟着我走过了整个大学生涯，又跟着我走过了和大辰的两年异地恋，直到我和大辰住到一起，它才再度回到了原主人的手里。

我常常觉得，这件白衬衫就像我们的爱情的承载体，上面记满了我们一路走来的不容易。

那一天，我把这番感想说给了大辰听。

大辰深有感触，指着白衬衫上没洗干净的经血血点说：“一不小心你就给它加了这么多戏，它也蛮不容易的。”

我：“……”

这件事情有个后续——

大辰很不喜欢穿白衬衫。

有一次我跟大辰吵架，因为他在上海出差时出了车祸却没告诉我，我憋着气，崴了脚也不告诉他。大辰说我幼稚，我说他专制，两人谁也不服谁，冷战了整整一个星期。

第二个星期，星期一，他给我买了我最爱吃的芝士蛋糕，跟我说：“别生气了，晚上我穿白衬衫给你看，好不好？”

后续二——

后来我知道大辰不喜欢穿白衬衫，是因为高中那几年他爸爸好几次生命垂危，他家差点办丧事，从此他便对白衬衫有了心理阴影，我便再也没让他穿白衬衫了。

大辰自己却好像喜欢上了白衬衫，时不时就穿上白衬衫，把我一顿调戏。

有一回晚上吃完饭，他抱着我窝在沙发里看电视，不时捏一下我的胳膊，捏一下我的肚子……

我烦了，问他干吗。

他说：“你看着我穿白衬衫果然能多吃三碗饭啊，你最近比以前胖了三圈有余。”

后续三——

去年我们回老家过年，跑到了高中外面缅怀青春。看到大门左边张贴的新生光荣榜时，我终于想起了我白衬衫情结的来源。

“大辰，你记不记得你在高中开学前来学校踩过点？那天下雨，你穿着白色衬衫，打着一把黑色格子伞，站在光荣榜下面看……”

那才是我和大辰的初遇。此间少年，白衣翩翩，见之念之，再无他愿。

我激动得手舞足蹈，被大辰一把搂住，拽进了怀里：“怎么不记得，我还记得那天收到了一根棒棒糖，香草可乐味的，是一个穿黄裙子的小姑娘给的。她说她是我未来的同学，却不知道，她也是我未来的老婆。”

他的声音带着笑，满是追忆。

我抬起头，对上他深邃的眸子，里面充满了宠溺。

「第十四章」

Chapter 14

曾经加过的分数和打过的欠条

我欠张弦一生一世的照顾，

以后对她永不放手。

理由：我爱你。

1

我们学校平时分占期末总成绩的40%，经济法老师是最爱拿平时分说事的。

每次一上她的课，我们最常听到的就是“那谁谁说得好，平时分加五分，学委记一下”。

“今天又有人没来啊……没来的每人扣十分吧，学委记一下。”

……

我就是那个悲惨的记分学委。

有一次期中测验后讲题，经济法老师每讲一道题就找人答个问题，答好答坏都给点友情分。我苦兮兮地听着她不断地说“××加一分”“××加两分”……忙得连记笔记的时间都没有，整堂课都用来在点名表上找名字了！

正好那天下课的时候大辰打来电话，跟我说帮我订了一张我女神王菲的演唱会门票，我兴奋地“啊”了一声，张口就说出了经济法老师的名言：“大辰我要给你加二十分！我自己记！”

我总有这样神来之笔的发言，当时怎么都没想到这样随口一提的“加分”会成为以后我们维护爱情的手段之一。

2

我真正把加分这件事当成一件必修课来做，是因为一只乌龟。

辅导员去海南旅游，回来带了一只乌龟做纪念。这只乌龟极懒，每天保持着龟头向太阳的姿势，除了吃饭基本不动，就算吃饭，也要辅导员把肉喂到它嘴边去。

我每次看它，都觉得自己看的是个动物标本。

这只乌龟在玻璃箱里度过了两个寒暑，第三年春天的时候，我们闻到屋子里尸体腐烂的味道，才知道它已经去世。

“它怎么死的？”我很好奇。

辅导员想了又想：“不知道啊。”

班长插嘴："不会是冻死的吧？"

我反驳他："屋子里有暖气。"

班长说："去年不是有个晚上，这栋楼的暖气管爆了吗？"

那已经是两个月前的事情了。

"不会吧？它死了这么久才被发现？"我觉得很不可思议。

辅导员说："挺有可能的。这只乌龟特别没有存在感，它又不喜欢动，一到冬眠期不用喂肉，立刻就能忘了它。"

所以这便导致了它死的时候没人知道，死了之后依然没人知道，直到它开始腐烂，恶臭再也遮掩不住，才被人发现……

我觉得这件事挺惊悚的，回去的时候，忍不住就把乌龟代入了爱情——如果我们相爱得很没有存在感，会不会也会悄无声息地失去爱情，失去之后也不知道，直到发生挽回不了的事情，才惊觉我们已经错失了爱情？

这就是促使我建立爱情银行的诱因。

我跟大辰说，我觉得我们不能相爱得那么悄无声息，虽然对外我们很低调，但我们两人之间一定要轰轰烈烈。

大辰很诧异："我俩身边已经为我们而鸡飞狗跳了，你觉得还不够轰轰烈烈？"

我冲他翻白眼："说正事呢。"

于是大辰好整以暇："那你说说，你想怎样对外低调，两人之间轰轰烈烈？"

对一个念金融的理科生而言，还有什么比标准化加数字更能精确地描绘事物发展的曲线的？

我立刻胸有成竹地说："杂志里不是总说爱情银行吗？我们就把爱情银行具象化吧。如果彼此做了让对方感动的事，就给对方一个加分，每个月我做个报表，分析我们这个月的感情经营状况，以便迅速发现我们之间的感情变动。至于爱情流出方面，我就想做个加分兑换，只要对方同意，我们就可以用一个加分换取对方做一件事。为了省事，我们在爱情银行成立之初，先规定一些加分标准和兑换标准……"

没等我说完，大辰就拍板了："可以，就按你说的做。"

我狐疑地看他："你是不是觉得我在穷折腾，但出于对女朋友的尊重，你决定勉为其难地答应我？”

不想大辰没几分钟就给我发来了一个小程序：“怎么是穷折腾？有数据说话才清晰明了，更有利于我们爱情的发展。不过我觉得你的方案执行起来可能会有难度，所以刚刚写了个小程序，你安装在手机上，先用着，后续我再优化一下。”

我看着那个小程序：“……”忘了大辰是比我更注重标准化和数字的程序员了！

就这样，“爱情银行”毫无波折地入驻了我们的生活。

3

曾加过的五分——

有段时间我特别迷恋张震，张震怎么能那么帅呢？他的忧郁，他的坚定，他那种脆弱又韧性十足的气质……对上他那双神秘的眼睛，让人几欲溺毙。

有一回大辰过来见我，我跟他吵架了，气得直放狠话：“这事咱没完！你变得跟张震一样帅，我也要再考虑要不要原谅你！”

然后第二天，我见识了大辰的绝技……

“你怎么弄得这么像张震的？！”

“抓一下神韵就能模仿出来。”大辰说，“头发长及眉眼，略带凌乱，粗眉，斜飞凤眼，两颊瘦削，带少许胡须……稍微处理就能神似他。你现在能原谅我了吗？”

“原谅了原谅了。”

现在的重点不是这个啊！

同志们！你们知道我当时的心情多糟糕吗？！

我男朋友！一个男人！没学过化妆！也没学过美术！他自学成才！独自做出了我男神的仿妆啊！关键是还仿得特别像啊！

那一天，我一整天都在偷瞄大辰……

吃饭瞄……

走路瞄……

坐公交车也要瞄……

瞄一眼……再瞄一眼……

瞄着瞄着，我还红了脸……

4

曾加过的第二个五分——

我跟大辰在一起，穷的时候比有钱的时候多，最穷的时候是在大二初开学，我的打工技能还没练出来，连学费都是大辰支援的，穷得每天吃馒头都要数着个儿。那时候大辰攒了两个月才攒够过来长春的路费，说要来看我。我不让，让他把钱留着当生活费。他坚持，我气急了，就冲他嚷嚷：“看什么看呀！连朵花都没有，干看呀！”

但大辰没有管我说什么，依然一意孤行地冲了过来。看到他的那一刻，我心里心疼、难过、委屈……各种情绪交织在一起，但最气势澎湃的，却是翻江倒海的欣喜。

说不让他来，我心里却是思念他的，而且几乎思念成疾。

我抱着他又哭又笑，拍打着他，都不知道自己语无伦次地说了什么。

而他一直在笑，怜惜地、温柔地微笑着。

不知他从哪里变出了一朵花：“这是我们学校的花，免费的，但是特别美。”

那一瞬间，我泪如泉涌。

5

曾加过的一百分——

有次我跟大辰一起回学校。那天我特别困，牵着他的手，走着走着，我就闭上了眼，也不看路，任凭他带着，他怎么走，我怎么跟着。

走得我都快睡着了，突然听到他叫我：“张弦，我们到了。”

我才惊觉我就这样闭着眼睛跟他走了一路！

我没有被绊倒，也没有撞到什么。

他一直牵着我，带我走了漫长的路……

那一瞬，我的脑海里只有一个念头，只需要跟在他身后，我就什么都不用管。只要有他在，他就能安全地带我回到家。

后来，这就成了我和大辰之间的保留节目。

我闭上眼睛，他带我回家。

6

曾经加过的第二个一百分——

大辰喝散伙酒喝得烂醉。那天晚上，我住在他们学校外面。本来我是想找他求婚，没想到他喝醉了，只好自己住下，心里憋着一股气。突然接到他打来的电话，我埋怨地开口："你还能给我电话？"

就听他对我说："张弦，你真好，你特别好……我以为你会吃不了苦，但是一天打六份工，你也挺了下来……你去年来给我过生日，我特别感动……我想一辈子跟你在一起……我爱你……我想一辈子跟你在一起……"

大辰一遍又一遍地说着"我想一辈子跟你在一起"、"我爱你"，我一开始没听出来他在说醉话，后来听出来他已经失去了意识，眼泪不知怎的就落了下来。

他在电话里说了快四十分钟，深情肉麻得一点都不像他。而这四十分钟，却是我一生最美好的回忆。

7

曾经大辰给我加过的分——

我是个话痨，我跟大辰打电话经常会出现的情况就是我一直唠叨，大辰偶尔答应我一声。有一天晚上我跟他打电话，说了一会儿，我听到那边没有声音了，不想挂电话，就一边刷电视剧一边继续唠叨，先吐槽电视剧，吐槽着吐槽着，突然有了一个想法，就给他讲了一遍，一边讲一边添补……讲了两个多小时，讲得口干舌燥，人都困了，终于意犹未尽地将电话挂了。

没想到第二天我突然收到了大辰的五十分加分。

我喜滋滋地问他怎么给我加这么多的分数，难道他收到了我寄给他的围巾，觉得合适得不行不行的？

没想到大辰说："昨晚听到你说'我的大辰已经睡着了，但我还想给他讲个故事'，突然想给你加个分数。"

8

我一直特别喜欢莫文蔚，她的《盛夏的果实》、《广岛之恋》、《忽然之间》……几乎每首歌我都能张口唱出。

大三那年，莫文蔚在北京开演唱会，我特别想去看。那场演唱会最低票价五百八，我攒了三个月，每天吃馒头就榨菜，好不容易攒到了这笔钱，却发现已经没有这一档的门票卖了……

我特别难过，想哭，又觉得不该哭，自己憋着，直到晚上跟大辰打电话。

我以为我是用平时的语调在跟大辰对话，但大辰不知怎的，一下就听出来了我不对劲，就问我怎么了。

我不肯说。

这种问题我跟大辰说了，他肯定会想办法帮我解决。但我们都经济紧张，他帮我解决这件事，他得吃糠咽菜多久？

但大概是那段时间我跟他说要看莫文蔚演唱会这件事太多遍了，他一下就猜出是演唱会的事，问我是不是演唱会的门票没买到。

我只好骗他说买到了。他不相信，我只好继续编，我买的最便宜的站台票，虽然是最外圈，但我查了场地的格局，离舞台不远，到时候看舞台也很清晰。

他终于相信了，就说那天我到北京了别自己过去，等等他，他送我。

我记得那天是一个周六，我背着一个空荡荡的书包，硬着头皮坐火车到了北京。大辰来火车站接我，陪我坐地铁去北展剧场。路上他问我票带上没有，我点点头，立刻装不耐烦地岔开了话题，生怕他会让我拿出票来给他看。

到站的时候，他要我把书包给他。

我特别紧张："干吗？"

他扬扬手上拎着的装矿泉水的方便袋："把水给你装包里。"

我夺走袋子："拎着就行了，放包里，等下喝水不方便。"

他好脾气地笑了笑："行，那你拿着，等会儿好好玩。"说完，他还拥抱了我一下。

可惜我满心满眼装的都是怎么把他糊弄走，这个拥抱我应付得敷衍又草率。

我排着队，跟着人流往里面走。后面的妹子兴奋地跟我搭讪：“你买的什么票？我跟我妈磨了好久才买了内场票！马上就能看到Karen了，你看我的手都在颤！”

我没有心思理她，我的目光流连在队伍外面的大辰身上，敷衍她两声，便向大辰挥手：“我马上就要进去了，你快走吧。”

大辰也向我挥手：“我看着你进去，你进去了我就走。”

我没有办法，只好硬着头皮随着队伍往里面走，一边走，一边频频向大辰的方向看。

一直走到快到检票口的位置，终于看到大辰离开了，我紧绷了一路的神经才松懈了下来。

挤出人海，走到排队的队伍外，怕大辰没走远，我在一株绿化树的后面蹲着，一直等到了演唱会开场，里面响起了惊天动地的欢呼声。

我想，大概是莫文蔚出场了。

我想起我追星的那些年。那时我还是我爸的掌上明珠，我家也没有败，我一口气买二十张莫文蔚的新专辑。有一年听说莫文蔚在上海签售，在签售日的前一天，我花高价买了头等舱机票跑到上海，拿到她的亲笔签名。还有一次，听说她到我们城市做宣传，下榻在我们市里唯一的五星级酒店，我一口气订下五个套间，每一层一间，只为了能去和她偶遇……

我在《盛夏的果实》的旋律里爱上大辰，用《忽然之间》给自己疗伤……莫文蔚的歌对我来说，几乎等同于一种精神信仰。听她的演唱会，也是我最难放弃的享受。

所以听不起她的演唱会，可以说是贫穷对我最大的折磨；而站在她的演唱会门外，能隐约听到里面的声音，却怎么也听不清晰，更是折磨中的折磨。

但怎么办呢？

我是要去逼大辰，还是到处撒气，让所有人都不开心？

不，这些都不行。

因为我身边的每个人，都比我生活得更不容易。

这时，剧场里的欢呼已经结束，隐约的旋律从里面传出，演唱会正式开始了。

大辰应该已经回去了吧?

我拍拍裤腿，站起身，想去找个地方坐会儿。等下大辰还要在散场的时候来接我，我得找个地方，熬过这几个小时。

我刚转过身，就看到了背后的大辰。

他的眼眶有点红，但对上我的视线，他迅速露出了笑容。

“我们回学校吧，去逛逛学校的夜市。”他说。

我和他对视着，各自心里的那些念头在这个眼神里交会。我的不想让他为难，他对自己无能的自责，在这个对视里袒露无余。

我心里有点堵，但没有哽咽出声，只能微笑，说：“好。”

就是那一晚，我收到了大辰给我的第一张欠条。

欠条

我欠张弦一场莫文蔚的演唱会，毕业之后，会补给她每一场。

理由：对不起，但我不想放开你。

9

我们的最后一张欠条是大辰在求婚成功后写给我的。

他第二天要去出差，走之前在床头柜上留下了一张欠条，我直到起床才看到——

欠条

我欠张弦一生一世的照顾，以后对她永不放手。

理由：我爱你。

「第十五章」

Chapter 15

不能没有你

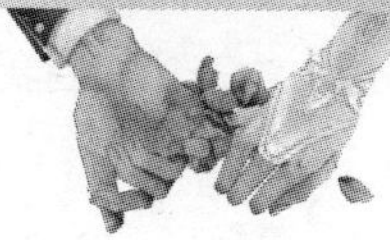

曾经我天不怕，地不怕，

以为厮守就是永恒，

分离不过天边的泡影，

直到危险袭来时，

我才知道我的以为有多自以为是。

我以为坚不可摧的东西，

原来是那么不堪一击。

1

2016年，我们还在广州同居。

那时候我很穷，一到发工资那天就特别开心。

“宝宝下班啦！宝宝要去取钱啦！宝宝要买好吃的，今晚请你吃大餐呀！”

那天发薪水，我下班后去取钱，给大辰发了条微信，就往银行的方向去了。

银行对面是我平时常去洗头发的理发店，我取完钱，想到大辰还没下班，就想不如先去洗个头吧。

今天有钱啦，洗头都可以让人按摩啦！

排个队，聊个天，按个摩，吹干头发后我觉得头发都分叉了，不如再修剪一下吧。

修修剪剪，吹一下再造型，等弄完，两个小时就已经过去了……

不过对于美发来说，这也是正常耗时啦。

我正在跟收银小妹说卡里没钱了充个值吧，店长突然把他的手机递给我让我接电话。

我跟店长不熟啊，从来没有搭过话啊，谁能通过他给我打电话呀？

我蒙了。

但刚说一声“你好”，我就知道这个神奇的人是谁了。

大辰以前所未有的暴怒的声音吼我：“你在哪里？为什么不回家？为什么不接电话？”

我更蒙了。我在理发店呀，我要理头发，所以不回家呀。我接电话呀，就是没接到你的电话呀！

我忙不迭掏出自己的手机来看，却发现手机不知道什么时候没电了，自动关机了！

我还没解释，就已听到了大辰疲倦的声音：“好了，那你别动。你就待在理发店里，等我去接你吧。”

当时我并不知道发生了什么，只觉得自己莫名其妙地被吼，很委屈。等他来接我的时候，我还跟他闹了小小的别扭。

直到后来听到朋友的讲述，我自己也不小心发现了一些事，才拼凑出在我手机没电的那两个小时里，大辰身上究竟发生了什么。

他打我电话打不通，又刚好看到我的微信，知道我去取钱了，心里就有些担心。

但我也有可能是跟朋友在一起，于是他开始给狗欢打电话，给花花打电话，给我同事打电话……但他给所有人打过电话之后，没有一个人说跟我在一起。

我家为了防盗，对着门口装了摄像头。平时我一回家，大辰的手机APP上就会有提醒。但那一天，整整一个半小时，摄像头里的画面始终一片漆黑。

我想那时，大辰一定是慌了。所以他才会搜索周围的银行，和银行附近的每一家店。幸好，幸好我在那家理发店办卡的时候他正好陪着我，否则他就要问遍那条街上所有的店铺了。

我不知道在找不到我的那些分分秒秒里，大辰的脑海中浮现的是社会新闻“某女子取钱被抢，中刀不治”，还是没有了张弦，他的未来该怎么走下去。我只知道，侯爷告诉我，他向上司请假说要回去找女朋友时，眼圈都红了。而在见到我的那一瞬，他更是第一时间将我搂进了怀里，那么紧，那么激动……

那是我第一次深刻地感受到，我对大辰而言已是必不可少的。

2

2017年，我辞职到北京之后，发生了很奇怪的一件事。

大辰有我大部分朋友的电话，而我没存过他朋友的电话。

明明我觉得，我爱他比他爱我更多，但大辰说“以你的智商，只有我找你的份儿”。我冲他瞪瞪眼，也就接受了他的解释。

本来嘛，跟大辰在一起，我就是不用动脑筋的。

但是那天大辰出差，我却找不到他了。

其实他一早就告诉了我他的航班信息，我知道他晚上七点钟的飞机，九点钟就会到。

可我等到十一点，打大辰的手机，却依然打不通。

我开始慌了，心里想着，不会是出事了吧？从七点开始，大辰就将手机关机了，说要登机了，但到现在还没开机，延误了两个小时……难道是飞机出事了？

我想问问他的同事，但从他驻扎北京开始，他的同事我一个都不认识。

这个时候，我才突然发现，除去直接联系大辰的手段之外，我没有任何其他能联系他的方式……

我独自待在家里，不知道该怎么处理。我给侯爷他们打电话，侯爷说他也不清楚，他和小给他们作为元老都被分配到了全国各地，对大辰的具体动态都不是很清楚。

我只好开始查航班信息，想追踪到大辰坐的那班飞机的实时动态。

夜里十一点，我失魂落魄，双眼无神。

不知道为什么，那天所有的APP上，那班飞机都像被抹去了踪迹，不管我怎么追寻，都找不到任何痕迹。

不会是真出事了吧？

我彻底慌了。

我看过的各种飞机失事的电影在我脑海里盘旋，我的心揪成了一团。

我不停地想，怎么办？怎么办？怎么办？……

我开始给大辰打电话，每五分钟一次，一遍又一遍。

我期待有一通电话能接通，但回复都是："对不起，你拨打的用户无法接通……"

我不停地刷新新闻界面，五秒一次，不停地点击。

然后我不停地庆幸，老天保佑，没有看到飞机出事的消息。

我心里无比后悔，我没有在第一时间要到大辰所有同事的电话，以至于现在连个能问的人都没有。

我想起了以前跟大辰开的玩笑："啊，没事啊！你空难了就赶紧跳伞啊，跳完先别急着回来，让我先拿到赔偿金。等我出国安顿好了，你再出现，然后出国跟我团聚！"

我无比痛恨自己的口无遮拦，我为什么要想这种事情？为什么要说这种话？万一大辰真的遇到了不幸，他听信了我的话怎么办？

我就这样后悔着，痛恨着……时间到了十二点，电话铃声响起。

是大辰。

“喂，张弦……”

他只是一开口，我的眼泪就簌簌地掉了下来。

三个小时的失联，却让我恍若轮回了无数寒暑。我的心在这岁岁年年里不断地被碾磨，落下满地的煎熬痛苦。

曾经我天不怕，地不怕，以为厮守就是永恒，分离不过天边的泡影，直到危险袭来时，我才知道我的以为有多自以为是。我以为坚不可摧的东西，原来是那么不堪一击。

后来我才知道，那天大辰的航班延误了，他们在飞机里等了两个多小时，因为不知道什么时候会突然起飞，就一直没有开机。

以我的脾气，本该数落他一通的，但不知为何，最终我也没说出什么，只是按捺住哽咽，淡淡地跟他说：“没事了，早点休息。”

这两件事之后，我和大辰有了一个后遗症，我们的包里都放上了充电宝，我们交换了彼此的手机通讯录，我们为彼此订阅了自己的每一次航班信息。

因为，失联的恐惧，体验一次就够了。

「第十六章」

Chapter 16

繁华落尽，未来可期

未来要怎么样，

现在要做什么，

其实都没有什么紧要的。

最重要的事情不过是，

有一个相爱的人，

有一份深爱的事业，

然后瞄准深爱的目标，

坚定地、不动摇地一直前行。

婚礼之后，大辰常驻北京，两年。

我们开始了新的一段异地生活。

从2016年的8月17日开始，我记下了一年的异地日记——

1

新的异地的第十三天。

M记的奥利奥冰淇淋第二支半价，我买了两支，轮流一边啃一口，谁也不偏心。

啃完我突然想起来没拍照，便把揉成一团的冰淇淋纸壳展开，一边一个，摆成心形，拍了一张，PO了出去。

最先点赞的是花花，她说：吃这么多也不怕变胖！

然后是狗欢，他问：跟谁出去的？

接着是我的同事、同学，还有不知道怎么加上了的，名字都不认识的甲乙丙丁……

晚上八点，我回到家，翻了翻手机，点赞的人越来越多，但是，没有大辰。

他又在加班吗？

我编了条微信，又一个字一个字地删除了，心想还是算了，别打扰他了。

以前我不这样的，我从来想起什么就发什么，反正发过去也不求他立刻回复，什么时候看到了什么时候回我一条就好。

但我们住在一起之后，有一天我看到他午睡的时候收到一条信息，立刻惊醒坐起来，我就再也不没事给他发信息了。

我想，我应该更体贴他一点。

毕竟他正在为理想努力。

当然，我则是以他为目标而努力。

晚上九点，我吃完饭，开始刷剧，《三流之路》，一个丧丧的励志剧，刷剧途中微信提示音响了两次，但都不是大辰发来的。

我在想：他在干吗？吃饭了吗？还在加班吗？方不方便接电话？

晚上十点，刷完两集电视剧，我拿起睡衣去洗漱，去之前看了一下微信，还是没有大辰的信息。

要不要给他打个电话？

他还在加班吗？还是已经回家了？应该在加班吧。

算了，还是先不打了，再等等吧。

晚上十一点，我敷完面膜准备睡觉了，大辰的信息还没有过来。

打吧，再不打我就要睡了。

好吧，打。

我不再等了，给他打电话过去了。

“还没下班吗？”

“刚下，正准备回去。”

“吃饭了吗？”

“吃了盒饼干。”

“回去吃个夜宵吧。”

“嗯。你今天怎么样？”

“不怎么样。去体育西路那边吃了个饭，发现那个韩国料理已经可以从我的食谱上去掉了。回来之后就开始刷手机，追了个电视剧。”

“韩剧？”

“嗯，很反套路的一个片子，看得很开心。”

“刷会儿就睡吧，你不是说十一点后睡觉影响皮肤吗？”

“嗯，你也回去早点睡。”

挂掉电话，我的心里终于踏实了。

他已经准备回去睡觉了。

我也要睡觉了。

睡吧，快睡吧，明天还要工作，还要早起。

把手机调到飞行模式，我开始酝酿睡意。

对了，好像还有什么事忘了做，什么事来着？

算了，明天再想吧。

睡得迷迷糊糊的时候，我突然想起来了，嗯，明天要让大辰给我的朋友圈点赞！

我头一次拍出那么完美的图呢……

2

异地的第二十天。

大辰这周去了无锡出差，预定回广州的行程只能顺延到下周了。

我退掉了买好的电影票，团购的餐厅也打电话过去改了日期。

我感觉有点寂寥，期待落空。

百无聊赖之下，我一个人去了天河城。

天河城商场外面正在做活动，一群穿绿色短裙的促销小妹在舞台上跳舞，青春靓丽，活泼可人。我看了一会儿，不自觉数了一下人数。

六个人，正好两人一组，是个双数。

有人陪着，真好。

走到商场门口的时候，一只企鹅递给我一把企鹅扇子，背面印着六楼电玩城的广告，但构图精致得会让人忽略广告的痕迹。现在的广告做得越来越好了呢……

我接过扇子，所有人说了声谢谢，突然看到前面拐角处也站着一只企鹅，突然觉得有些难过，所有人都是成双成对的，连企鹅都是成双成对的……

我射击游戏的时候我身后等着一对情侣，一个站在我旁边的位置，一个等在我身后。

我很想再打一次，但看到那个男孩拉着女孩的手，两人相视一笑时，我想了想，还是让给他们吧。

这种游戏本来就是给双人设计的吧？

让给他们，起码机器的利用率更高了呢。

我在天河城游荡了一个下午，不知道逛了些什么。

逛到晚上，肚子饿了，我走到了美食区。

鬼使神差地，我点了一盘饺子。

这是大辰的最爱，不是我的。

我戳着饺子，终于承认我想大辰了。

明明不是第一次和大辰异地了，我怎么突然就这么矫情了呢？

我默默地把每一个饺子都戳开，然后在盘中摆得整整齐齐。

我觉得自己可能是真的孤独了，孤独到看到两个黏在一起的饺子，都忍不住想让它们分离。

3

异地的第二十三天。

今天我很倒霉地被老大骂了，因为有笔账的客户信息打错了，还很倒霉地发到了另一个客户那里。而这两个客户，是有竞争关系的……

我跟大辰说了这件事，大辰说："这就是你不细心的结果……"

没等他说完，我就挂了电话。

傻缺！谁要听你教训！

这种自我反省我已经做过了！我现在需要的只有安慰！安慰！

我气哄哄地往地铁站走，下最后两级楼梯时踩了个空，跌了个狗吃屎，更倒霉的是，鞋跟还断了……

真是人倒霉喝凉水都塞牙缝。

这时又接到大辰的电话，我更气了！

"你就是个大傻帽！"

七个字送给他，我又挂了电话。

他再打过来，我依然只有一句话："现在不想跟你说话。"

他再打。

"烦死你了！别再给我打了！"

他再打。

"有完没完？不许再打了！"

旁边有个傻帽跟我搭话："你遇到骚扰电话了吧？现在这种贱人可多了，像你这样好看的小姑娘最得注意了……"

我也不知道自己怎么了，扭头就对他破口大骂："你才贱人！你几辈子贱人！"

在满车厢人震惊的目光中，我感觉脸皮前所未有地烧了起来。

我怎么了？

我到底怎么了？

怎么突然这么暴躁易怒了呢？

……

临睡前大辰又给我电话："你现在心情好点了吗？"

我"嗯"了一声。

大辰以前所未有的温和语气说："你挨骂那件事，我向你道歉。"

我闷闷地说："你不用道歉，是我的错。"

大辰说："不，是我错了，我说话的时候太不考虑你的心情了。"

我："是我在乱发脾气。"

大辰："知道你情绪不好，我应该先安慰你的。"

……

这样的彼此检讨太温情了，让我不禁眼眶微润。我们又温情脉脉地说了一会儿话，大辰说："时间不早了，你快睡觉吧。"

我点头答应了，在他挂电话之前又叫住了他："大辰。"

"嗯？"

"我想辞职到你那边去。"声音闷闷的，我终于说出了在我心中横亘已久的话。

我要跟他在一起，只有跟他在一起，我才能恢复平静。

4

异地的第二十七天。

大辰回来了。

他九点四十分到广州，十一点回到了家里。

我做了糖醋排骨和清炖黄骨鱼，都是他爱吃的东西。

他给了我一个大大的拥抱，叹息着说："终于又回来了。"

我把头靠在他的颈边，深深地呼吸着那熟悉的气息，心里想到的话，满足的情绪，都和他别无二致。

吃饱喝足，大辰躺坐在沙发上，拍拍旁边的位置："来，我们谈谈你想辞职的事。"

大辰不同意我辞职。他觉得我想辞职只是因为职场不顺，再加上太想念他了。

我说出了我的心里话："我从你去北京开始就在考虑辞职的事。两年的时间太久了，我们已经异地六年了，不想再演变到八年抗战。"

大辰皱起了眉："但我两年后又要回广州，到时候你怎么办？"

“跟着你回广州啊。”

“你这样工作会开展得很艰难。”

“那我就回家做家庭主妇啊！你不愿意养我吗？”

“我愿意。但我担心的是……你真的成了家庭主妇之后会开心吗？”

“我开心呀！被人养为什么不开心？！”

“那是因为你还没有真正成为家庭主妇。你不如先查查资料再说。”

……

到最后，我俩谁也没有说服对方。

大辰不想让我过去吗？我觉得不应该是这样。

那他是真的觉得我做不了家庭主妇？

哈，真是想太多了！

明天，明天我得想个办法说服他。

5

出纳芳姐是个以家庭为重心的妇女，我把她归类到了家庭主妇里。

她每天九点上班，在那之前，将她的一双儿女分别送到了小学和初中里。上班的时候，除了为数不多的付款要求，她经常在刷淘宝，看小女孩的泳衣，装饰生日party的挂墙，出去旅行的必备品……

虽然每次评业绩她都会垫底，但只要一谈到自己的儿女，她立刻就能变得眉飞色舞。我觉得她过得挺惬意的。

生活的重心都在孩子身上，工作做得稀疏平常一点，不是很正常吗？

她可以这样，我为什么不可以呢？

我也会生儿育女的啊。

大辰却说“不行”，他说在做母亲之前，我要先做一个成功的职业女性。

我跟他吵了一架。

我不能理解他对我的期许。

我就想做一个家庭主妇！凭什么我还得先做个成功的职业女性才能取得这个资格？

6

异地的第二十八天。

大辰又走了。

他没让我送他，一个人下楼，坐车去机场。

我靠着门，小心地不弄出一丝动静，目送着他的背影离开。

我的心里空落落的，就像这一室的凄清。

我们为什么要一直异地呢？

工作为什么比在一起还重要呢？

我知道我这时的念头，是在抹杀曾经一意孤行从深圳来到广州的自己。

但我忍不住这样质疑。

明明那时，大辰是反对我跟他异地，跑到广州的。为什么现在我想放弃一切投奔他了，他却又不同意了呢？

我的内心因为疑问膨胀着，发酵着，酸涩着，酿成了一锅五味杂陈的糨糊。

我不能理解大辰。

我也无法和虽然不理解大辰却依然按照他说的做的自己和解。

7

异地的第三十天。

我在工作上依然打不起精神来，不小心又犯下大错，只能用黑色水性笔签字的融资授权书，我拿了支蓝色水性笔给某位董事签字，结果授权书送到工商局后被打了回来，而这位董事已经去了美国。

老板大发雷霆，连经理也受到了瓜落儿。

我在心里苦笑，看来不用再纠结要不要辞职了，我马上就要回去吃自己了。

但我终究是不甘心背着错误离开。

我跑去求董事的夫人，跑了五趟，终于见到夫人，拜托她帮我拿到了董事重新签名的授权书。然后我拿着这份授权书到各个股东那里道歉求援，集齐了董事会全部董事的签名，又找工商局的领导求情，拜托他帮我给这个融资项目加急，终于赶在最后时效之前，将一切都搞定。

老板顿时变得和颜悦色，拍着我的肩膀，说：“小张，这次干得不错！”

我受宠若惊，也松了口气。

晚上我跟花花讲这个后续，花花笑嘻嘻地说：“他们那些领导是这样的，不管你之前做过什么，只要能有好结果，一切都好说。”又说，“说起来，工商局的王局对你印象不错，跟我说我帮你转发的那条短信写得很有文采呢。”

我也笑了：“当然有文采了，好歹我曾经也是杂志的期刊写手好吗！”

花花说：“你提起这个我就想起来了。我们事务所要在一个期刊上发软文，一篇两千，你有没有兴趣接这个单？”

我有些迟疑：“我没写过软文哦。”

花花不当回事：“那有什么，会吹就行了。”

“那行，你把要求发我，我来试试。”我爽快地答应了。

8

异地的第三十四天。

我收到了花花他们事务所打来的税后酬金三千多块。

我给大辰打电话，高兴到语无伦次：“我拿到稿酬了，我会写软文哎！”

大辰：“只要你肯写，你什么都能写。”

我：“他们老板还夸我写得好！说以后有需要再让我去写！我真是好棒啊！”

大辰：“嗯，你很棒。”

我：“我决定了！我的天赋不能浪费！我要重新捡起我期刊写手的身份！”

大辰：“好。”

我：“战斗吧！注定要成为神之期刊写手的女人！”

我感觉自己的身体里充满了斗志！

我想，或许我真的能写出点与众不同的东西！

9

异地的第五十四天。

我过了第一篇稿。

10

异地的第一百八十二天。

我过了第二篇稿。

11

异地的第二百三十五天。

有个编辑跟我说：你要不要试试写部《全世爱》那种类型的小说？

12

异地的第三百三十七天。

我收到了大周的邮件：你好，你的稿子《异地第六年，我们结婚了》通过了终审，麻烦添加编辑QQ：1274×××××。

我的内心有压抑不住的狂喜，我给大辰打电话，不顾还是中午午睡的时间："大辰！我过稿了！我的小说过了！"

"接下来的一个月我要努力工作，争取不用加班，然后每天回家努力写稿！这是我的第一篇长篇稿子，我一定要好好写！我想起了好多有趣的故事，我都要写进去……"

我那么兴奋，滔滔不绝。

我有好多灵感，有好多故事，有好多感情……我要写一篇超棒的稿子，要让每一个读者看完都觉得异地恋也能很美好！

我说得那么开心，以至于大辰完全没有插嘴的余地。

等我嗨皮完毕，他才开口，对我说："张弦，你辞职来北京吧。"

我愣在了那里。

13

2012年的夏天，大辰的妈妈出了车祸，伤到了内脏，医院下过三次病危通知书，最严重的时候，甚至停止了呼吸。

那时，大辰和他爸就守在手术室外头。

大辰他妈停止呼吸的时候，医生以为没救了，出来跟大辰他爸说“节哀”。

大辰他爸站在那里，就一瞬间，就像树木枯败一样，失去了全部生命力。

大辰看得心慌，轻声叫他：“爸……”

他爸愣了一下，回过神来，对他微笑：“大辰啊，我们家的房产证和存折你都知道放在哪里吧？那个柜子的钥匙我放在鞋柜下面的鞋盒子里。存折的密码是你妈和你的生日……”

大辰说，幸好当时护士立刻跑出来叫医生，说病人又恢复了心跳，要不然那一天，他大概就要同时失去母亲和父亲了。

他爸当时的那个状态，就像心脏变成了碎片一样。

这就是大辰一定要我有一份成功的事业的原因。

他希望有一天，如果他遇到了意外，我的生活还能有另一个重心。

14

异地满一年的那一天。

时间真是个好东西。

它不仅让人们彼此理解，也让人们更加宽和。

就像我，以前总是太多地关注于自己的内心。

但在时间的沉淀之后，我终于学会了倾听外界的声音。

未来要怎么样，现在要做什么，其实都没有什么紧要的。

最重要的事情不过是，有一个相爱的人，有一份深爱的事业，然后瞄准深爱的目标，坚定地、不动摇地一直前行。

我跟着大辰从首都机场走了出来。

他帮我拖着行李箱，行李箱里放着我的电脑，电脑里放着我未完成的书稿。

那一刻，我们的异地恋，终于彻底结束了。

「番外一」

Extra 1

待君来

我一直在等待这样一个人。

他有一双怜悯的眼，或许是深沉如湖水的双眼皮，或许是略带邪气的单眼皮；或许带着孩子般的狡黠，或许有着老人般的深沉；或许飞扬跳脱，或许内敛腼腆……唯一肯定的是，他的眼看向我的时候总是盛满真诚。当我伤心的时候，他总是怜悯而包容地望着我，会适时地给我鼓励，或者只是默默地凝视着我。他为了我的委屈而心疼，为了我的疼痛而痛苦。因为关心，所以理解。当我开心的时候，他或许不会有什么动作，但他的眸子中总会透着赞许和喜悦。他把我当成了自己的一部分，所以他会为了我用尽全力取得的或许不抵他十分之一的成就而眼角上翘。他或许并不能在实质上帮我什么，但是他爱我，所以，他的目光，属于我。

他有一双温暖的手。

我最喜欢他大手牵小手，紧紧地包裹住我的手的感觉，似乎为我包容了我的整个世界。他知道我的阴暗，知道我会嫉妒，会使些小坏，但是他从来不会相信别人对我的诋毁，在风风雨雨中，总会执着地牵起我的手。他了解我的懦弱，所以他会让我面对那些我必须面对的，但更多的时候他会把我拉出泥泞，不一定是支撑起我的世界，更多的是包容我的小坏，并不把我当成一个纯洁的圣女来要求。或许，他有一些大男人，但他绝对不会拒绝我向他伸出的手，或许会有一些丢脸，却不会让好心的我难堪。或许，他的能力并不足以为我构建一方天地，那时，他会毫不犹豫地牵起我的手，和我并肩作战。他知道我善良，会尽力地让我的善良放大，而不是苛责我有时太自私。他理解我的小单纯，不把我当作不愿面对现实的小孩，而是尽量让我能继续单纯下去。他相信我，所以，他手心的温度，属于我。

他比我高一个头，或许更高一些，反正他不太矮。或许他没有什么大的成就，或许天天只是为了一日三餐而忙碌，但是他并不缺乏在危险的时候站出来的勇气。或许站出来的时候他的手有一些颤抖，但是为了一些必须坚持的东西，他可以有些结巴地说出他的意见。他或许腼腆，或许恭顺，却始终不会懦弱。他，是一个英雄——即使只是一瞬间。

他有一颗干净的心。他可能会阴谋诡计，但是他永远不会欺骗家人，永远不会满手血腥——无论是真实的，还是虚幻的。他很执着，可以为了一件事而坚持一生，即使它是错的，他也不会轻言放弃。他坚持的事或许只是一个小小的习惯，或许是精忠爱国，重要的是，他有一颗执着的心。他最大的优点就是不会欺骗我。无论是为了我好，还是要伤害我，他会清清楚楚地告诉我，而不是让我在猜疑中心慌意乱。他的心很干净，很柔软，怜惜着一些东西，为了一些东西而坚持，但无论如何，他的心里，有一个特别的位置属于我。

他不会骑着白马而来，也不会是一个王子，甚至他可能身无恒产，但是我们会是最契合的那一个圆，他永远都不会放开我。

他将我看得很清楚，也为我留出了看清他的位置。他允许我加入他的生活，分享他的喜怒哀乐，允许我为他而开心，也允许我为了他而伤悲。他学不会欺瞒我。

他把他的世界分了一半给我，也允许我给他半个世界。

他让我看见他的优点，也让我觑见他的缺点。

他喜欢我的优点，也包容我的缺点。

……

我的一生都在等待这样一个人——

等待他告诉我什么叫白头偕老；

等待他教会我什么叫相濡以沫；

等待他爱上我，牵着我的手，说至死不渝。

死生契阔，与子成说。执子之手，与子偕老。

「番外二」

Extra 2

心尖尖

1

花花常驻上海的第五个月，向我发来了友谊的邀请函：春天这么燥，不如来上海浪一浪。

我立刻包袱款款，屁颠儿屁颠儿地跑去投奔了土豪。

土豪一人吃饱，全家不饿，独自住了一个小两层的loft。她的工作强度和loft差不多，明明只是一个人，却被当成两个人用了，我去了一个礼拜，硬是没受到美人伴游的待遇。

周五花花去参加酒会，晚归，送她回来的是个大帅哥，衣冠楚楚，像极了从古堡里走出的伯爵。

我八卦的目光在两人身上扫来扫去。

帅哥镇定自若地接受了我的打量："尖尖喝醉了，照顾好她。"

"哦。"

第二天花花宿醉醒来，我迫不及待地询问她帅哥的身份。

花花送我一个白眼，按着脑袋慢吞吞地说："那是我Boss。"

花花的Boss，传说中丧心病狂的究极体，为了一个案子能让员工一个礼拜不回家的牛掰人物。

他是花花的恩人，也是花花的仇人，恩在于他帮花花摆脱了巨额债务，仇在于他恨不得把她压榨到死。

花花每次跟我吐槽他的格式都是："那个周扒皮，用录音带充当鸡叫的浑蛋！他又……"

我脑补的人物形象就是个精明算计的地主，谁知道竟帅到那种程度！

我异想天开道："Boss才更要泡啊。你长得这么美，日久生情还不是分分钟的事！"

花花叹口气说："其实我勾引过他。有次我们泡吧，我挑逗他说他帅得让人合不拢腿。"

"他怎么说？"

"他说女孩子不要这么尖酸刻薄。"

我："……"

花花补充道："他还因此给我取了个外号。"

我想起了昨晚她Boss跟我说的话——"尖尖喝醉了"……

原来，尖尖是尖酸刻薄的意思……

"叫尖尖。"

我："……"

2

我第二次见到这位Boss，是在一家西餐厅。

花花给我打电话说请我吃饭，超级贵的牛排红酒，我屁颠儿屁颠儿地就冲过去了，没想到等在那里的不仅有花花，还有她Boss。

我低声问她："你还请了你Boss啊？"

她也低声回我："我Boss请客。这儿人均一千八，我可请不起。"

我忍不住对她竖起了大拇指：你厉害，你Boss请你吃饭，你还叫我来蹭饭！

我默默思考着这不会是公开关系的饭局吧？要不正常来说，就算是花花，应该也是不敢在老板请客的时候要求捎带上闺密的。

我目光挑剔地审视着眼前的男性，颜值是无可挑剔了，身家也很可观，就是不知道对花花够不够关心……

"牛排全熟，甜点先上，上红酒前送一杯冰块过来。"这位名叫陈正的Boss说。

满分！

完全了解花花的习惯，还全部迁就了她，这个男朋友合格了！

"喀喀——"在陈正与我寒暄的时候，我打了个岔，"陈先生有女朋友了吗？"

陈正风度翩翩："有了。"

果然。

我心里越发肯定，给台阶式地问："她在哪儿？"

陈正："加拿大。"

纳……纳尼？！

疑虑重重地吃完这顿饭，回去后我迫不及待地问花花："你Boss不会是让你给他当情妇吧？”

花花哭笑不得地说：“你太有想象力了……”

原来，她让我去吃饭是他们聊天时正好聊到那晚陈正送她回家，陈正说既然她朋友在这里，就让我过去一起吃。花花推辞说不太方便，陈正表示这就当作她这次案子成功的附加奖励，她就没再拒绝了。

我还是觉得不对：“就算庆功，也不该孤男寡女两个人吃饭吧？”

花花：“所以他就迫不及待地叫你过去了啊！谁让其他同事都去集体旅行了，只有我们俩被这个案子绊住留在上海了呢！”

不不不，不是这样的。

还有他看你的眼神啊！

还有，他对你的事情都了如指掌啊！

我敢用大辰发誓，那个男人绝对对你有企图啊！

可惜花花也不是那么好说服的，我说千条万条，她都只有一条——“他要是真想勾搭我，怎么可能我勾引他上床他都装不懂！”

我俩谁也说服不了谁，只好将问题搁置，直到陈正的生日……

3

周六是陈正的生日，我们都收到了他的party邀请。

“他肯定是对你有企图，否则他开生日趴，干吗让我一个毫无关联的人去？”我说。

花花敷衍地“嗯嗯”两声，打趣地说：“那有企图也是对你吧？就像你说的，不是对你有企图，干吗让你一个毫无关联的人去？”

“花花！”

这家伙，真是冥顽不灵得让我想掐死她！

我气愤地端着酒满会场觅食，化悲愤为食欲，美美地满足了我的肚子。我偶尔看向花花的方向，她正跟在陈正身后向一位位律坛前辈敬酒，笑靥如花，美不胜收。

这样的美人，怎么就不相信自己能迷死自己老板呢？

我琢磨着用个什么办法让花花看清真相，没琢磨出个名堂，抬头看时却发现花花跟一个年轻男子走到了角落里。那个男人不知道说了什么，花花颤抖着，面无血色。

“花花，怎么了？”

“没事。”花花遮掩地微笑。

但回去后，她还是告诉了我真相——那个男人是当年将她推下深渊的小开的狐朋狗友，他手里有她的裸照。

这件事，是花花永远挥不去的噩梦。它已经毁掉了她的大学生涯，现在又跳了出来，想毁了她剩下的人生……

“我们先跟他谈谈，不行的话就让狗欢来帮忙，再不行，咱们就去告他。”我强作镇定，安慰她说。

“不行。”花花捂住眼睛，也遮住了落下的泪，“不行不行不行。”

“我不要陈正知道这件事。”花花跌坐在地上，虚弱地说。

花花是爱陈正的。

直到这时，她才逼不得已地表现了出来。

4

我默默偷听了花花和陈正的对话。

“我母亲曾经是个脱衣女郎。”

“啊？”

“她在80年代偷渡到加拿大，不会英语，没有技能，被人强暴之后有了我，不做脱衣女郎活不下去。”

“……”

“但她并不忌讳这件事。即使后来她成了加拿大最有名的华人演员，有人拿着她曾经的艳照攻讦她，她亦不以为意。她说那是时代的错误，她不为此买单。”

“你……知道那件事了？”

“嗯。”陈正给了花花一个拥抱，叹息着说，“尖尖，那不是你的错。”

5

“就是这样！就是这样！”

我看着花花跳脚。

这是她和陈正对话后的第三天，也是那个男人被解决的第二天。

花花揪着头发，愤怒地咆哮："他每次都这样撩完我就跑！每次都是！我们才一起看星星、看月亮，从诗词歌赋谈到人生哲学！他就跑到了加拿大说看女朋友！看什么女朋友！有女朋友就别惹我啊！啊啊啊啊啊啊！"

这个吐槽……我接不住。

我也觉得那个陈正是个神人啊！说他欺骗花花的感情，他又从来没对花花下过手，反倒一直在帮助花花；说他不是欺骗花花的感情，但他有女朋友，又一直撩花花……

他这是想干吗啊？！

"我不管了！"花花停止了跳脚，冷静得可怕，"既然他总当缩头乌龟，那我就去找男朋友。"

6

像花花这样的美人，勾一勾手指，扑上来的男人就前赴后继……

短短一个礼拜，我就看到了六次花花跟人分手，纯情青年、花花公子、沧桑大叔、逍遥浪子……真心的，假意的，都被她玩弄了个遍。

我劝她："别折腾了吧，何必呢，你也没有因此多开心一点，不是吗？"

花花憋着气："我也不想这么折腾啊，但撩着我的那个男人就是不来找我，我有什么办法！"

我说："他不来找你，你就去找他啊，不管是在一起还是再不搭理，总要说个清楚吧。"

花花愣了一下，仿佛才想到有这种操作一般："对啊，我也可以去加拿大啊……"

7

十天后，我在北京接到了花花的长途电话。

"所以你们这是在一起了？"我问。

花花难得有点娇羞："嗯，在一起了。"

随后她就开启了吐槽模式："他就是个神经病！说什么律师的第一

准则就是积极主动，不磨到我对他主动一次，他坚决不和我在一起。我问他我要是一辈子都不对他主动呢，他居然说那他就磨我一辈子！你说他是不是有病？！”

“嗯，嗯嗯嗯……”我敷衍地应付着她，心里默默地吐槽：这狗粮撒得……还真是有病，你俩都得了爱秀恩爱的病！

这时忽然听到了一声“喵”，我为了避免被迫咽下更多狗粮，转移话题道：“你现在在他家啊？家里养猫了？”

“什么猫啊！那是他女朋友！”花花又开始吐槽了，“他伺候这只猫真是比伺候老祖宗还费心。上次这只猫生病，他立刻连夜就跑回来看它了。我回头一想，天啊，不就是我们谈诗词歌赋、人生哲学的那一天吗！我真是恨不得掐死他啊……”

我摸着发热的听筒，心里无声地叹息着，唉，看来今天这狗粮不咽完，这天是聊不完了……

8

时间回到陈正请吃饭的那一天。

花花去洗手间，饭桌上只剩下我跟陈正两人。

“张小姐，听说你是尖尖最好的闺密。”

“嗯？”

“我想请你帮我。”

“嗯？”

“帮我追尖尖。”

那一刻，那个看起来不苟言笑的男人，脸上温暖的表情如同冰山融化。

“喂，我帮你也不是不行，但你能不能别叫她尖尖啊？说人家尖酸刻薄什么的，就算你喜欢她，这也不算好的昵称啊。”

“不，她就是尖尖，是我的心尖尖。”

「番外三」

Extra 3

大离别

1

狗欢离开时，我们还在广州。

他走的那天是周四，提前跟我们打好了招呼："别去送我，弄那么伤感。"

我们说："好，那就不送你啦。"

那天从凌晨开始下雨，淅沥沥，哗啦啦，怎么都不肯停。

出门时，我忘了带伞，淋着雨跑到地铁站，头发被浇得全贴在了头皮上。

我有点烦躁，思绪纷乱地跑到火车站，不知道狗欢现在去火车站没有。

上午我在档案室包凭证，雨还是没有停。

我发着呆，想着关于狗欢的事。

我们都知道，狗欢这次回去就不会再出来了。

他要继承一份他不喜欢的事业，做一些违背他原则的妥协。他的道义、责任、承诺，都将把他死死地留在那个我们出生的小城，孤身一人，永远地留在那座城里。

我曾有很多次想劝他不要回去，但每一次，话到嘴边都没有说出口。

我知道没有用，他不会被我打动。

"看到小时候的他们一出场我就想哭，恩熙说要回心爱的家的时候我立刻就哭出来了。到俊熙他们出国，恩熙追在车子后面跑的时候，我哭得稀里哗啦的，真是虐死我了……"一起包凭证的出纳最近在回味《蓝色生死恋》，呱啦呱啦呱啦，一直对我讲再度回味经典的感受。

我思绪飘散，不知道自己在说些什么："这部片子确实好看。我们以前天天追这部剧，一边看一边哭，有次一个哥哥看到，提起刀子就问我谁惹我了，吓了我们一跳……"

"你哥哥对你真好。"

"是啊。"

狗欢确实对我们很好。

他脾气不好，每次说话都像吵架一样，但他从来没有对我们说过一句重话。他很讨厌我们唱K、逛街的爱好，但只要我们约，他每次都按捺着性子陪我们从头到尾。

他是我们最好的哥哥，最好的闺密。

“话说这个剧也有bug啊！你看俊熙从美国留学归来，十多年里跟恩熙见到的人、遇到的事都完全不同，应该有很多生活方式上的不同才对。结果编剧一点都没提这事，就让他们那么顺畅地谈起恋爱了！都没有沟通不良！”出纳愤愤不平地吐槽着。

“是啊，应该是有变化的。”

我敷衍着她，思绪又飘到了狗欢身上。

他呢？他在十年二十年之后，会不会跟我们沟通不良？

他以后不用再刷时尚的公众号，因为不会再有人妖同事给他推荐了；也不会再关注王菲的演唱会，因为它不会开到我们家乡那个小城里。他不再属于大城市，也不再属于拼搏，他要做的是守成，在一个可能十年二十年都不会有变化的小城市。

我的心里不禁恐慌，又难过又恐慌……

以后的他，就不再是我们熟悉的那个他了……

“哐啷。”

“张弦你干什么？”

我顾不得被拖倒的椅子，匆匆丢下一句“帮我向经理请个假”，便飞快地向外冲去了。

我要去送狗欢，见他最后一面！

2

火车站永远人山人海。

我随便买了张火车票，等待着进入候车厅，但那队列如长龙，让我心急，什么时候才能进去？

离开车只有半个小时了。

狗欢现在应该已经在等待检票了吧？

我能在五分钟之内排队进去吗？

要不跟前面的人说一下，插个队吧？

但可能循规蹈矩太久了，我的脚伸出来，又缩了回去。

算了，大家都在排队。

或许，五分钟也是够的吧？

我看着前面的队伍，满心焦急，却面无表情，直到听到一声清脆的“让让”。

我扭过头去，和说话的人视线相对——

“张弦？”

“花花？”

……

“哎呀！这种时候，你还排什么队啊！”

两分钟后，我跟在花花身后，被她拽着冲出了安检口。

“狗欢那车的检票口在哪儿？”花花问我。

我的目光扫过大屏幕：“18A、18B。”

“那还不快走！”

我依然跟在花花身后，周围是恍若闹市的人群，前面是一路给予我们庇护的至亲，我们在人群里跌跌撞撞，跑得气喘吁吁……

恍惚中，我好像回到了过去。

“去找狗欢玩吧！他那里有好多好玩的东西！”

我在幼小的花花的蛊惑之下，跟着她跑向狗欢的家里。

那是漫长的青石街道，我们欢乐地奔跑，在街道上留下清脆的足音。

那时，我们无忧无虑。

那是，我们最初的友谊。

3

“不管怎么样，你回去之后保重身体，注意安全，有合适的小姑娘就定下来，别因为不想交女朋友就装gay，万一别人真的把你当成gay了怎么办？……”

我们终于在狗欢检票的最后一刹那找到了他。站在检票口的旁边，花花不停地叮嘱狗欢。

狗欢难得没有反驳，只是一直“嗯”“嗯”，一直微笑着，像要把我们的话全都珍藏到心底。

我看着狗欢。今天他难得没有穿那些金光闪闪的夸张衣服，而是简单的黑色毛衣搭牛仔裤。这样的打扮严肃又陌生，和记忆里爱好夸张和一语惊人的他大相径庭。

我搜肠刮肚地想着要说的话，但临了却一个音都发不出。

这个人，是我最熟悉、依靠最多的亲人。

而他现在要离开我，变成另一个人。

我不知道别人在这样的状况下是什么反应，我只知道我自己无法发出声音，恍若说出一个字，就是对他的离开的默认。

不知何时，花花已经和狗欢说完。狗欢站到我的面前，问我：“你不说点什么？”他依然微笑着。

我摇摇头，咬着牙，对他张开了双臂。

“好吧，最后的拥抱。”狗欢抱了抱我，依然微笑。

“那就再见了。”

说完，狗欢走到了检票口，随着身份证“嘀”的一声，他走进了乘车通道。

我们的人生中不断上演离别，在汽车站、列车口、机场里……一次次送人离开，一次次地不知对方接下来会怎么走。

在狗欢的身影要消失在自动扶梯那头的那一刻，莫大的慌乱袭击了我。曾经对他未来的担忧，和现下不想与他分离的不舍，像一个巨大的涡轮，将我的内心不断牵扯。

我从未如这一刻一般清晰地意识到，我将要失去他了，再也不会有这样一个人，如兄如父地对待我……

“狗欢！”我突然叫住了他。

他回过头：“怎么？”

“你不要走错路！永远不要走错啊！”

我终于说出来了，说出了我最大的担忧。

他愣了一下，又笑了：“不会的。放心，不会的。”

说着，他挥手的身影在扶梯那头彻底地消失不见了。

我心里的一块大石沉沉落下，莫名的酸楚却冲击得眼圈越发酸涩。

“怎么办？我好想哭。”
我闷闷地问花花，却没得到她的回应。
我转过头，才发现她早已泣不成声了。
这是我一生中，最痛苦、最沉重的离别。